리좀,
나의 삶
나의 글

리좀, 나의 삶 나의 글 : 한 청년백수의 『천 개의 고원』 사용법

**발행일** 초판7쇄 2023년 5월 30일 | **지은이** 김해완 |
**펴낸곳** 북드라망 | **펴낸이** 김현경 | **주소** 서울시 종로구 사직로 8길 1221호(내수동, 경희궁의아침 2단지) |
**전화** 02-739-9918 | **이메일** bookdramang@gmail.com

ISBN 978-89-97969-29-6  03810  | 이 도서의 국립중앙도서관 출판시도서목록(CIP)은 서지정보유통지원시스
템 홈페이지(http://seoji.nl.go.kr)와 국가자료공동목록시스템(http://www.nl.go.kr/kolisnet)에서 이용하실
수 있습니다.(CIP제어번호: CIP2013024647) | Copyright © **김해완** 저작권자와의 협의에 따라 인지는 생략했
습니다. 이 책은 지은이와 북드라망의 독점계약에 의해 출간되었으므로 무단전재와 무단복제를 금합니다. 잘
못 만들어진 책은 서점에서 바꿔 드립니다.

책으로 여는 지혜의 인드라망, 북드라망 **www.bookdramang.com**

# 리좀,
# 나의 삶
# 나의 글

### 한 청년백수의
### 『천 개의 고원』 사용법

김해완 지음

# ❧머리말 이 책 사용설명서

이 책은 프랑스의 현대철학자 들뢰즈Gilles Deleuze와 가타리Félix Guattari 가 함께 쓴 『천 개의 고원』에 대한 일종의 응용서다. 이 철학책에 대한 해설서나 설명글은 아니라는 뜻이다. 하지만 '응용서'란 또 무엇이란 말인가? 내 나름대로 이 책을 응용하는 방법이 과연 다른 사람들에게도 의미가 있을까? 고백한다, 서문을 쓰게 될 이 순간이 계속 두려웠다! 글을 쓰기 시작하면 원래는 없던 자의식까지 생겨나는 기분이다. 자기 책을 도구처럼 막(!) 써먹으라고 했던 들뢰즈와 가타리가 나를 보았다면 비웃었을지도 모른다. 『천 개의 고원』은 자의식의 봉인을 해제하는 책이고, '나'라는 실체가 이 세상에 따로 없다는 것을 다이내믹하게 체험하게 하는 책이기 때문이다.

　　『천 개의 고원』과 처음 만났을 당시, 나는 고등학교를 자퇴하고 남산강학원에서 인문학 공부를 시작한 지 2년차에 접어들고 있었다. 그때 나는 내가 가족과 학교의 울타리 바깥에서 과연 새 관계를 맺을 수 있는지에 대해서 전혀 자신할 수 없던 상태였다. 일상을 함께해야 하는 사람들과의 관계는 경직되었는데, 일상을 지탱하는 일들 하나하나는 힘에 부치기만 했다. 그런데 『천 개의 고원』은 그런 나에게 벼락처럼 떨어졌다. 그동안 나를 힘들게 만들었던 원천은 바로 '나' 자신이었다. 자기 비하와 자기 오만, 자의식과 눈칫밥 속에서 하루에도 천국과 지옥을 왔다갔다 했었다. 이 책은 이 고민의 전제를 다시 되묻게 했다. 나는 정말 나인가? 내 삶은 내가 사는 것일까? '삶'이라는 것을 완전히 다른 각도에서 느낄 수는 없을까? 그러자 정말로 내 삶이 다르게 보이기 시작했다. 이 책과 만나면서 나는 철학과 삶이 아무런 매개 없이 만나는 것 같은 경험을 했다. 들뢰즈와 가타리는 "잠들고, 깨어나고, 싸우고, 치고받고, 자리를 찾고, 우리의 놀라운 행복과 우리의 엄청난 전락을 인식"「기관 없는 몸체」, 287하는 '일상' 속에서 실제로 써먹을 만한 개념들을 나에게 선물해 주었던 것이다.

개념을 사용한다는 것. 이것은 들뢰즈와 가타리의 굳은 신조이기도 하다. 그들은 『천 개의 고원』을 대중철학서라고 부른다. 쉬운 철학이라는 의미에서가 아니라 철학적 베이스가 없는 그 누구라도 이 책을 써먹을 수 있다는 의미에서. 물론 이들의 선물은 결코 만만치가 않다. 개념어를 어떻게 사용할 수 있을까? 이건 평소 친구들과 수다를 떨 때 개념어를 막 섞어 쓰라는 말이 아니다. 그랬다가는 친구를 이해시키기는커녕 잘난 척하지 말라고 욕만 먹을 가능성이 크다(^^). 개념을 쓰려면 조금은 고된 작업이 필요하다. 한 개념에는 그것이 만들어지기까지의 과정과 개념이 기반하고 있는 철학사적 맥락, 그리고 발명자(철학자)의 문제의식이 동시에 압축되어 있다. 그러니 개념어가 일상어와 비교했을 때 완전히 낯설게 느껴지는 것도 당연하다. 개념이 버티고 서 있는 백그라운드에 대해 감을 잡지 못한다면 개념어는 외계어로밖에 들리지 않을 것이다.

그런데, 이처럼 '낯설기' 때문에 철학은 덤벼볼 만한 가치가 있다. 이 낯섦이야말로 철학자들이 애초에 겨냥했던 목표이기 때문이다. 철학 개념은 렌즈와 같다. 각각의 유리알의 초점에 눈을 맞추면 이 세상이 전혀 다르게 펼쳐진다. 철학자들은 렌즈를 깎는 세공사처럼 끈질기게 개념을 쪼개고, 다듬고, 세공한다. 이 세상이 낯설게 비춰 보일 때까지. 이건 정말 해볼 만한 경험이다. 내가 지금까지 믿고 있었던 세상의 의미가 전부는 아니라는 것, 우리가 반드시 '이런' 방식으로 살아야 한다는 근거는 없다는 것을 알게 되기 때문이다. 들뢰즈는 철학책이란 SF와 같다고 말했었다. 정말 그렇다. 개념어를 몸에 장착하는 순간, 한 웅덩이에 고여 있던 삶이 갑자기 생각지도 못했던 방향으로 흘러가기 시작한다. 전에는 전혀 보이지 않았던 탈출구와 도주로가 열리는 것이다. 삶이 만들어 내는 이 '차이'야말로 개념을 가장 유용하게 써먹는 방법이다. 들뢰즈와 가타리는 수많은 비철학 전공자들을 이 흥미진진한 길로 초대하기 위해서 일상어와 개념어 사이의 경계선을 가로지른다. 『천 개의 고원』을 수놓는 반짝이는 개념들은 전문철학개념이 아니다. 모두 평범한 일상어를 변주한 것이다. 나무, 리좀, 지층, 고원, 얼굴, 유기체, 홈, 선, 점, 기계…….

그렇다면 나는 이 책을 어떻게 사용했는가? 이 책을 읽었던 당시의 상황과 연관되어 있겠지만, 나의 '화두'는 관계였다. 인간관계를 이뤄가는 것이 내게는 늘 어렵게 느껴졌고, 그 앞에서는 나 자신이 초보자 같았다. 그런데 이 책은 내 고민에 터닝 포인트를 만들어 주었다. 관계를 잘 맺고 싶다고 바랐지만, 나는 '관계'라는 어떤 실체를 따로 상정한 게 아니었을까? 학교를 자퇴하는 것이 진로를 결정하는 여러 방식 중 하나인 것처럼, 관계를 맺는 방법 역시 단 하나로 결정되어 있지 않다. 어째서인가. 나는 의식하기도 전에 이미 수많은 관계 속에 있기 때문이다. 우울하고 권태롭다고 느낄 때조차 내 일상은 관계들로 채워지기 때문이다. 우리는 자신감이 떨어지거나 불안한 마음이 들면 매뉴얼에 의지하고 싶어 한다. 하지만 관계에는 정해진 매뉴얼이 없다. 오히려 항상 그 매뉴얼을 깨뜨리면서 움직인다. 결국 모든 사람들은 한치 앞도 예측할 수 없는 관계의 장에 서 있는 셈이다. 무엇에도 기댈 수 없을 것 같은 막막한 상태가 되어서야, 나는 내가 애쓰지 않아도 이미 관계 속에 존재한다는 사실을 알았다.

그 순간, 갑자기 『천 개의 고원』 속에서 새로운 명제, 새로운 도주선이 보였다. 쓰기는 살기고 살기는 쓰기다! 살기에 정공법이 없는 것처럼 쓰기에도 정공법이 없다. 딱 하나의 초식이 있다면, 그것은 뭔가를 쓰기 위해서는 반드시 현장 속에서 능동적으로 관계를 맺어야 한다는 사실이다. 현장에서 좌충우돌 부딪히면서 실패를 남발하더라도, 만약 이 경험을 내 언어로 쓸 수만 있다면 그 모든 게 쓰기의 재료가 된다. 오히려 어떤 일이 벌어질지 모르기 때문에 생생한 글을 쓸 수 있는 게 아닐까? 아무것도 자신할 수 없는 상황에서, 그럼에도 불구하고 그 다음 한발짝을 내딛기 위해서는 바로 이 '쓰기-살기'의 긍정이 필요했다. 그렇다. 책은 '기계'이고, 철학은 '사용하는' 것이고, 삶은 '쓰는' 것이다. 스스로 움직이고 있다면, 그 현장에서 능숙하거나 서툰 것은 크게 문제되지 않는다! 이 경험이 너무 강렬했기 때문에 감히 책을 쓰겠다는 용기를 낼 수 있었다.

『천 개의 고원』은 내가 첫번째로 읽은 들뢰즈와 가타리의 책이며, 심지어 첫번째로 읽은 철학책이다. 나는 철학의 바다에서 이제 겨우 발차기를 배우기 시작한 수영 초짜인 셈이다. 하지만 초짜는 초짜 나름의 강점이 있다. 바다에 대해서는 잘 알지 못하지만, 바다라는 광활한 공간에 난생처음 발을 담근 그 순간의 떨림과 감동은 잘 알기 때문이다. 이 책은 내 식대로 변주한 『천 개의 고원』이자 『천 개의 고원』을 몸으로 통과한 나의 이야기다. '살기'가 어째서 '쓰기'인지를 배웠던 열네번의 수업기록이다. 자의식 때문에 괜히 힘들어하기보다는, 나보다 더 즐겁게 이 책을 '쓰는' 또 다른 사람과 만나기를 기대해 보겠다.

앗, 서두가 너무 진지해진 것 같다. 손발이 오그라들기 전에 그만 멈춰야겠다. 책을 다 쓰고 난 지금이야 '이 책은 이러저러한 의도로 쓰였어'라고 뭔가 그럴듯하게 폼 잡을 수 있지만, 실제로 책을 쓰고 있을 때는 정말 폼이 안 났다. (내 룸메이트는 내가 폐인이 되어 가는 과정을 직접 목격했다. 글이 너무 안 풀려서 막판에는 정말 유체이탈이라도 시도하고 싶었다!) 작업에 들어가기 전에는 나름대로 여러 가지 포부를 품었다. 하지만 개념어를 생생하게 전달하기에는 난관이 너무 많았다. 『천 개의 고원』을 꼼꼼히 읽어 내는 것도 문제였지만, 무엇보다 고도로 응축되어 있는 철학개념을 '삶'이라는 키워드로 풀기엔 내가 겪은 인생경험이 턱없이 부족하다는 게 함정이었다. 내가 쓸 수 있는 재료는 이젠 기억도 나지 않는 학창시절과 5년 동안 겪은 연구실 생활이 전부였다. 그때부터 딜레마가 시작되었다. 개념을 정치하게 설명하자니 논리력이 부족하고, 또 개념을 빈약한 내 경험으로 끌어들이자니 원작의 풍요로움이 사장되는 것 같았다. 이 사이에서 탈출구를 찾았느냐고? 그렇……지는 않은 것 같다. 단지, 이 양쪽 사이에서 균형감각을 잃지 않으면서 내가 말할 수 있는 선을 넘어서지 않으려고 최대한 노력했다. 부끄럽지만 여기까지가 지금의 내가 솔직하게 쓸 수 있는 전부다. 5장, 8장, 12장 같은 경우는 나에게 깊은 영향을 주었던 다른 이야기들을 주된 소재로 삼았다. 지아장커 감독의 영화 「세계」와 프랑스 사학자 라뒤리의 저작 『몽타이유』, 그리고 최근까지도 해결될 기미가 보이지 않는 밀양 송전탑 사태가 바로 그것이다.

나는 결국 나에게서 출발할 수밖에 없다. 하지만 글쓰기는 나를 떠나 다른 곳으로 뻗어 나간다. 이 책에서 쓴 내용들은 모두 내가 '남산강학원'에서 겪고 배운 것들이다. 연구실에서 버팀목이 되어 주시는 선배들, 원고 쓰는 내내 지치지 않는 활력소가 되어 준 친구들, 늘 실시간으로 공부거리를 던져 주는 연구실은 나의 가장 큰 자산이다. 나에게 글쓰기라는 무기를 가르쳐 주시고 본격적인 공부의 길로 유혹하신 고미숙 선생님, 이 책이 나올 수 있었던 건 전적으로 선생님의 힘이다! 나를 『천 개의 고원』으로 유연하게 이끌어 주신 채운 선생님, 한참 부족한 글을 꼼꼼히 읽고 책으로까지 다듬어 준 북드라망 출판사에도 깊이 감사드린다. 이분들이 없었다면 책은 아예 만들어질 수 없었을 것이다. (책은 결코 저자만 쓰는 게 아니다!) 그리고 뒤에서 늘 말없이 나를 지탱해 주는 가족들. 내 인성(공부복)의 진정한 후원자들이다. 그렇다. 이 책은 이미 리좀이다.

2013년 11월

김해완

# 차례

## 일러두기

1 이 책에서 질 들뢰즈와 펠릭스 가타리가 함께 쓴 『천 개의 고원』(Gilles Deleuze et Félix Guattari, *Mille Plateaux*, Éditions de Minuit, 1980) 인용은 국역본(김재인 옮김, 『천 개의 고원』, 새물결, 2001)을 기준으로 하였으며, 이를 인용할 때 각 인용문이 끝나는 곳에 편명, 쪽수 순으로 명기했습니다. 또한 편명은 모두 쓰지 않고, 중심 단어만으로 표시했습니다. 예시 : 「되기」 445

2 참고로 『천 개의 고원』의 원목차는 다음과 같습니다.
   1. 서론 : 리좀
   2. 1914년 — 늑대는 한 마리인가 여러 마리인가?
   3. 기원전 1만년 — 도덕의 지질학(지구는 자신을 누구라고 생각하는가?)
   4. 1923년 11월 20일 — 언어학의 기본 전제들
   5. 기원전 587년 및 서기 70년 — 몇 가지 기호체제에 대하여
   6. 1947년 11월 28일 — 기관없는 몸체는 어떻게 만들어지는가?
   7. 0년 — 얼굴성
   8. 1874년 — 세 개의 단편소설 또는 "무슨 일이 일어났는가?"
   9. 1933년 — 미시정치와 절편성
   10. 1730년 — 강렬하게 되기 · 동물 되기 · 지각 불가능하게 되기
   11. 1837년 — 리토르넬로에 대해
   12. 1227년 — 유목론 또는 전쟁기계
   13. 기원전 7000년 — 포획장치
   14. 1440년 — 매끈한 것과 홈이 패인 것
   15. 결론 : 구체적인 규칙들과 추상적인 기계들

3 『천 개의 고원』을 제외한 다른 서지에서 인용하는 경우, 해당 서지가 처음 나오는 곳에 지은이, 서명, 출판사, 출판 연도, 인용 쪽수를 모두 밝혔으며, 이후에 다시 인용할 때는 지은이, 서명, 인용 쪽수만으로 간략히 표시했습니다. 예시 : 버지니아 울프, 『댈러웨이 부인』, 정명희 옮김, 솔, 2006, 75~76쪽 // 울프, 『댈러웨이 부인』, 76쪽

# 리좀,
## 나의 삶
## 나의 글

# ❧ 리좀과 글쓰기

그레고리력에 따르면 현재 나는 19와 6분의 5년만큼의 시간을 살았다. 한국의 나이 계산법에 따르면 스물하나다. 아직 인생을 좀 살아봤다거나 삶에 대해 이래저래 말할 만한 나이는 아니다. '머리에 피도 안 마른(?)' 셈이다.

그런데 지금으로부터 3년 전, 뻔뻔하게도 나는 열여덟 살에 책을 썼다. 그것도 내 삶에 대해서. 아직 책을 쓰기 전, 그러니까 고등학교를 이제 막 그만두었을 당시에 만나는 사람들마다 내게 캐묻듯이 물었다. 왜 학교를 나왔는가, 목적은 무엇인가, 앞으로 어떤 일을 하면서 살 건가……. 나는 무슨 대답을 해야 할지 몰라서 당황했다. 사람들이 원하는 핵심을 꿰뚫는 답이 내게는 없었기 때문이다. 그후 나는 내 이야기를 밑천 삼아 책을 쓰게 되었는데, 책을 쓰니 몇몇 사람들이 또 내 이야기가 궁금하다고 나를 찾아왔다. 그런데 인터뷰 질문이 이전과 똑같았다. 왜 학교를 나왔습니까, 목적은 무엇입니까, 앞으로 어떤 일을 하면서 살 생각입니까, 다른 삶을 택해서 얻은 것은 무엇이고 잃은 것은 무엇입니까…….

세상에, 난 아직 '머리에 피도 안 마른' 열여덟 살이었단 말이다. 도대체 난 책에 뭐라고 썼던가?

## 기계 : 삶도 책도 작동한다

솔직히 말한다. 나 또한 이런 질문들 앞에서 그렇게 자유롭지 못했다. 질문에 확실하게 대답할 수 없다는 것이 마치 내 인생에 확신이 없는 증거인 것처럼 느껴졌기 때문이다. 그 덕분에 책을 쓰는 내내 자의식만 폭주했다. (책을 쓰는) 나는 누구인가, (책으로 쓰이는) 내 삶은 무엇인가, 아무것도 아닌 내가 과연 (책을 써도) 괜찮은 걸까?! 그러나 나는 아직 내가 누구라고 말할 수 있는 단계도 아니었고, 삶의 경험은 오히려 남들보다 더 빈약한 편이었다. 이런 상태에서 저 질문들에 단정적으로 답한다면 그건 거짓말이 된다. 그렇다고 아무 말도 안 할 수는 없었다. (책을 쓰기는 써야 했으니……)

그렇다. 이건 참 기묘한 경험이었다. 내가 책으로 쓴 '나'는 뭔가 낯설었다. 내가 거짓말을 한 것은 아니었지만, 그렇다고 완벽하게 있는 그대로의 내 모습을 드러낸 것도 아니었다. 책과 삶, 이 두 가지 차원은 딱 맞아떨어지지 않으면서도 끊임없이 서로의 거울이 된다. 팽팽한 줄다리기 게임인 셈이다. 그리고 나는 이 과정에서 한 가지만은 확실히 알게 되었다. 이 삶-글 게임에는 알게 모르게 일정한 패턴이 존재한다는 사실이었다.

하지만 이 패턴을 뭐라고 설명해야 좋을까? 책 출판 직후, 이런 여러 가지 생각들이 얽혀 있을 즈음에 들뢰즈와 가타리가 쓴 『천 개의 고원』과 만난 건 운명(!)이라고밖에는 할 수 없다. 이 책은 삶과 글을 단순하게 분리시켰던 내 기존의 생각을 엎어 버렸다. 이 책의 서론은 바로 책에 관한 이야기다. 여기서 들뢰즈와 가타리는 책의 유형과 삶의 유형을 동시에 연결시키는 독특한 관점을 선보인다.

책은 글자가 인쇄된 종이뭉치에 불과할까? 책을 직접 써보지 않았다면 나 또한 그렇게 생각했을 것이다. 하지만 책을 쓰려면 문자 그대로 '힘이 든다.' 원고작업을 해본 사람은 알 것이다. 우리는 글쓰기 앞에서 지극히 신체적으로 반응한다. 갑작스레 배가 고파지고, 안 하던 산책을 하고 싶고, '원고의 영靈'이 어깨 위에서 무겁게 짓누르고, 때때로 한글파일이 모두 날아가는 악몽을 꾸기도 한다! 이것들 모두는 내가 지금 뭔가를 '쓰기' 위해서 열심히 삶과 줄다리기하고 있다는 증거다. 책이란, 멋대로 튀어 나가려는 글과 그런 글에 말려들어 가지 않기 위해 안간힘을 쓰는 나 사이의 싸움의 결과인 것이다. 그래서인가. 나는 한 권의 책이 수만 명의 대중들을 움직였던 역사적인 사건을 접해도 비현실적으로 느껴지지 않는다. 나는 단지 내 개인적인 이야기를 쓰는 데만도 저렇게 힘이 들었는데, 만약 삶의 거대한 문제와 씨름하고 있는 사상가가 있다면 그의 책에는 얼마나 거대한 힘이 응집될 것인가. 그 힘은 사람들에게 어떻게든 전달될 수밖에 없다. 자본주의 사회가 마르크스의 책에 빨간 줄을 그을 수밖에 없었던 것이나, 루쉰이 중국 민중의 삶이 바뀌기를 염원하면서 펜을 든 것은 모두 이 책의 힘을 믿었기 때문이다.

들뢰즈와 가타리는 책에 대해 이렇게 말했다. "실재의 영역인 세계, 재현의 영역인 책, 그리고 주체성의 영역인 저자는 더 이상 존재하지 않는다."「리좀」, 50 우리는 평소 이것과 반대로 책에 대해 생각한다. 국어수업도 작품의 핵심내용·주제·저자의도를 분석하라고 가르치지 않는가. 책이란 '세상'을 향한 '저자의 생각'이 그대로 옮겨진 재현물이라고 전제하기 때문이다. 책은 저자의 소유물이자 세상사의 반영물이다. 그러나 이렇게 해서는 책을 정보 운송 도구 이상으로 여길 수 없게 된다. 책 자체가 만들어 내는 힘은 설명할 수 없는 것이다. 실제 독서에서는 이와 다른 일들이 벌어진다. 독자는 저자의 의도와 다르게 책을 읽을 수도 있다. 저자가 보고 느꼈던 세상과는 다른 시공간에서 책이 읽힐 수도 있다. 그럼에도 불구하고 세상에는 시공간과 남녀노소를 초월해서 감응을 일으키는 고전古典들이 존재한다! 19세기 프롤레타리아들은 『자본론』을 완전히 이해한 것은 아니었으나, 그래도 그들은 분명 마르크스의 사유와 만났다. 나도 '청년대중지성'*에서 친구들과 함께 마르크스의 책을 읽고 경탄하면서 청년실업에

---

* '청년대중지성'은 "공부하니까 청춘이다!"를 모토로 한 남산강학원의 청년 프로그램이다. 1년 동안 매주 3회씩 인문학 고전을 읽고 글을 쓰고 친구들과 토론하는 '빡센' 과정이다. 웬만한 대학수업의 강도에 못지않다고 자부할 수 있다! 또한, 공부만 하는 게 아니라 연구실의 공동체 생활을 함께하면서 관계와 우정을 다져 나간다. 2013년을 마지막으로 이 프로그램도 끝이 나지만, 남산강학원에서는 앞으로도 다양한 청년 프로그램이 열릴 예정이다.

대해 이야기했다. 물론 이 만남은 19세기와는 전혀 달랐다. 한 권의 책인데도 제각기 다른 사건들이 일어난다. 하지만 사건을 일으킨다는 점은 똑같다.

들뢰즈와 가타리가 책에서 가장 중요하게 여기는 것은 바로 이 사건이다. 책이 세상과 실질적으로 어떤 관계를 맺고 있느냐가 그 책을 설명한다는 것이다. 책은 어떻게 작동하는가? 누구에게 읽히고, 어떻게 해석되며, 어떤 정념과 사건을 일으키는가? 다른 것과 더불어 작동하지 않는다면 그 책은 죽어 버린 책이다.

사건을 불러일으키는 책의 힘. 이 말을 들뢰즈와 가타리의 개념을 빌리면 이렇게 다시 말할 수 있다. "책은 기계다!" '기계'는 『천 개의 고원』의 주요개념 중 하나다. 우리는 보통 동력을 장착해서 움직이는 도구를 기계라고 부른다. 스마트폰, TV, 노트북, 자동차, 컨베이어벨트……. 그런데 들뢰즈와 가타리의 기계 개념은 공산품과 자연, 생물과 무생물, 개체와 환경을 구분하지 않고 모두 적용된다. 그들은 이 우주를 관통하는 하나의 생명 흐름이 있는데, 이 흐름을 절단·채취하는 방식으로 우주가 계속 움직인다고 생각했다. 이때 절단·채취를 수행하는 것들은 모두 기계에 속한다(상상력을 적극적으로 발휘해 보자^^). 가령, 엄마의 젖을 빠는 아기의 입은 기계다. 이 입-기계는 유방-기계에서 흘러나오는 젖을 절단·채취하고 있다. 나무에 매달려 있는 사과도 기계다. 햇빛의 온기, 바람, 나무줄기를 타고 흐르는 수액을 절단·채취했기 때문에 가을에 단단한 열매를 맺을 수 있다. 그리고 여기서 반드시 짚고 넘어가야 할 사실이 있다. 기계는 반드시 다른 기계에 접속해야만 작동할 수 있다는 것이다. 아마 우리는 기계를 누군가가 동력을 공급해 줘야 하는 수동태로 취급하는 쪽이 익숙할 것이다. 하지만 기계가 움직이도록 촉발하는 것 역시 또 하나의 기계가 아닐까? 스마트폰 입장에서 보면, 우리의 손가락은 없어서는 안 될 소중한 기계다. 내 손가락은 스마트폰 화면에 가닿는 순간 디지털 정보를 절단·채취하는 스마트-기계가 된다. 그런데 이 손가락이 젓가락과 만날 때는 식사-기계로 바뀌게 된다. 기계는 다른 기계와 어떻게 접속하느냐에 따라 구체적인 용법이 정해진다. 저자들은 이를 모든 기계는 기계의 기계machine of machine일 수밖에 없다고 재치 있게 표현한다.

그렇다면 책이야말로 명백한 기계가 아닐까? 사유의 흐름과 접속하지 못한 책은 책이 아니다. 그건 그냥 종이뭉치다. 글을 쓸 때 왜 신체적으로 괴로운 걸까. 책-기계가 실제로 작동하고 있기 때문이다. 책이 잘 안 읽히거나 글을 쓸 때 문장이 마구 엉킨다면 그건 접속에 실패한 것이고, 반대로 어느 날 갑자기 책이 술술 읽힌다면 그건 그날따라 접속이 잘 된 것이다. 책을 독해하는 바와 책을 활용하는 방식, 또 "책이 얘기하는 바와 책이 만들어지는 방식 사이에는 차이가 없다."「리좀」, 13 결국은 어떤 기계로 만나 어떻게 작동하느냐의 문제만 남기 때문이다. 이런 활발한 움직임을 보지 못한다면 책은 단지 종이뭉치, 혹은 정보 운송 수단으로만 보일 뿐이다.

그런데 문제는, 책에 대한 오해가 삶에서도 똑같이 작동한다는 것이다. 내 상태가 한창 불안하게 느껴지던 즈음 나는 종종 물었다.

어떻게 살아야 하는가? 취직도 '취집'도 청춘이 갈 길이 아니라면 철학공부에서 과연 그 길을 찾을 수 있을까? 하지만 여기에는 이미 어떤 전제가 깔려 있었다. 나는 좋은 삶을 보장해 줄 어떤 방법이 있다고 믿었다. 그런데 '좋은 삶', '방법', 그리고 이것들을 '보장하는' 행동이 과연 따로따로 존재할까? 저자들을 패러디해서 말하면, 이것은 "실재의 영역인 세계, 주체성의 영역인 나, 재현의 영역인 나의 삶"의 삼분법을 믿는 것이다. 밭에서 일궈 내는 수확물처럼 삶을 가질 수 있다고 생각하는 것이다. 세상이 내 뜻대로 되지 않는 것에 분노하거나 자기 오만과 자기 비하에 쉽게 빠지는 것 역시 이 삼분법을 믿기 때문이다. 물론, 국어시험에서라면 작품의 핵심내용, 주요형식, 저자의 의도를 찍을 수 있다. 그러나 실제로 삶은 그렇게 분할되지 않는다. 삶에는 시험처럼 오다선지가 없다.

들뢰즈와 가타리의 기계주의Machinism(메커니즘Mechanism이 아니다!)로 세상을 바라보기 시작하면, 어떤 것도 완전한 정지상태에 머물러 있지 않는다. 생물에서 광물까지, 심지어는 사물인 책조차도 다른 기계들과 접속하면서 끊임없이 움직이고 있다. 삶도 그렇다. 삶에 대한 매뉴얼이 있기 전에 삶은 이미 수많은 기계들이 만들어 내는 삐걱거림으로 가득하다. 사건이 터지고, 힘이 가해지고, 예기치 못한 만남들이 있다. 접속하는 것밖에는 모르는 삶의 판 위에서 '나'의 영역과 '세상'의 영역은 구분될 수 없다. 그렇다면 모든 생명은 이미 책으로 쓰일 만한 삶을 살고 있는 게 아닐까? 누구나 살기 위한 자신의 노하우를 자기 스타일대로 체득하고 있기 때문이다. 무의식적 습관과 경험에서 얻은 확신이 몸-기계와 바깥의 다른 기계들을 연결시켜 준다. 여기서 매뉴얼을 따로 구비할 필요는 없다. 몸이 이미 알고 있다.

그러나 우리는 '나'와 '삶'과 '세상' 사이의 구분을 쉽게 포기하지 못한다. 이 구분법이 우리가 알고 있는 유일한 서사이기 때문이다. 삶과 글은 묘한 관계다. 글은 삶의 틈바구니 속에서 길어 올려지지만, 삶은 글로서 적힐 때에만 흩어지지 않고 모습을 드러낸다. 그래서 사람들에게는 모두 삶을 서사로 꿰고 싶은 욕망이 있다. 책으로 쓰일 만한 삶은 얼마나 훌륭한가! 이런 욕망 자체는 문제가 아니라고 생각한다. 문제는, 삶의 서사를 꿰는 이 방식이 책-기계의 움직임을 차단한다는 것이다. 이것은 주체의 소유물이나 세상의 반영물로 고정된 책이다. 이 사고 패턴은 어디서 무엇을 하든 '나'라는 주체를, 내가 상대해야 하는 대상을, 달성해야 할 척도를 발견한다. 하지만 이게 정말 우리의 삶일까?

## 나무, 삶을 분할하라

들뢰즈와 가타리는 이 패턴을 수목樹木 혹은 뿌리라고 부른다. 둘 다 같은 말이다. 하나의 뿌리에서 여러 곁가지들로 뻗어 나가는 게 수목이기 때문이다. 수목형 사고방식은 중심을 포기하지 않는 사유다. 이분법, 삼분법, 기타 잔가지들이 여러 갈래로 분기해도 결국 이것들을 모두 수렴하는 하나의 뿌리가 전체 구조를 지탱한다. 그 덕에 뿌리-책은 "아름다운 내부성"「리좀」, 14을 갖출 수 있다. 그러나 이 뿌리가 다양함 그 자체를 인정하는 것은 아니다. 어떻게 해도 주변부를 중심부로 종속시키는 논리는 사라지지 않기 때문이다. (다양한 인재를 양성하는 '대학', 다양한 혜택을 제공하는 '주상복합단지', 다양한 선택의 기회를 보여 주는 '진로상담'…….)

수목은 기계들이 한 뿌리를 중심으로 접속하고 있는 곳이라면 어디나 항상 있다. 경직된 수목형 위계관계, 고정된 기관들로 구성되는 수목형 신체, 너와 나를 구분하는 수목형 윤리, 이동과 이주를 통제하는 수목형 공간, 24개로 토막 쳐지는 수목형 시간, 나와 일을 소외시키는 수목형 노동 등등. 수목은 삶의 운동을 일정한 틀에 맞춰 고정시키려고 한다. 그리고 이 모든 과정을 언어를 통해 최종적으로 고정시키는 수목형 사고방식도 있다. 나라는 주체, 소유할 수 있는 대상, 달성해야 할 목표, 반드시 지켜야 하는 법칙 등등이 이 수목을 이룬다. 이 관념들은 '나'라는 동일한 정체성을 근본적인 중심으로 삼는다.

어떻게 살아야 하느냐는 질문을 던져 보라. 그보다 더 많은 대답들이 이미 준비되어 있다. 하지만 앞서 말한 인터뷰의 질문에 나는 무슨 이야기를 해야 했을까? 학교는 나의 삶을 억압하는 나쁜 족쇄였다고, 역시 인문학이 최고라고? 멋진 말은 삶을 근사하게 보이게 한다. 그러나 그 말이 나-너, 위너-루저, 옳음-그름이라는 이항논리를 작동시킨다면, 내 삶은 결국 '루저인 너'를 배제시키는 삶이다. 여기서 나무라는 틀 자체를 폐기해 버리는 문답은 없었다. 수목형 인간이 되기 위해서는 내 바깥의 길들을 모두 '나'의 곁가지로 환원해야 한다. 그렇다, 스펙과 사랑이 넘치고 올바른 역사의식을 갖추며 자본주의를 비판할 줄 알아도 우리는 충분히 이기적인 인간이 될 수 있다. 뿌리라고 믿는 '나'가 깨지지 않는 한은 말이다! "행복한 삶을 살아라." "알겠어요. 육체노동이 아닌 직업을 가지고 풍족하게 벌면서 나만의 공간을 꼭 가지고 주말에는 문화생활을 즐기고 지구의 미래를 걱정하면서 제3세계 어린아이들에게 후원금을 부칠게요." 딱딱한 나무가 되라는 주문. 어디에서나 이 주문을 만날 수 있다. 지금까지 내가 보고 읽었던 '삶'은 바로 이 틀, 이 뿌리-책에서 크게 벗어나지 않았다. 삶에 대해 이러쿵저러쿵 떠들어 대는 담론들이고, 또한 내가 남들에게 그럴듯하게 보여 주고 싶었던 삶의 초상이었다.

뿌리-책들에는 어떤 것들이 있을까? 먼저 교과서가 있다. 교과서는 나무 중에서도 말라 비틀어진 나무다. 여기서는 피상적인 공식들만 앙상한 뼈대로 남아 있다. 논문식 글쓰기도 뿌리를 따라간다. 논문은 시작과 끝을 확실하게 고정시킨 후 그 사이를 체계적인 논리로 촘촘히 채운다.

내가 읽어 본 책들 중에서는 플라톤의 『티마이오스』가 가장 아름다운 뿌리-책이었다. 최고신 데미우르고스는 우주의 설계도인 이데아를 따라 천체와 신을 만든다. 그가 만들어 낸 신들은 또 인간을 만든다. 가장 우월한 혼을 부여받은 인간은 자기보다 아래에 있는 다른 동물들을 지배한다. 플라톤의 눈에는 세상 자체가 거대한 나무였던 셈이다.

그러나 문제는 뿌리-책이냐 아니냐, 혹은 어떤 뿌리-책이냐가 아니다. 어떤 이야기든 수목으로 만들어 버리는 태도가 문제다. 뿌리-책을 좋아하는 사람들은 그 책의 뿌리에 진실이 담겨 있다고 믿고 싶어 한다. 그 책이 정말로 진실을 보증한다면, 그 책을 읽지 않은 사람들은 자연스럽게 진실을 모르는 무식한 사람이 된다. 독서가 일상생활의 어떤 활동보다도 우월해진다. 책을 당장 사용할 수 있는 책-기계로 만드는 게 아니라 '진리'를 향하는 신성한 틀 속에 하나의 부품처럼 고정시키는 것이다. 하지만 뿌리에 대한 믿음 자체가 수목을 지탱하고 있다.

수목형이 틀렸다고 말하고 싶지는 않다. 단지, 피곤하고 진부하다고 느낄 뿐이다!

하나가 둘이 된다. 이 공식을 만날 때마다, 설사 그것이 모택동에 의해 전략적으로 언표된 것이고 세상에서 가장 '변증법적으로' 파악된 것이라 할지라도 우리는 가장 고전적이고 가장 반성되고 최고로 늙고 더 없이 피로한 사유 앞에 있는 것이다. 「리좀」, 15

## 리좀, 나무를 가로지르다

선택지는 정말 나무밖에 없는 것일까? 그렇지 않다. 이 세상에 나무가 있다면 나무와는 다른 이미지, 다른 움직임도 분명히 존재한다. 그것이 바로 리좀rhizome이다. 리좀이란 뿌리줄기식물이라는 뜻이다. 고구마, 연근, 참마……의 이미지를 생각하면 쉽다. 이 식물군은 중심뿌리가 없다는 것이 특징이다. 그 대신 각 줄기들이 사방으로 경계 없이 증식하면서 세를 넓혀 나간다. 모든 가지들이 결국 하나의 뿌리로 귀결되는 것이 나무라면, 뿌리를 없애기보다는 차라리 모든 뿌리를 움직이는 줄기로 만들어 버리는 것이 바로 리좀이다.

저자들은 재미있게도 이를 n-1이라고 쓴다. 이때의 1은 수많은 질적 차이들을 한곳으로 환원시키는 중심(뿌리)이다. 국가에서의 왕, 회사에서의 사장, 집에서의 아버지 등등. 리좀은 모든 곳에서 이 '1'을 빼고서야 출발한다. 그런데 중심이 사라지는 순간 놀라운 일이 벌어진다. 전체의 움직임이 급속도로 활발해지는 것이다. 고구마밭을 떠올려 보자. 고구마가 한창 물오를 때에는 어디까지가 이 고랑이고 저 고랑인지 분간하기가 어려울 정도로 줄기가 무성해진다. 고구마가 세를 넓히는 전략은 이것이다. 일단, 뿌리가 따로 있지 않다. 줄기가 땅에 닿는 접점마다 새 뿌리가 만들어진다. 또 줄기가 자라날 방향이 미리 결정되지도 않고 새 줄기가 뻗어 나갈 때마다 밭의 전체 모양새도 함께 바뀐다. 이질적인 것들과 만나서 변화하기! 이것이 리좀이 스스로를 증식시키는 스타일이다. 그래서 리좀은 한시도 가만히 있지 못한다. 나무가 하나의 구조 속에서 다양한 힘들·대상들을 고정시킨다면, 리좀은 장소 자체를 꿈틀거리는 다양체로 만들어 버린다. 리좀은 나무 바깥에 있다.

뭐니 뭐니 해도, 리좀의 강력함은 이분법과 이항논리 자체를 폐기시킬 때 그 빛을 발한다. 리좀의 세계는 수목의 세계를 부정하지 않는다. 내부구조에 포함될 수 없는 것들을 모두 '외부'로 규정짓는 수목형과는 사뭇 다르다. 리좀의 입장에서 보면 나무-리좀은 대립관계가 아니다. 차라리 '나무적으로' 존재하는 순간과 '리좀적으로' 존재하는 순간이, 이 서로 다른 배치가 동시에 작동하고 있다는 편이 더 맞는 표현이다. 리좀이 일정한 틀 속에 갇혀서 딱딱하게 굳으면 나무가 된다. 또 거꾸로 이런 나무의 끝가지에서 리좀이 새로 자라나기도 한다. 그래서 들뢰즈와 가타리는 '리좀'과 '나무'를 두 가지 범주로 고정시키기보다는 그 사이에서 벌어지는 운동에 주목한다. 나무에서 리좀이 되느냐, 혹은 리좀에서 나무로 가느냐? 딱딱한 관료제 사회일수록 오히려 그 속에서는 훨씬 유연하고 독창적인 삶의 흐름이 나올 가능성이 풍부해진다. 반대로 규제 없는 공동체가 그 어떤 관료적인 조직보다도 폭력적인 경우도 있다. 하지만, 뭔가를 다시 새롭게 시작하는 힘은 리좀에게서 나온다. 나무는 한 번 나무로 완성되고 나면 자기 뿌리를 지키는 일밖에는 할 수 없다. 그러나 리좀은 가뿐히 나무를 통과해 간다. 나무들이 공간을 모두 점유해 버려도 상관없다. 리좀은 그 위에서 다시 뻗어 나갈 것이다.

> 나무의 심장부에서, 뿌리의 공동空洞에서, 가지의 겨드랑이에서 새로운 리좀이 형성될 수 있다. …… '리좀 모양이 된다는 것'은 줄기들이 새롭고 낯선 용도로 사용되어도 상관없으니, 뿌리를 닮은 줄기들, 더 정확히 말하면 나무 몸통으로 뚫고 들어가면서 뿌리들과 연결접속되는 굵고 가는 줄기들을 생산하는 것을 의미한다.「리좀」, 34~35

『천 개의 고원』은 리좀적 책이고, 저자들은 리좀적 운동을 긍정한다. 왜 나무가 아니고 리좀일까? 리좀만이 새로운 것을 생성할 수 있기 때문이다. 유행하는 오디션 프로그램을 보자. 오디션은 1등을 뽑기 위한 프로그램이다. 토너먼트 형식으로 진행하는 것도 딱 수목의 모양새다. 그런데 심사위원들이 가장 기뻐하는 순간은 기존의 형식에서는 없었던 새로운 스타일을 발견했을 때다. 기술은 훈련시키면 누구든 갖출 수 있다. 하지만 독창성은 어디서 구입할 수 있는 게 아니다. 내게는 오디션 프로그램이 자본만으로는 생산할 수 없는 '새로움'을 발굴하기 위한 작업으로 보였다. 그렇다면 오디션이 참가자들에게 선심을 베푸는 게 아니라, 오히려 수만 명의 참가자들이 이 오디션을 가능하게 한다는 쪽이 더 맞지 않을까? 오디션은 승패를 가른다. 하지만 각 지역에서 음악을 제멋대로 즐기는 이 리좀적인 움직임들이 없었더라면 오디션 자체가 불가능했을 것이다. 오디션은 엄숙하게 성공과 실패를 가르려 하지만, 계속해서 생성을 시도하는 자들에게는 성패가 별 의미가 없다. 나무의 세계는 명료하다. 하지만 이곳은 생기발랄하지는 않다.

여기서 『천 개의 고원』은 커다란 긍정을 한다. 삶처럼 리좀적인 것은 없다는 것이다. 삶은 타자들로 득실거린다. 이 '타자'에는 내가 평소에 만나는 사람들 외에, 내가 모르는 수많은 이들까지도 포함된다. 그래서 무엇을 하든 늘 타자들과 부대끼는 과정이 될 수밖에 없다. 그런데 이 부대낌을 다 빼 버린 '나'라는 게 가능할까? 이 좌충우돌 사건이 발생하는 덕분에 삶은 계속 생생한 변화의 순간들을 맞이

할 수 있다. 나는 삶이라는 판 위에서 교차하고 치고 빠지는 수많은 선들 중 일부일 뿐이다. '살아간다'는 동사는 무슨 뜻인가. 한곳에 머물지 않고 계속 차이화하는 과정밖에는 없다는 것이다. 나의 삶도, 나라는 사람도, 이 과정에서밖에는 이야기할 수 없다.

## '살아 있음'의 지도 그리기

리좀과의 만남. 이것은 내게 하나의 탈출구이자 해방구였다. 지금까지 나는 글을 쓰면서 내가 모르는 미지의 영역과 대면해야 했다. 백지 앞에 설 때마다 나는 내 글에도, 내 삶에도 모두 자신할 수 없었다. 나는 대체 내 글로 무엇을 책임지고 말할 수 있을까? 나는 나에 대해서나 세상에 대해서나 아무것도 모르고 있는 게 아닐까? 하지만 리좀이라면 이렇게 응답할 것이다. '무엇'인지 모르기 때문에 계속 쓸 수 있는 거라고. 삶이 어디 따로 있는 것이 아니다. 경험이 부족하면 부족한 대로, 많으면 많은 대로 당장 작동하고 있는 그 상태가 바로 삶이다. 리좀을 만들기로 마음먹는 순간부터, 지켜야 할 나와 해석해야 할 삶은 사라져 버린다. 이렇게 저렇게 살아야 한다는 당위도 중요한 게 아니다. 하나의 영토에 뿌리내리는 것이 더 이상 관심사가 아니기 때문이다. 이렇게 리좀은 뿌리-책을 탈출해서 글쓰기 자체에 도달한다.

　글쓰기는 굉장히 역동적인 작업이다. 내 말을 한 줄이라도 쓰기 위해서는 우리는 저변의 무의식과 만나야 한다. 언어와 비언어, 의식과 무의식, 나와 너, 인간과 광물, 우주의 운동 사이로 끈질기게 비집고 들어가야 하는 것이다. 읽고 쓰는 일이 그 자체로 혁명이라고 주장하는 사사키 아타루佐々木中는 이렇게 말한다. "끈기 있게, 자신과 자신에게서 밀려 나온 그 무수한 것을 최대한 쥐어짜 삐걱거리게 합니다. 그것이 읽는다는 것입니다. 차례로 넘기는 책의 한 페이지 한 페이지마다 우리는 실오라기 하나 걸치지 않은 무의식의 벌거벗은 형태로 도박을 하는 것입니다." 사사키 아타루, 『잘라라, 기도하는 그 손을』, 송태욱 옮김, 자음과모음, 2012, 51쪽 그렇다면 글을 쓸 때 나 자신에게 던지는 질문도 이렇게 바뀌어야 한다. '삶에 대해 옳게 서술했는가?'가 아니라 '내가 살아가는 세계를 매번 다시 쓰고 있는가?'라고. 어떤 사건이 벌어졌다. 그 순간 삶은 다르게 작동하게 된다. 삶에 대한 글도 처음부터 다시 고쳐 쓰는 수밖에 없다. 그래서 쓰기와 살기는 서로 떨어질 수 없는 것이다.

내가 맨 처음 마주했던 내 삶은 별 볼 일 없는 일상이었다. 먹고, 자고, 싸는 것 말고 달리 할 게 없는 삶! 이것은 책으로 쓰기에는 너무 시시하게 보였다. 하지만 바로 이 일상을 미화하지 않고 그대로 쓰고 싶었다. '어쩔 수 없음'이라는 수많은 당위들이 깊숙이 뿌리내리고 있는, 누구도 주목하지 않고 일기로도 남길 것 없는 이 하루하루의 틈새 말이다. 잡동사니들, 잡초와 같은. 그런데 나중에야 알았다. 일상이 글로 잘 옮겨지지 않는 까닭은 그것이 초라해서가 아니라, 생성소멸이라는 움직임이 가장 날것으로 펼쳐지는 장이기 때문이었다. 거기에는 뭔가가 벌어지고 있는 '중'이라는 그 중간과정만 있었다.

여기서 솟구쳤다 흩어지는 수많은 운동들이 바로 내가 피부로 느끼고 있는 세계의 모습이었다. 그렇다면 이 중에서 일부만이라도 내가 직접 다시 써 낸 흔적일 수 없을까? 중요한 건 일상을 개선하는 것이 아니라, 일상이 의존하고 있는 전체 판을 다시 그리는 것이 아닐까? 이 차이를 조금씩 써 내려갈 때 리좀도 차츰차츰 뻗어 나간다. 리좀은 증식하고 증식하다가 결국 그 순간에만 존재할 수 있는(그 다음의 찰나에는 또 다르게 변해 버릴) 특이한 판을 깐다. 이 판 위에 아무것도 아닌 내가 살고 있다. 놀라운 일이다. 그래서 들뢰즈와 가타리는 삶이라는 사본을 복제하지 말고 살아 있는 지도를 직접 그리라고 말한다. 물론, 그 지도에는 나무와 리좀이 함께 있다. 하지만 지도를 그리는 생성작업은 어디까지나 리좀의 몫이다.

지도를 그리기 위해서 내가 대단한 사람이 될 필요는 없다. 내 일상의 주인공은 나 혼자가 아니기 때문이다. 나는 사본이 아니라 지도를 그릴 수 있다. 친구들, 미생물들, 감정들, 우주가 늘 함께한다. '김해완'이 누구인지 전혀 알지 못한 채 열심히 아미노산을 합성하는 단백질도 내 안에 있다. 체중의 1kg나 차지한 채 살고 있는 세균과 기생충들도 있고, 매일 타자의 죽음과 만나는 위장도 있다. 먹고 자고 숨쉬는 이 지루한 일과를 특별하게 만들어 주는 여러 친구들도 있다. 이렇게 함께하기 때문에 내 일상은 불편해지기도 하고 즐거워지기도 한다. 나는 삶에 얼마든지 참여할 수 있지만 그 삶이 내 소유는 아니다. 우리들은 이미 수많은 것들과 연결된 채로 존재하며, 앞으로도 계속 새롭게 접속하리라는 것. 이것이 바로 리좀의 연결접속원리가 전하는 복음이다. 삶은 고정된 캔버스의 풍경화도, 한 명의 주인공만을 비추는 모험소설도 아니다. 삶은 운동이다. 한 번도 멈춘 적 없었고, 심지어 죽음이라는 것 이후에도 계속될 절대적인 운동이다. 먹고 자고 싸고 떠드는 하나하나가 다 운동이다. 내가 아무것도 아닌 일상에서 완전한 세계가 매번 만들어진다. 리좀, 그것은 '삶'이라는 고정된 표상을 유쾌하게 가로질러 가는 '살아 있음'에 대한 철학적 고찰이다.

그렇다면 머뭇거릴 이유는 없다. 유일하게 남은 문제는 지도를 직접 제작하는 것, 직접 도구를 들고서 삶의 여러 선들을 그려 보는 것이다. 쓰기, 그리기, 노래하기, 먹기, 달리기, 숨쉬기.


## 고원을 만드는 글쓰기

무기는 장전되었다. 이제 떠들고, 써 대고, 새롭게 읽는 일만 남았다. 굿바이, 오랫동안 내 삶을 두고 '간을 보던' 낡은 담론들이여! 내 주소지는 살벌한 정글도, 따뜻한 온실도, 부모-그늘 밑도 아니다. 세상은 어디 따로 있지 않다. 내가 살고 있는 곳은 바로 나의 삶 자체이다. '삶'이라고 소리 내어 말하는 순간 그 위에서 벅적거리고 있는 수많은 목소리들이 들린다. 나의 배움의 터전은 '남산강학원'이다. 그래서 나의 언어는 이곳의 사유와 분리되지 않는다. 나의 할머니는 건물청소부다. 그래서 광주시청 용역청소부들의 행진은 내 할머니들의 행진이다. 나의 모교는 대안학교였다. 그래서 나는 학교가 제공하는 대안은 내 삶의 대안이 될 수 없다는 것을 배웠다. 나의 세상은 한발짝씩 확장되고, 이것 외에 다른 세상은 없다. 세상은 이미 주어져 있지만 그렇다고 모든 게 결정되어 있다고는 말할 수는 없다. 나는 분명 대학과 경쟁과 소비만을 무책임하게 부추기는 꽤 괴로운 시대에 태어났다. 그러나 그게 리좀적인 움직임을 멈춰야 할 근거가 될 수는 없다. 우리는 얼마든지 틈새시장(?)을 공략할 수 있고, 뛸 수 있고, 중간에서 시작할 수 있다. 거대한 나무-시스템 위에서도 뻗어 나가는 리좀처럼.

무엇이 '되어야 한다' 혹은 '해야만 한다'고 말하지 말라. 그것을 '삶'으로 환원하지 말라. 무엇을 하든, 어디서 살든, 그건 그냥 삶이다. 삶이라는 사본이 있는 게 아니라 내가 이렇게 저렇게 그리는 지도 자체가 삶이기 때문이다. 이제 "이것은 네가 태어났을 때부터 지고 나온 부채다" 따위의 말들에도 더 이상 속지 않을 것이다. 그 말을 믿지 않는다고 해서 삶이 무기력해지거나 길을 잃어버리는 것은 아니다. 살아가야 할 이유를 찾는 것보다 지금 이 순간 나를 살게 하는 생기가 더 소중하기 때문이다. 하나의 목표점을 향해 달려가는 길은 경주마의 트랙이다. 삶이 길이라면 거기에는 종착역도 시발점도 없을 것이다. 길은 내가 확장되고, 깨지고, 수많은 것들로 우글거리게 하는 '중간'에만 있다. "중간에서 떠나고 중간을 통과하고 들어가고 나오되 시작하거나 끝내지 않는 것", 이것이 중요하다. 물론, 가다 보면 의지가 꺾이거나 마른하늘에 날벼락 맞는 날도 있을 것이다. 하지만 길을 잃어버렸다고 생각할 때조차 우리는 욕망하고 있다. 우리는 걸어가는 길 위에서 공부하게 될 것이다. 어느 욕망이 날 살리고 죽이는지, 또 함께 살아가기 위해서 어떻게 욕망의 회로를 구성해야 하는지. 나는 나의 미숙함에, 이 미*-완성에 감사한다. 내 나이는 아무리 삶을 말해도 진부해지지 않는 시기다!

실패할지도 모른다는 두려움 때문에 우리는 종종 나무로 되돌아간다. 선택을 결정하는 '처음', 그 최초의 시간과 장소에서 운명이 갈렸다고 믿고서 내 실패의 원인을 그곳에 파묻으려 한다. 그러나 리좀적 삶에는 종착역도 시발점도 없다. 모든 게 끝났다고 절망하거나 모든 게 해결되었다고 기뻐하는 때, 뭐가 뭔지 모르겠어서 방황하고 있는 시기마저도 우리는 계속 중간을 달리고 있다. 그 중간에서 리좀이 자란다.


어디로 가는가? 어디에서 출발하는가? 어디를 향해 가려 하는가? 이런 물음은 정말 쓸데없는 물음이다. …… 중간에서 떠나고 중간을 통과하고 들어가고 나오되 시작하고 끝내지 않는 것이다. 「리좀」 55


『천 개의 고원』이 말한다. 15번이나 반복해서 말한다. 쓰라. 쓰기란 다른 게 아니다. 삶을 증식시키는 '차이'를 탐색하고 그 속에 직접 뛰어드는 과정이다. 우리는 종종 연애로 세상을 다시 쓴다. 한 곡의 노래만으로 우리가 '증식하는 리좀'이 되어 새로 엮이기도 한다. 하지만 어떤 경로로 리좀에 가닿든, 중요한 건 직접 해야 한다는 사실이다. 쓰기 작업은 체력적으로 상당히 힘든 일이다. 하지만 쓰지 못하는 상태가 가장 괴롭다. 쓰기를 포기하는 순간 우리는 미리 짜 맞춰진 뿌리-책 위에 핀셋으로 고정될 것이다.

바로 이 여정에 대해서 쓰고자 한다. 이것은 아마도 삶이라는 표상이 아니라 '살아 있음'이라는 떨림을 더듬는 작업이 될 것이다. 『천 개의 고원』을 또 다르게 증식시키는 리좀! 이 과정이 누군가가 낯선 고원과 접속하여 증식할 수 있는 기회가 된다면, 더할 나위 없이 좋을 것이다!

# 아무것도 부족할 것 없는 연애
## — 다양체의 무의식

### 연애를 하라?

나이가 차면 저절로 사랑을 하고 또 결혼을 하게 된다고 믿었던 때가 있었다. 어른이 된다는 건 곧 가정을 꾸린다는 것이 아니겠는가? 나와 함께 미래를 나눌 수 있는 사람이 한 명 정도는 있지 않을까?

그때는 유희열의 유명한 멘트 "대학 가면 애인 생길 것 같죠? 안 생겨요~"라는 말을 아직 몰랐었다. 대학도 안 갔지만, 여하튼 안 생기긴 안 생기더라(ㅆ). 가정이라는 울타리 역시 기대했던 것처럼 안정된 토대가 아니었다. '엄마들'과 '아빠들'은 무수한 문제들을 겪었고, 그 속에서 관계를 갱신하거나 혹은 끝내거나 했다. 그러나 이런 오해들보다도 내게 더 충격적이었던 한방이 있었다. 망상의 십대 시절을 끝내고 보니 어느새 나에게 붙어 있던 이상한 꼬리표! 취직과 연애와 결혼을 포기한 세대라는 이른바 '삼포세대'였다. 도대체 누가 이런 악의적인 이름표를 만들어 낸 걸까? 난 단 한 번도 이 세 가지를 포기한 적이 없는데! 그러나 이 말을 완전히 부인할 수도 없었다. 대학 졸업 후 곧장 정규직에 취직된 엄친아가 아닌 이상 누가 이십대 때 감히 결혼(비용)을 꿈꾸겠는가. 만년 백수 혹은 시급 노동자가 태반인 대부분의 청년들은 연애비용을 충당하는 것만으로도 벅차다.

하지만 돈 많은 사람만 짝짓기 시켜 주는 자본주의보다 좀더 서글픈 것이 있다. 할지 안 할지 모르는 결혼은 제쳐 두고라도, 이런 상황을 개의치 않을 만큼 우리는 과연 만족스럽게 연애하고 있는가? 사실, 내가 정말로 납득할 수 없었던 건 이십대가 '삼포'해야 한다는 현실이 아니었다. 오히려 연애야말로 이십대의 특권이라고 주장하는 각종 드라마들이었다. 이십대가 이성문제에 관심이 많은 건 당연하다. 하지만 그 실제 현장을 무조건 핑크빛으로 칠해 버리는 건 너무 위험하다! 나를 포함하여 내가 지나쳐 온 청춘의 연애사에는 많은 구멍들이 있었다. 각종 이벤트, 섹스에 대한 무지, 학벌에 대한 미묘한 위계, 소유욕과 집착과 폭력…… 놀랍게도 사람들은 사랑한다는 명분 아래 이 진부한 패턴들을 반복했다. 사랑의 한계가 아니라 이게 바로 사랑이라는 것이다. 내 눈에는 짝짓기 실패라는 생물학적인 좌절감보다도, 오히려 '사랑'이라는 진부한 코드에서 벗어나지 못하는 것이 연애의 장애물처럼 보였다. 아무리 연애를 뜨겁게 시작해도, 그렇게 계속 치이다 보면 최초의 감정도 금세 사라지고 만다!

연애를 하고 싶어 했던 (여전히 하고 싶어 하는!) 나에게 좌절하기를 여러 번. 그럴수록 자의식은 커져만 간다. 문제가 뭘까? 내가 부족한가? 좋은 상대를 만나야 하나? 배짱도 돈도 없는 내가 또 이걸 할 수 있을까? 해서 뭐 하나? 멜로드라마가 허상인 것도 알겠고 우리 들의 연애가 대단하지 않다는 것도 알겠는데, 그럼 도대체 어쩌란 말 인가. 총체적 난국이다. 이 현실 속에서 내 사랑은 어떤 출구를 찾아 야 하는가.

## 연애의 파국 : 사랑이냐 불안이냐

프로이트라면 이렇게 대답해 줄 것이다. 그건 네가 어린 시절에 성 욕을 잘못 억압해서 생긴 콤플렉스 때문이라고. 프로이트는 연애 파 국을 맞은 사람들을 분석하는 데에 달인이다. 그의 상담방식은 심플 하다. 그는 모든 문제의 원인을 성욕으로 돌린다. 커플관계의 문제든 아니면 독수공방 솔로의 문제든 상관없다. 다 성욕 때문이다!

    프로이트의 성욕 개념은 생물학적인 생식기능과 다르다. 이것은 삶의 쾌락을 추구하는 일종의 무의식적 에너지인데, 이 힘은 섹스뿐 만 아니라 여러 가지 방식으로 표현될 수 있다. 정신분석학에서는 이 성 에너지를 리비도$^{Libido}$라고 부른다. 문제는, 이 리비도가 가만히 내 버려 두면 아무렇게나 발현된다는 것이다. 가장 유명한 병증이 바로 오이디푸스 콤플렉스, 즉 근친상간에 대한 욕망이다. 남자아이는 엄 마를 좋아한다. 그래서 함께 섹스를 하고 싶다. 하지만 아빠라는 존 재가 버티고 서 있기 때문에 아이는 자신의 리비도를 억압할 수밖에 없다. 프로이트는 이 억압과정을 부정적으로 보지 않았다. 이것이 인간의 성장단계에 꼭 필요하다는 것이다. 리비도를 정상 성욕으로 무사히 전환시킬 것, 이것이 우리가 문명사회로 진입하기 위해 넘어야 하는 문턱이다. 여기서 정상적인 사회인이란 누구일까? 이성과 교합해서 아이를 갖고 싶어 하는 미래의 아빠 엄마들이다. 건전한 연애에서 출발해 화목한 결혼으로 골인하는 청춘남녀들.

프로이트가 보기에, 이 정상궤도를 이탈하는 사람은 모두 환자였다. 프로이트는 리비도가 오작동하는 원인을 어린 시절 겪었던 부모와의 관계에서 찾는다. 결국 부모에게 충분히 사랑받지 못했다는 결핍감이 우리를 연애불능자로 만든다는 것이다. 연애불능자들은 리비도를 왜곡된 방식으로밖에는 표현할 수 없다. 가령, 히스테리 환자는 성에 대해 이중적인 태도를 보인다. 그들은 성생활을 몹시 혐오하면서 기피하지만 그러면서도 끊임없이 성기의 대체물을 찾아 "양말을 질에, 흉터를 거세에 몽땅 겹쳐 놓「늑대」, 60는다. 섹스에 무관심하거나 비정상적인 섹스플레이에 탐닉하는 사람들도 똑같은 원리가 적용된다. 우리 주변에서도 잠재적인 히스테리 환자들을 쉽게 찾아볼 수 있다. 물건에 집착하는 것, 결혼하지 않고 독신남녀로 사는 것, 연애보다 독서를 더 좋아하는 것, 초식남과 초식녀, 기타 등등(사지가 멀쩡한데도 결혼할 수 없는 요즘이야말로 히스테리가 번창하기 딱 좋은 조건 아닐까?).

프로이트의 연애클리닉은 우리의 골치 아픈 연애상황을 한방에 정리해 준다. 모든 문제는 '정상적 관계'에서 이탈해 버린 일종의 '병'으로 설명된다. 연인과 늘 싸워야 했던 내 소소한 습관들부터 내가 만년 솔로일 수밖에 없는 뿌리 깊은 원인까지 모두! 프로이트의 분석은 듣고 있으면 굉장히 설득력 있게 느껴진다. 우리의 마음속에도 '정상적 관계'라는 환상이 있기 때문이다. 관계에 문제가 생길 때마다 우리는 이 기준을 가지고 고민한다. 관계를 잘 맺으려면 도대체 어떻게 해야 할까? 내가 여자답지 않은가? 충분히 자식답지 않았나? 상식적으로 이해할 수 없는 욕망이 치솟을 때 이 마음을 어떻게 '처리해야' 할지 몰라 당황해하기도 한다. 그러나 누구도 관계에 대한 일관된 답을 가지고 있지 않다. 서점에서 연애에 대한 매뉴얼이 그토록 많이 팔리는 것은 오히려 연애에 왕도가 없기 때문 아닐까? 선생과 제자, 부모와 자식, 동료와 동료 사이도 마찬가지다. 어떤 관계에서든 제도와 법으로 해결할 수 없는 영역이 있다. 그곳에서 우리는 서로를 직접 마주 대하면서 그때 그때 닥치는 대로 관계를 갱신하는 수밖에 없다. 우리는 처음부터 일말의 불안감을 안고 관계를 맺어야 하는 것이다. 프로이트는 바로 이 불안함의 답이 되고자 한다. 우리가 처해 있는 아슬아슬한 불안상태를 해석해 주려고 한다. 네가 왜 연애를 못하냐고? 네 억압된 성욕, 네 콤플렉스 때문이지!

하지만 이 연애클리닉에는 결정적인 흠이 있다. 프로이트는 이미 파국을 맞아 끝나 버린 연애만 분석할 수 있다. 당장 현재진행형인 문제에 대해서는 실천방안을 제시해 줄 수 없다. 내가 특정 유형의 이성에게만 꽂히고 특정 방식으로만 연애하는 것이 어린 시절의 콤플렉스 때문일 수도 있다. 연애도 못하고 방구석에서 삽질만 하는 것도 콤플렉스 때문일 수 있다. 하지만 그렇다면 도대체 지금의 나는 뭘 할 수 있단 말인가?

　푸코는 한 인터뷰에서 재미있는 말을 했다. 불안한 관계가 꼭 부정적인 것만은 아니라는 것이다. 이것은 사람과 사람이 제도권 바깥에서 관계를 전면적으로 맺을 때 발생하는 효과이기도 하다. 푸코는 동성애를 그 중 한 예시로 든다. 동성애는 단순히 성적 기호를 선택하는 문제가 아니다. 이 불안감을 전면에 드러내 놓고 직접 부딪혀 가면서 새로운 관계를 만들어 나가는 우정의 문제다.

　제도적인 관계와 가족, 직업과 의무적인 동지애 바깥에서 서로가 서로에게 '아무것도 걸치지 않는'naked다는 것은 무엇일까요? 이 것은 하나의 욕망이고, 불안함이며, 수많은 사람들 사이에 존재하는 불안한-욕망입니다. Michel Foucault, "Friendship as a Way of Life", *Foucault Live(interviews, 1966~84)*, Edit. by Sylvère Lotringer, Trans. by Lysa Hochroth and John Johnston, Semiotext(e), 1996, p.304. 번역은 인용자의 것.

　푸코의 말을 뒤집어 보자. 사람들이 불안한 관계를 떠나 정상적 관계에 안착하고 싶어 한다면, 그것은 우리 스스로가 제도권 바깥에서는 관계 맺을 수 없다고 생각하기 때문이다. 그런데 이 태도에는 이미 두 가지 전제가 깔려 있다. 정상적인 관계와 비정상적인 관계를 구별할 수 있다는 믿음. 그리고 정상적인 관계를 욕망하는 것이 나의 정상성을 증명한다는 믿음. 우리는 스스로 자신의 이름을 내걸고 욕망한다고 생각한다. 나는 내 욕망의 책임자인 것이다. 상대에게 내 마음을 거절당했을 때 존재 자체가 부정당하는 것처럼 느끼는 것이나, 내 마음에 상처 준 사람에게 이 상처를 책임지라고 요구하는 것도 바로 이 전제를 믿기 때문이다.

하지만 의심스럽다. 이런 빡빡한 검열 속에서 과연 사랑이라는 사건이 일어날 수 있을까? 프로이트는 무의식에 '엄마'와 '아빠'끼리의 만남밖에는 없다고 믿었단 말인가? 그렇게밖에는 불안함을 해소할 수 없었던 걸까?

## 사랑에 빠지는 순간 : 늑대는 한 마리로는 될 수 없다

들뢰즈와 가타리의 연애클리닉은 프로이트와 완전 딴판이다. 그들은 연애의 파국을 분석하지 않는다. 오히려 거꾸로 묻는다. 우리는 어떻게 사랑에 '빠질 수 있는' 걸까? 사랑에 빠지기 전과 후의 세계가 완전히 달라 보인다면, 이 차이는 어디서 오는가?(단지 애인이 너무 예뻐서는 아닐 것이다.^^) 들뢰즈와 가타리는 무의식 속에서 사랑에 빠지는 이 능력을 탐색한다.

들뢰즈와 가타리가 무의식을 바라보는 시선은 프로이트와는 영 다르다. 프로이트의 환자 중에는 일명 늑대인간이 있었다. 그는 편집증(히스테리)이 아니라 분열증 환자였다. 분열증은 하나의 대체물에 집착하는 편집증과는 달리 자기 자신의 동일성을 잃어버리는 증상이다. 늑대인간은 나뭇가지에 앉아 있는 일곱 마리 늑대 꿈을 꾸었다. 그런데 프로이트는 꿈에 등장한 것이 늑대'들', 늑대의 복수 형태였다는 사실을 놓친 채 엉뚱한 해석을 내놓았다. 즉 이 일곱 마리의 늑대는 사실 일곱 마리의 아기 염소와 한 마리의 늑대를 상징한다는 것이다. "바보! 한 마리 늑대가 될 순 없잖아. 늑대는 항상 여덟 마리 아니면 열 마리, 여섯 마리 아니면 일곱 마리야. 혼자서 한 번에 여섯 이나 일곱 마리 늑대가 될 수는 없지만 무리 속에서 다른 대여섯 마리의 늑대와 함께 있는 한 마리 늑대는 될 수 있다." 「늑대」, 64 들뢰즈와 가타리는 프로이트가 해석하지 못했던 이 복수 형태에 주목한다. 몇 마리인가, 혹은 혼자인가 여럿인가가 중요한 게 아니라, 자기 자신을 무리 속에서 파악한다는 게 중요하다. 여기서 늑대인간이 잃어버린 욕망의 대체물을 찾고 있는 게 아니다. 그렇다면 이 꿈에 나타난 늑대인간의 욕망은 무엇일까? 들뢰즈와 가타리가 말한다. 이것은 늑대가 '되고자 하는' 그의 소리 없는 외침이다! 그의 무의식은 존재의 변신을 꿈꾸고 있다!

이 늑대-되기는 늑대 무리들에 끼어 있을 때에만 가능하다. 여기서 잠깐 '다양체'라는 개념을 경유해 보자. 다양체는 쉽게 말해서 다양한 요소들이 구성해 내는 일종의 집합적 신체다. 하지만 신체라고 해서 '유기체'의 이미지를 떠올리면 안 된다. 유기체는 머리, 팔, 심장, 이목구비와 같은 기관-부품들이 조립된 전체 형상이다. 그에 반면, 다양체에서는 기능과 역할이 미리 분배되어 있지 않다. 들뢰즈와 가타리가 이 개념을 통해 보여 주려고 하는 것은 '다양'이 어떻게 하나의 중심으로 환원되지 않고 있는 그대로의 상태일 수 있는가다. 물론 이렇게 말로만 해서는 잘 상상할 수 없을 것이다(ㅱ). 그런데 우리는 이미 다양체 속에서 살고 있다. 바로 자연이다. 가령, 동물들이 이루는 무리 형태가 바로 다양체다. 무리 안에서 각 동물 개체들은 고정된 역할을 부여받은 상태가 아니다. 하지만 무리로 모여 있는 것만으로, 위기 상황 속에서 훨씬 더 커다란 역량을 발휘하게 된다. 자연은 종種을 뛰어넘어 다양체를 만들기도 한다. 서로에게 먹고 먹히면서 공존해 가는 서식지가 바로 그런 상태다. 여하튼 다양체에서는 다음의 두 가지 사실이 중요하다. 첫째, 고정된 중심이 없을 것. 둘째, 서로에게 침투해 들어가는 운동을 멈추지 않을 것.

무의식이 다양체라는 것은 어떤 의미일까? 이곳은 괴물 같은 욕망들이 우글거리는 쓰레기장도, 교육시켜야 하는 미성숙한 유아상태도 아니다. 오히려 수많은 종의 무리들이 우글거리고 있는 서식지와 같다. 의식으로는 모두 붙들 수 없는 차원일 뿐만 아니라 의식 자체를 새로이 생산해 내는 잠재적인 자연인 것이다. 내 무의식에는 엄마와 아빠만 사는 게 아니다. 친구, 늑대, 화폐, 버지니아 울프, 파시즘, 길거리, 햇빛, 컴퓨터, 그 외의 수많은 것들, 그리고 종종 나에게 큰 변화를 야기하는 우주적인 힘들 역시 이 장場을 통과해 간다. 무의식은 결코 폐쇄적이지 않다. 수많은 입자 무리들이 바깥에서 날아와 무의식을 관통해 간다. 이런 운동들과 뒤섞이기 때문에 무의식은 다양체가 된다.

버지니아 울프의 작품 『댈러웨이 부인』을 보면 이 다양체적 무의식이 어떤 이미지인지 좀더 감이 잡힌다. 이 소설은 댈러웨이 부인이 저녁 파티를 준비하는 하루 동안의 이야기다. 이 하루에는 별 특

별한 사건이 없다. 그런데도 소설은 몹시 역동적이다. 그녀의 의식상
태가 바깥 세계와 내면 사이를 경계없이 자유롭게 넘나들기 때문이
다. 그녀는 말 그대로 세계와 섞인다. 가로수 길을 지나갈 때는 나무
에 스며들고, 화장대 앞에서는 아침 햇살의 생생한 고동소리를 느끼
며, 옛 친구를 만날 때는 과거의 시간으로 빨려 들어간다. 겉으로는
정숙해 보이는 쉰 살 여인의 삶이 이렇게 시끌벅적하다니! 다음 인용
문은 댈러웨이 부인이 오후 자기 집 거실에서 스스로를 관찰하는 장
면이다.

> 어느 여름날 파도들이 몰려 왔다가는 균형을 잃고 흩어져 떨어졌
> 다. 모였다가는 흩어졌다. 그리고 온 세상이 '그게 전부야' 하고 점
> 점 더 육중하게 말하는 것 같았다. 마침내 해변가 태양 아래 누워
> 있는 육체 안의 마음조차도 '그게 전부야'라고 역시 말했다. 더 이
> 상 두려워하지 말라고 마음은 말하며 자신의 짐을 어떤 바다에다
> 맡겼다. 그 바다는 모든 슬픔을 한데 모아 한숨을 내쉰 뒤, 새로워
> 지고, 파도가 다시 일어나 끌어모았다가는 떨어져 내렸다. 버지니아 울
> 프, 『댈러웨이 부인』, 정명희 옮김, 솔, 2006, 75~76쪽

일렁이는 바다, 파도, 파도치는 입자의 무리들. 이 무의식의 다양
체가 어느 순간 특정한 형태로 포착될 때 우리는 기묘한 꿈을 꾸거나
사랑에 빠진다. 그러나 이때 의식으로 포착된 상像이 어떤 내용인지
는 중요하지 않다. 어차피 다음 순간에 흩어질 상이니까. 중요한 건

이 입자들 사이의 거리가 계속 바뀌면서 다양체가 운동한다는 사실이다.

우리는 이 미묘한 파동을 인간관계 속에서도 체험한다. 회사 같은 조직에는 분명한 위계관계가 있다. 하지만 그런 곳에서도 직급으로는 가로막을 수 없는 숱한 감정들이 오가면서 사람들 간의 위치와 관계가 미묘하게 변한다. 내가 학교를 다닐 때도 나는 '학생'의 위치에 머물러 있지 않았다. 오히려 그 당시의 나를 말해 주는 것은 친구들 사이의 갈등, 수업에서 받았던 지적인 자극, 학교에 가졌던 반감 같은 것들이다. 우리는 한 조직에서 늘 주변에 서 있다. 중심에서 밀려난 주변부라는 뜻이 아니다. 중심에 고정되지 않고 끊임없이 거리를 바꿔 가는 게임에 참여한다는 뜻이다. 단지 여러 명 중 한 명에 불과하다고? 함께하기 위해서는 긴장상태 속에서 부단히 움직여야 한다. 한 명이면서 동시에 여러 명과 계속 함께 가기 위해서는 한순간도 정지해 있어서는 안 된다. 함께한다는 것은 긴장상태 속에서 부단히 움직이기를, 그렇게 모두가 중심에 안주하지 않고 끊임없이 경계에 서기를 요구한다. 공동체, 이웃, 회사, 연애, 그 어떤 관계라도 예외가 될 수 없다. 일상은 이 보이지 않는 팽팽한 긴장감으로 가득 차 있다. "단 하루일지라도 산다는 것이 아주, 아주 위험하다는 느낌." 울프 『댈러웨이 부인』, 19쪽.

들뢰즈와 가타리는 말한다. 우리가 사랑에 빠질 수 있는 까닭은 우리의 삶이 다양체이기 때문이다. 우리는 살아가면서 다양체를 구성하는 방식을 매일매일 익혀 왔다. 연애를 하지 않더라도 말이다.

싫어하는 사람, 미숙한 실수들, 화해하기 힘든 내 안의 감정과도 우리는 얼마든지 다양체를 만들어 낼 수 있다. 이때 다양체에는 두 가지 종류가 있다. 미시-다양체가 인물들 사이에서 움직이는 힘들끼리의 연속적인 다양이라면, 거시-다양체는 프로이트가 분석한 아빠-엄마-나의 가족관계도처럼 '인물'이 먼저 설정된 후에 도식적인 관계가 짜이는 불연속적인 다양이다. 일상에서는 이 두 가지 다양체가 항상 함께하고 있다. 나는 관계 속에서 '엄마' 그리고 엄마의 영역을 벗어나는 무엇, '남자친구' 그리고 남자의 영역을 벗어나는 무엇과 동시에 만난다. 그렇다면 나 역시 '나' 그리고 나에게서 달아나는 것들로 이루어졌을 것이다. 내 무의식에서는 슬픔, 기쁨, 증오, 분노, 행복 등의 힘이 출렁인다. 이것도 나와 바깥 세계 사이에 다양체가 만들어진다는 신호다.

## "사랑한다"는 말

보잘것없는 내가 보잘것없는 너를 사랑하게 되었다는 것. 이것이야말로 천지가 개벽할 만한 사건 아닐까? 우리가 사랑에 빠지는 순간은 다른 사람에게서 다양체를 발견해 내는 순간이다. 상대조차 알지 못하는, 그 사람의 무의식 속에 서식하고 있는 고유한 무리들을 끄집어 내는 사건이다.

사랑에 빠질 때를 생각해 보자. 수많은 사람들 중 한 명이었던 누군가가 갑자기 내 신체를 확 끌어당긴다. 나의 무의식이 상대에게서 아주 독특한 뭔가를 감지했기 때문이다. 『참을 수 없는 존재의 가벼움』에서 토마시는 테레자라는 여자가 다가와 그의 존재 한가운데에 묵직하게 박히는 경험을 한다. 그녀와 함께하기 위해서는 그가 지금까지 기대 왔던 삶의 조건들을 버려야 한다. 토마시는 어느 쪽을 택할까? 그는 스스로가 왜 그렇게 행동하는지 이해하지 못하면서도 끝까지 테레자를 따라간다. "그리고 그는 자신이 언제라도 행복의 집을 떠날 마음의 준비가 되었고 언제라도 꿈속 젊은 여자와 함께 사는 자신의 파라다이스를 떠나 테레자, 그로테스크한 여섯 우연에서 태어난 그 여자와 함께 떠나기 위해 자기 사랑의 'es muss sein!'을 배신할 것을 알았다." 밀란 쿤데라, 『참을 수 없는 존재의 가벼움』, 이재룡 옮김, 민음사, 2013, 368쪽

　여기서 토마시는 자신을 희생한 것이 아니다. 토마시가 행복했던 까닭은 그에게 사랑이 전부였기 때문이 아니라, 테레자를 사랑하는 과정에서 그 스스로가 다른 사람이 되었기 때문이다. 그것은 테레자로부터 일어났지만 또한 테레자로 귀속될 수 없는 별개의 사건이다. 테레자와 만나 토마시가 스스로 이끌어 낸 변신인 것이다. 사랑하는 순간 우리는 '다양체의 다양체'가 된다. 나의 무의식은 낯선 무리들과 만나 변하게 된다. 이것이 들뢰즈와 가타리가 보여 주는 사랑에 빠지는 순간이다.

　누군가를 사랑한다는 것은 무엇을 뜻할까? 언제나 군중 속에서 한 사람을 포착해 내고 그가 속해 있는 집단에서 그를 가려낸다는 것. 그것이 아무리 작은 집단이더라도, 가족이든 다른 뭐든 간에. 나아

가 그 사람에게 고유한 무리들을 찾아내고 그가 자기 안에 가두어 놓고 있는, 아마 완전히 다른 본성을 가졌을 그의 다양체들을 찾아 낸다는 것. 그것들을 내것에 결합시키고 내것들 속으로 그것들을 관통하게 만들고 또한 그 사람의 것을 관통해 간다는 것. 「늑대」, 76

물론 우리에게는 여전히 '내'가 '너'를 '어떻게 한다'(사랑한다?)는 어법이 훨씬 더 익숙하다. 우리 의식은 자의식에 묶여 있기 때문이다.

하지만 이 자의식과 무의식 역시 함께 작동하고 있다. 들뢰즈와 가타리는 나와 너, 개인과 전체를 분리시키지 않지만 그렇다고 이 둘을 무조건 합치시키지도 않는다. 우리가 봐야 할 것은 이 속에서 작동하고 있는 배치다. 누군가의 다양체를 포착하는 그 순간, 나는 그 사람이 서 있는 배치 한복판으로 걸어 들어간다. 각자의 관계망이 서로를 침투해 들어가면서 새로운 관계망을 펼치고, 그 가운데에서 너와 내가 동시에 변하게 된다. 이때의 변화를 우리는 '사랑'이라고 부르는 게 아닐까? 정신질환을 앓고 있는 사람은 개인적인 문제 때문에 그렇게 된 것이 아니다. 그가 미쳤다면, 그것은 그가 미치지 않고서는 살 수 없는 배치 위에 있기 때문이다. 마찬가지다. 만약 누군가와 사랑에 빠졌다면, 내가 변화를 겪을 수밖에 없는 '새로운' 배치로 진입했다는 뜻이다. 우리 입에서 저절로 "사랑해"라는 말을 하게 만드는 것은 배치 위에서 만들어지는 접속들이다. "특정한 순간에 '나는 너를 (또는 다른 무엇을) 사랑한다'라는 언표를 생산하는 배치물을

형성하기 위해서 개입하는 기계들, 톱니바퀴들, 모터들, 요소들."「늑
대」.77

그러니까 상대방이 너무 잘났다거나 내 자의식이 허락했기 때문
에 사랑에 빠지는 게 아니다. 사랑한다는 것은 기존의 배치에 변환이
온다는 뜻이다. 나와 네가 만나서 형성되는 새로운 배치, 그 꿈틀거
림 속에서 우리는 증식하는 무의식을 느낀다. 그것이 아무리 미미한
움직임이라도 놓치지 않는다. 별 볼 일 없는 사랑의 순간에 찾아오는
환희는 바로 이것이라고 나는 생각한다.

## 에로스는 발명되어야 한다

연애에 대해 자학(?)하면서 이 글을 열었다. 하지만 초점을 바꿔 보
자. 우리 안에는 연애코드에서 아예 탈출해 버리는 에로스들도 존재
한다. 에로영화보다 더 뜨겁게 스승을 쫓아가는 제자, 사모님보다 난
초에게서 더 큰 애정을 느끼는 사장님, 순록이 곧 나라고 말하는 툰
드라의 아이들, 연인보다 더 강렬한 동성 간의 우정, 세상을 바라보
는 눈을 완전히 뒤바꿔 놓은 한 권의 책과 나……. 이런 관계는 뭐라
고 명명될 수 없다. 그래도 이 힘은 분명히 실재한다.

그런데 이것, 이 '명명할 수 없음'이야말로 에로스의 본질이 아닐
까? 에로스는 상대방이 나에게 주는 감정도 아니고 내 안에 숨어 있
는 도착적인 욕망도 아니다. 사랑하는 만큼 내가 외부로 활짝 열리기
때문에 만들어지는 에너지다. 그렇다면 진부함이야말로 에로스의

최고의 적이다. 일반적인 사회적 통념에서 한 치도 벗어나지 못하는 사람이 어떻게 누군가의 무의식을 떨리게 할 수 있겠는가. 들뢰즈·가타리의 연애클리닉은 우리 같은 삼포세대에게 희망찬(?) 이야기를 해준다. 비싼 결혼조건에 부합하면 할수록 오히려 에로스의 생생함은 죽어 버릴 확률이 크다는 사실! 다양체는 배치 속에서만 만들어진다. 따라서 배치가 새롭고 낯설수록 에로스도 훨씬 더 강렬해질 것이다.

그래서일까, 너무나 강렬한 에로스는 종종 도를 넘는 것처럼 보이기도 한다. 영화 「케빈에 대하여」는 모자관계에서 오고가는 특이한 에로스를 보여 준다. 이 영화는 사이코패스 아들을 둔 엄마의 이야기다. 케빈(아들)과 에바(엄마)는 어린 시절부터 애증의 관계를 맺어 왔다. 고등학생이 된 케빈은 어느 날 학교 친구들과 아버지, 여동생을 커다란 활로 쏘아 죽인다. 마치 엄마에게 이것 보라고 자랑하는 아이처럼. 그후로 이 둘은 서로에 대해 어떤 용서도 연민도 표현하지 않는다. 그렇다고 서로를 증오하거나 부정하지도 않는다. 이게 뭘까? 이 불가해한 긴장감은 근친상간의 욕망으로는 설명되지 않는다. 이것이 이 영화의 탁월함이다. 전형적인 오이디푸스 콤플렉스가 아니라, 케빈이라는 사람과 에바라는 사람이 만났을 때에만 가능한 특이한 관계를 보여 주고 있기 때문이다. 물론, 이 영화는 너무 극단적이다. 케빈과 에바의 관계가 건강한 것도 아니다. 그러나 이 두 사람이 각자의 감정을 기존의 코드(죄의식, 원한……)로 환원하지 않고 끝까지 상대방을 노려봤다는 점에서, 그 체력과 담력만큼은 존경스럽다!

이 정도 힘은 있어야 새로운 에로스를 탐험해 볼 수 있지 않을까.

푸코 또한 이 관계의 발명을 강력하게 주장했다. 남성과 남성 간의 만남이 '동성애'라는 동일한 성적 코드가 아니라 '삶의 길로서의 우정'friendship as a way of life을 창안해야 한다는 것이다.

> 눈에 띄게 나이 차이가 나는 두 남자들, 이들이 소통하기 위해서 무슨 코드를 허락받을 수 있나요? 그들은 용어들이나 편리한 단어들 없이 서로를 마주합니다. 서로에게 전달하게 될 움직임의 의미에 대해 확신할 만한 것은 아무것도 없습니다. 그들은 아직 형태가 결여된, 우정이라는 이 관계를 A부터 Z까지 발명해야 합니다. 그들이 서로에게 쾌락을 줄 수 있다는 사실 모두가 바로 여기에 요약됩니다.
>
> Foucault, "Friendship as a Way of Life", *Foucault Live(interviews, 1966~84)*, p.304. 번역과 강조 모두 인용자의 것

여기서 푸코는 놀라운 말을 하고 있다. 우리가 서로에게 줄 수 있는 최고의 쾌락은 테크닉이 아니라 관계의 발명이라는 것이다. 동성애뿐일까? 우리는 수없이 자주 사랑에 빠진다. 앨범 한 장이, 책 한 권이, 누군가의 행동이 무의식을 떨리고 미치게 만든다. 정말로 미치겠는 때는 세상을 보는 눈과 귀가 완전히 달라져 버리는 순간이다. 그때 얼마나 낯선 다양체가 나를 관통해 가고 있는지 생생히 느낄 수 있다. 어쩌면 우리는 사랑이라는 것의 용법을 너무 좁게 쓰고 있는 게 아닐까? 살기 위해서는 끊임없이 접속해야 하고, 그 안에서 늘 뭔

가를 '증식시켜' 간다. 그게 바로 사랑이다. 가족이든, 애인이든, 선생님이든, 책이든, 식물이든, 늑대든, 혹은 전지구적 생명이든. 벌레에게 사로잡힌 카프카를 아예 이해 못할 것도 아니다. 삶은 가족이라는 틀 없이도 사랑해 볼 만한 것이다.

## 모든 다양한 사랑을 향해

친구들끼리 반농담 반진담 삼아 우리는 결혼사이트에 등록했을 때 등급조차 나오지 않을 거라고 말한 적이 있다. 그러나 들뢰즈·가타리의 연애클리닉은 우리 연애하층민들에게 유쾌한 새 길을 연다. 연애를 못하는 게 참을 수 없는 게 아니라, 나에게 열린 사랑이 연애밖에 없다는 게 참을 수 없는 것이다. 연애를 하리라. 그런데 그것만 하라니! 그럴 수는 없다. 무의식에 파도를 일으키는 사건이 남녀관계밖에 없다면 그건 너무 재미없지 않은가. 새로운 에로스를 발명해 볼 기회는 활짝 열려 있다.

그렇다. 역시 포기해야 할 것은 아무것도 없다. 연애는 시시한데 결혼은 미친 짓이라고들 한다. 가족의 영토를 벗어날 수도 그렇다고 안주할 수도 없는, 우리들의 폼 안 나는 사랑! 그러나 놀라운 것은 무의식이 그런 것들에 개의치 않고 생성된다는 사실이다. 왜 사랑해야 하는가. 아마도 우리는 사랑하지 않기가 더 힘들 것이다. 살아 있다는 것은 느낀다는 것이고, 느끼기 위해서는 세계와 만나야 한다. 말라 비틀어진 나무를 보고 살아 있다 말하기는 힘들지 않은가. 지금-

여기에서 힘껏 살고 있다면 언제나 증식하고, 사랑하고 있는 것이다. 취직·연애·결혼은 포기했을지 몰라도 누군가와 온 무의식으로 만나게 될 그 부딪힘을 포기할 필요는 없다. 그런 사랑을 아직 해보진 못했으나 나 감히(?) 꿈꾸고 있다. 연애에 실패하든 성공하든, 사랑에 빠지게 되는 순간은 계속 찾아올 것이다. 사랑-하기, 이것이 프로이트나 자본이 이해할 수 없는 기계들의 생명력이다.

　무의식은 재발견해야 할 것이 아니라 만들어야 할 것이기 때문이
　다.「되기」, 538

# ✤몸, 지구와 일상을 통과하다
## — 지층 속의 떨림

### 나는 나를 누구라고 생각할까

사건이 터지지도 않고 그렇다고 사건이 아예 없지도 않은, 일상이라는 영역은 투명한 공기처럼 보이지 않는다. 먹고, 텔레비전 보고, 쇼핑하고, 노동하고, 섹스하고, 자고, 일어나고……. 일상이 출구 없이 계속 반복된다고 느껴진다면 그때가 현실에 무감각해지는 때다. 그러다 가끔은 갑자기 사색적인(?) 질문을 부르짖고 싶은 날이 온다. "(이 꼴로 살고 있는)나는 대체 누구인가?!" 이 물음에는 한편으로는 '이 꼴'로 환원되지 않는 나, 좀더 그럴듯한 자기 자신을 찾고 싶다는 욕망이 깃들어 있다. 하지만 답은 질문 속에 이미 존재하지 않았던가. 나는 내가 누군지 이미 알고 있다. 인간이고, 여자고, 어른이고, 주민등록번호 13자리, 무직에, 솔로이고, 신용등급조차 나오지 않는 잉여. 이것이 바로 나의 견고한 일상을 받들고 있는 '나'다.

나에 대해서 이렇게 정의하는 것이 문제가 될까? 텔레비전이나 인터넷에는 화려한 인생을 즐기는 슈퍼스타들이 있다. 나는 이들을 본받아 자기계발에 매진할 수도 있고, 나만의 인생역전을 계획할 수도 있다. (실제로 여러 곳에서 그렇게 하기를 권고한다!) 그러나 몇 번의 시도와 삽질을 거치고서 확신하게 되었다. 아무리 꿈을 꾸더라도 나는 나의 누추한 일상을 절대로 떠나지 못한다는 것. 꿈이야 꿀 수있지만, 결국 내 현장을 떠나서 하는 말들과 생각들은 아무 소용없었고 오히려 그 간극만큼 이리저리 헤매기만 했다. 꿈꾸기 위해서 지금의 내 모습을 통째로 부정해야 하는 경우도 있었다. 그렇다면 꿈을 포기하고 그냥 지금 여기에 안주할 것인가?

## 지층이라는 개념

『천 개의 고원』에서 나는 바로 이 존재론적인 고민과 마주한다. 견고한 현실과 그로부터 부단히 빠져나가려는 몸짓. 변화하려는 힘과 계속 살아가려는 힘의 교차.

이 고민을 뚫고 가기 위해 들뢰즈와 가타리는 '지층'이라는 개념을 소환한다. 지층은 켜켜이 쌓인 땅의 집적물이다. 그런데 저자들은 이 지질학적 용어에 철학적인 뉘앙스를 불어넣는다. 지층이란 언제나 '성층 작용' 혹은 '지층화'라고 불리는 지구의 지각운동이 낳은 산물일 뿐이라는 것이다. 거칠게 정리하면, 들뢰즈와 가타리는 흐름[flux]과 그 흐름의 멈춤이라는 두 가지 상태로 자연을 바라본다. 여기서 일차적으로 중요한 것은 흐름이다. 이 흐름 속에서 유영하는 입자들이 어느 한곳에 붙들어 매이고 통일성을 부여받으면, 그곳에 지층이 생긴다. 한마디로 지층화란 지구라는 판 위에서 흐르는 물질들이 빽빽해지는 현상을 뜻한다. "지층들은 포획이며, 자신의 영역을 지나가는 모든 것을 부여잡으려고 애쓰는 '검은 구멍' 또는 폐색 작용과도 같다." 「도덕의 지질학」, 85

지층화가 있는 곳에는 언제나 탈지층화도 있다. 지층화와 탈지층화, 이 두 가지 운동은 지구라는 장에서 힘겨루기를 벌인다. 그런데 재미있는 것은 어느 한쪽이라도 없으면 운동은 발생하지 않는다는 점이다. 만일 세상 모든 것이 흘러 다니기만 한다면 우리는 존재하지 못하고 죄다 흩어질 것이다. 그래서 지층이 필요하다. 하지만 지층화는 자유로운 입자들을 빨아들이는 블랙홀이 되기도 한다. 탈지층화도 마찬가지로 이중적이다. 이 운동은 지층에 균열을 내면서 불안전한 상태를 유발시킨다. 하지만 그렇게 지층 곳곳에 활기를 불어넣기도 한다.

『천 개의 고원』에서 이 개념은 큰 비중을 차지한다. 저자들은 이 지층 개념을 어디서나 사용한다. 모든 것이 지층이다. 현실에서 불변하는 것처럼 느껴지는 모든 것들은 기나긴 시간 속에서 퇴적된 결과다. 틀에 박힌 사고방식, 이민을 통제하는 국가, 지울 수 없는 기억, 똑같은 대화가 반복되는 가족관계, 고루한 학교생활, 직장생활, 그 외……. 그래서 3장의 제목은 「기원전 1만년—도덕의 지질학」이다. 인간 도덕의 기원을 지질학에서 찾는다니, 참 기발한 발상이다.

그런데 살짝 의심스럽다. 이렇게 개념을 막(?) 사용해도 되는 걸까. 지층은 지구별 행성에서 일어나는 자연현상의 결과이지만, 관습은 사회적인 인간관계에서 만들어진다. 이 두 영역에 경계를 두지 않아도 된단 말인가? 지층화와 탈지층화라는 이 지각운동이 정말로 내 삶도 설명해 줄 수 있을까?

## 우리가 지구인일 수밖에 없는 이유

그렇다, 설명할 수 있다. 우리 몸부터가 지층이기 때문이다. 인간 사회 내에서 어떤 문화 영역을 누비든, 이 몸뚱이를 버릴 수 없는 이상 우리는 언제 어디서나 '지구'에 직접적으로 속해 있는 것이다.

겉으로 보기에 내 몸은 별로 특별한 게 없다. 머리 하나, 몸통 하나, 팔 다리 두 개. 이 두 팔이 날개로 변한다거나, 내 얼굴이 갑자기 김태희로 바뀌는 사건은 일어나지 않을 것이다. 그런데 몸은 생각처럼 그렇게 평범하지 않다. 심지어 홀몸(!)도 아니다. 우선, 내 몸은 무려 60조 개의 세포로 이루어져 있다(전 인류의 만 배다). 이 동네에서는 세포쯤 되면 어마어마한 크기의 공장에 속한다. 세포 속에 있는 단백질, 핵산, 미토콘드리아부터가 이미 화학분자들이 절묘하게 합성될 때만 작동되는 복잡한 기계들이기 때문이다. 또, 우리 몸속에서 주거하는 미생물들은 어떤가. 무려 1.3kg이나 차지하고 계신다. 미생물들은 '인간'이라는 종에 대해서는 전혀 알지 못할 것이다. 그들에게 내 몸은 산이나 바다와 같은 하나의 서식지와 같다. 이 속에서 평생 살다가 알을 까고 죽는 사이클만 반복될 뿐이다.

이 희한한 몸은 어떻게 만들어지게 된 걸까? 『천 개의 고원』이 지층에 대한 이야기를 시작하는 지점은 바로 여기다. 거슬러, 거슬러, 그렇게 계속해서 올라가 보면 우리는 결국 어떤 것도 딱딱하게 응고시키지 않는 무한한 흐름과 만난다. 원시지구는 유기물 분자로 이루어진 원시수프 상태였다. 아프로디테가 파도의 거품 속에서 튀어나오신(?) 것처럼, 우리의 육신 또한 이 흐름 속에서 건져졌다. 태초의 원시지구에는 뿌옇고 탁한 대기 말고는 아무것도 없었다. 그러다가 어느 날 하늘에서 떨어진 얼음 혜성에 의해 물과 탄소가 지구로 외삽되었고, 그 이후로 생명체의 구성요소들이 함께 생겨나기 시작했다. 화학분자들 몇 개가 모여 아미노산이 생겼다. 또 그것들끼리 새로 합체·분해하기를 수없이 반복하면서 만물이 형성되었다. 현재의 지구는 몇 십억 년 동안 부단히 새로운 것을 추구해 온 미생물들과 그 돌연변이들이 이끌어 왔다고 해도 과언이 아니다. 즉, 지구는 박테리아의 집합적 신체다. 흙에서 참새 깃털에까지, 환경과 개체를 구별할 것도 없이 모두 미생물이 살고 있다. 인간의 몸도 마찬가지다. 이것은 우주적 분자들이 빽빽이 응집되면서 만들어진 복합체이고, 미생물들이 빼곡히 들어차 있는 서식지이다.

그렇다면 내 몸이 지층이라는 건 비유가 아니다. 지층이 만들어지기 위해서는 다양한 물질들이 오랫동안 축적되고 또 압착되어야 한다. 즉, 지층은 늘 지층 아닌 것들로 구성된다. 나의 몸도 마찬가지다. 이 몸뚱이를 이루는 구체적인 재료가 어디서 왔겠는가. 우주 밖에는 없다. (분자적 차원에서 보면, 하늘에 떠 있는 별이나 컴퓨터의 키보드나 똑같은 '광물'이다.) 초등학교 과학 수업 중에는 결정結晶 실험이 있다. 포화상태의 용액에 털실을 넣어 두면 결정이 만들어진다. 만약 지구 바깥에 우주 거인이 있다면 그의 눈에는 지구가 이 실험처럼 보일 것이다. 우리의 몸은 지구라는 포화용액 속에서 형성된 작은 결정체와 같다.

지층들은 항상 잔여물이지 그 역이 아니다. 우리는 어떻게 어떤 것이 지층들로부터 나오는지를 묻지 말고 오히려 어떻게 사물들이 거기에 들어가는지를 물어야 한다. 「도덕의 지질학」, 115~116

혹자는 이렇게 반문할 수도 있다. 몸은 살아 숨쉬는 '생명'인데 왜 딱딱하게 죽어 버린 '지층'이라 하는가? 하지만 지층에서 아무 일도 일어나지 않는 건 아니다. 지층이라는 개념을 조금 더 섬세하게 이해해 보자. 지층화가 일어나기 위해서는 영토와 코드가 필요하다. 영토가 운동이 벌어지는 특정한 구역이라면, 코드는 여러 운동들이 접속하는 방식이다. 영토를 실체로, 코드를 형식으로 이해해도 좋다. (단, 이때 실체와 형식은 분리될 수 있는 게 아니다. '형식이 부여된 질료'가 곧 실체가 된다.) 코드가 반복되면 거기에 일정한 영토가 생겨나게 되고, 하나의 영토에서는 특정한 코드가 계속해서 작동한다. 우리는 고정된 영토에 머무르면서 특정한 코드를 습득한다. 그곳이 지층이 된다.

그런데 중요한 것은 이 지층을 벗어나는 탈지층화의 운동이다. 영토화·코드화는 언제나 탈영토화·탈코드화와 함께 간다. 뭔가를 붙잡으면 다른 뭔가는 빠져나가고, 여기와 접속하면 저기서 굴러온 돌이 어깃장을 놓게 되어 있다.

들뢰즈와 가타리는 탈지층화가 지층화보다 더 일차적인 운동이라고 본다. 이 사실이 중요하다. 탈脫하는 운동이야말로 나의 이 몸이 살아 숨쉴 수 있는 비밀이기 때문이다. 살아간다는 것은 단 한순간도 쉬지 않고 시간을 통과해 가고 있다는 것이다. 그래서 유기체는 매번 스스로를 계속 변화시켜야 한다. 밥을 먹는다는 것은 쌀이 탈영토화하여 내 오장육부로 재영토화되는 것이다. 기타 연주를 하다가 식사를 할 때, 내 손은 음악-기계에서 탈코드화하여 식사-기계로 재코드화한다. "탈영토화된 것만이 재생산될 수 있다."「도덕의 지질학」, 121 지층을 빠져나가는 운동이 있기 때문에 우리는 숨쉬고 먹고 자고 사랑할 수 있다. 얼굴이 변하고, 세포가 늙고, 그렇게 매번 죽음의 문턱을 통과해 갈 것이다. 이런 삶의 떨림을 모두 붙잡을 수가 없다. 애초에 이 '빠져나가는' 운동이 없었다면 원시지구의 대기를 떠돌던 화학분자가 지금의 내 몸을 구성할 일 역시 없었다. 삶의 과정은 영토와 영토, 코드와 코드를 통과해 가는 탈脫의 운동이다. 지층을 만들면서도 번번이 지층에서 달아나는 운동이다.

세상의 모든 게 지층뿐이라면 아무 일도 일어나지 않을 것이다. 그러나 몸과 몸이 부딪히는 일상에서는 잊을 만하면 항상 사건이 터진다. 사건이 터진다는 것은 지층에서 뭔가가 달아나고 있다는 증거다. 일상이 지루하게 반복되는 것처럼 보여도, 그 가운데에서 몸과 마음은 끊임없이 변화하는 중이다. 몸은 지층 속에 갇혀 있지만 동시에 탈지층화하는 흐름도 따라간다. 지구 위에서 이 사이를 왔다갔다 하며 쉴 새 없이 떨리고 있다.

## 이중분절 : 지구에 중앙제어장치는 없다

그러나 나 자신을 지층화와 탈지층화라는 자연적인 운동으로 이해하기에는 여전히 꺼림칙하다. 자연에서는 지층화와 탈지층화가 자유롭게 일어난다. 과거에는 바다였던 곳이 지금은 산이 되기도 하고, 한 생물종이 멸종되면서 다른 종에게 살아갈 기회를 더 주기도 한다. 하지만 우리는 우리가 살아가는 환경에 제약받는다. 내 몸이 수많은 미생물들로 이루어졌다고 해서 내가 백수나 여자라는 사실이 변하는 건 아니지 않은가? 영토에서 달아난다는 게 그렇게 쉬운 일은 아니다. 이곳에서 살아남기 위해서는 이곳의 생존전략을 따를 수밖에 없다.

이즈음에서 이중분절이라는 개념을 보도록 하자. 이 개념은 지층 개념과 세트다. 지층을 생각할 때는 이중분절도 꼭 함께 떠올려야 한다. 지층은 언제나 두 번 분절되기 때문이다. 분절分節이라는 단어를 그대로 풀이해 보면 꺾여서 접합된다는 뜻이다. 나의 손가락 발가락 마디, 방문에 달린 경첩, 의자다리 받침대, 그 외에 모서리와 각을 가진 물체들 모두가 분절된 것들이다. 코드화와 영토화가 바로 이 분절을 담당한다. 사방팔방으로 뻗치는 불안정한 흐름을 규칙을 따라 끊어내어 일정한 회로로 고정시키는 것이다. 헌데, 이 코드화와 영토화는 두 번씩 일어난다. 한 번은 내용의 층위에서고, 또 한 번은 표현의 층위에서다.

이게 무슨 말일까? 내용과 표현은 『천 개의 고원』에서 가장 감잡기 힘든 개념 중 하나다. 일단 정의부터 해보자. 내용이 불안정하게 떠돌아다니는 흐름 속에서 질료를 선택하여 일정한 단위를 만든다면, 표현은 이 내용의 단위들을 이용해 기능구조를 세운다. 지질학의 용어를 빌리자면 전자는 퇴적작용이고 후자는 습곡작용이다. "첫 번째 분절은 …… 통계학적인 질서에 따라 사암砂巖, 편암片巖, 그리고 플리시flisch의 순서로 되풀이되는 퇴적물 통일체들을 쌓는다. 두번째 분절은 …… 안정된 기능적 구조를 세우며 침전물이 퇴적암이 되게 해준다."『도덕의 지질학』, 87~88 가령, 가슴은 지방과 유선乳腺이 결합하여 만들어지는 살덩어리다. 이게 가슴의 내용이다. 그런데 이 살덩어리가 남성적 시선 및 사회적인 담론과 만나는 순간, 성적인 질서 속으로 편입된다. 이것이 표현이다. 가슴은 원래부터 성적 기관이었던 게 아니다. 두 번의 분절을 겪으면서 유기체 안에서 '그런 기관'으로 자리 잡게 되는 것이다.

표현은 우리가 총체, 조직, 구조, 시스템이라고 부르는 상태를 만들어 낸다. 이것이 '표현의 실체'다. 하지만 그렇다고 표현이 내용보다 우월한 위치에 있는 것은 아니다. 내용을 스스로는 표현할 수 없는 미분화된 재료로 생각해서는 안 된다. 이중분절 개념의 핵심은,

내용은 내용대로 표현은 표현대로 각각 독자적인 실체와 형식을 가진다는 것이다.

　단백질 효소를 예로 생각해 보자. 세포는 어마어마하게 큰 공장이다. 그런데 이 공장에는 불가사의한 비밀이 있다. 대사 작용을 하려면 수천 가지의 화학적 반응들이 동시에 작동해야 하는데, 화학적으로 보면 이 반응들 사이에는 아무런 필연적인 관계가 없다는 것이다. 효소들 각각은 전체를 인식하지 않는다. 오직 '합성하느냐 마느냐'라는 기로에 설 뿐이다. 하지만 이 수천 가지의 반응들을 모아놓으면 이것들은 전체 유기체의 차원에서는 놀랄 만큼 가지런한 질서를 띠면서 "통합된 기능적 통일체"(몸)를 표현하게 된다. 자크 모노는 이 현상을 '무근거성'이라고 부른다. "무근거성이라는 근본적인 개념, 즉 어떤 화학적 신호가 수행하는 기능과 이 기능을 통제하는 화학적 신호의 본성 사이에는 화학적으로 아무런 관련이 없다."<sub>자크 모노, 『우연과 필연』, 조현수 옮김, 궁리, 2010, 115쪽</sub> 놀랍지 않은가. 효소들은 기가 막히게 효율적으로 몸을 움직인다. 하지만 효소가 전체 유기체를 '위해서' 존재한다는 증거는 없다. 효소는 내용의 층위와 표현의 층위에서 각기 다른 존재감을 드러내고 있을 뿐이다.

　이 무근거성은 삶에서도 적용된다. 가령, 우리는 각자의 성별에 따라 "넌 남자니까 어떠어떠해야 해" "넌 여자니까 어떠어떠해"라는 말들을 듣는다. 하지만 중요한 건 남자냐 여자냐의 양자택일이 아니다. 남자는 어떻게 '남성'으로 분절되는가가 중요하다. 생물학적으로 남성의 성기를 가지고 태어나는 것과 그 신체성이 사회적인 남성의 역할에 접목되는 것은 분명히 다른 과정이기 때문이다. 나는 남자의 신체를 가졌지만, 그것이 내가 '남성'이어야 하는 근거는 전혀 될 수 없다. 단지 역사 속에서 그렇게 분절되었고 또 표현되었을 뿐이다. 우리는 대부분 이 표현의 충위를 진실이라고 믿는다. 하지만 표현 역시 지층화의 산물일 뿐이다. 이 반쪽의 분절을 사물의 본질로 착각해서는 안 된다.

지구상 어디에도 이 생명체들을 관리하는 '중앙제어시스템'은 없다. 새는 날기 위해 뼈를 텅 비우고, 개구리는 물 온도에 맞춰서 체온을 조절하며, 인간은 무리를 지어 산다. 이것들은 각자가 살아남기 위한 전략이지만 어떤 법칙과 근거에 의해 강요당한 결과물은 아니다. 이것은 자연 속에서 생명이 스스로를 표현하는 방식이다. 상황이 달라진다면 내용과 표현의 관계 역시 달라질 것이다. 『스피노자의 동물우화』를 쓴 아리엘 수아미는 스피노자의 '역량' 개념을 설명하면서 이렇게 말했다. "어떤 존재도 자기가 할 수 있는 것에 못 미쳐 있지 않다. 즉, 모든 존재는 항상, 그리고 매 순간, 자기가 될 수 있는 모든 것이 된다." 아리엘 수아미, 『스피노자의 동물우화』, 강희경 옮김, 열린책들, 2010, 12쪽 우리는 매 순간 존재가 할 수 있는 모든 것을 표현한다. 누군가에게 강제되고 억압받아서가 아니라 그만큼이 나의 역량이기 때문이다. 그렇다고 그 다음 순간에 '다르게 해볼 수' 있는 잠재력이 사라지는 건 아니다. 갑자기 돌연변이가 등장할 수도 있고, 전혀 다른 라이프스타일을 실험해 보는 '똘끼' 넘치는 신동이 출현할 수 있다. 여기에도 지층화와 탈영토화의 운동이 함께 있다.

이런저런 측면에서 볼 때 동물은 공격하는 자라기보다는 달아나는 자이다. 하지만 그 도주는 또한 정복이고 창조이다. 따라서 도주선들은 영토성 안에 탈영토화와 재영토화의 운동들이 현존함을 증언해 주면서 영토성을 완전히 가로질러 간다. 어떤 측면에서 보면 영토성은 이차적이다. 영토성은 자신을 이용하는 저 운동들 없이 그 자체로는 아무것도 아닐 것이다. 『도덕의 지질학』, 113

우리에겐 '지층'보다 '구조'가 훨씬 더 친숙한 개념일 것이다. 구조는 내용과 표현의 관계가 이미 결정되어 있는 불변상태다. 하지만 들뢰즈와 가타리는 이 전제에 동의하지 않는다. 지구에서 구조를 생각해 낼 수 있는 곳은 인간 형태의 지층밖에는 없다는 것이다. 인간 형태의 지층, 즉 인간이 언어와 도구로 이룩한 인간사회는 지질학적 지층이나 유기체 지층보다 훨씬 거대한 탈영토화의 역량을 가지고 있다. 이 탈영토화의 역량은 고스란히 표현의 역량으로 옮겨 간다. 이것이 바로 언어(기호체제)다. 언어에는 번역하는 힘이 있다. 언어는 기호의 지층에 갇혀 있으면서도 다른 지층에 손을 뻗쳐 그것들을 대신 표현해 줄 수 있다. "몸을 세워 올려 자신의 집게발을 다른 모든 지층들을 향해 모든 방향으로 뻗는" 『도덕의 지질학』, 127 신종기계의 출현!

내가 사회의 구조 앞에서 아무것도 아닌 것 같은 느낌이 들거나 나의 삶이 내 의지와는 무관하게 늘 '표현당하는' 것처럼 느껴진다면, 그건 단지 기분 탓은 아니다. 언어의 힘은 우리 자신을 언어로 초코드화한다. 우리가 다른 방식으로 표현될 여지를 삭제해 버리는 것이다. 언어를 사용하다 보면 이 세상이 언어가 엮는 대로 존재하는 것 같은 착각에 빠진다. 하지만 그건 정말 착각이다. 전체를 대변할 수 있는 중앙시스템은 이 지구에 없다. 언어는 흐름을 통제하는 여러 지층화 중 한 종류일 뿐이다. 나는 여자이고, 성인이고, 백수다. 내가 이런 정체성을 갖게 된 건 내 의지와 별로 상관없다. 이 이름표들은 오랜 시간 동안 만들어진 지층이며, 나뿐만 아니라 수많은 사람들이 함께 포획되어 있는 지층이다. "우리는 의미화하지도 의미화되지도 않는다. 우리는 지층화된다."「도덕의 지질학」, 134

    그런데 여기서 다시 한 번 재빨리 알아차려야 한다. 내가 내 일상을 떠나서 꿈꾸는 '새로운 나' 역시 또 다른 지층일 뿐이라는 것을. 언어는 나의 현재 상태뿐 아니라 망상까지도 표현한다. 그렇다면? 지층 탈출기는 현실과 망상 양쪽 모두에서 떠나는 이야기가 될 것이다!

## 지구는 나를 누구라고 생각할까

내 몸은 지층인가? 그렇기도 하고 아니기도 하다. 몸은 손, 발, 머리, 다리, 가슴 등등으로 견고하게 나뉘어 있으며, 나와 너를 나누는 경계선이기도 하다. 그러나 또한 몸은 늘 유기체의 지층을 벗어나고 있다. 그렇지 않으면 내 몸은 머리부터 발끝까지 '인간이 아닌 것들'로 구성될 수 없었을 것이다. 나는 누구인가? 인간이고, 여자이고, 백수다. 그러나 나는 또한 별이며 땅이기도 하다. 니체는 인간을 지구 위의 뾰루지라고 했는데, 정말 적확한 비유가 아닐 수 없다. 내 몸은 지구 위의 뾰루지다! 하지만 그것은 종양처럼 제거해야 할 것이 아니라 다시 지구로 돌아가서 새롭게 될 무엇이다. 내 몸이 다양체라는 사실을 보지 못한다면, 바로 그 좁은 시선이 내 몸을 한 번 더 지층에 붙들어 맬 것이다. 나는 지층 속에 묻혀 있지만 그 안에는 지층을 벗어나는 떨림 또한 존재한다. "생명은 비유기적일 때 더욱 강렬하고 더 강력한 법이다."「추상적인 기계들」, 959

　이런 생각은 참 묘하다. 흐름들이 한곳에 모여 어쩌다가 나를 태어나게 했고, 다시 그 흐름이 흩어질 때 나는 죽을 것이다. 죽음은 무회無化되는 것이 아니다. 죽음은 몸이라는 지층에 갇혀 있던 입자들이 다시 지구를 향해 흩어지게 되는 문턱일 뿐이다. 내 몸속 분자들은 무사히(?) 달아날 것이다. 이는 '나'라는 개체의 차원뿐만이 아니라 '인간' 종 전체를 보아도 마찬가지다. "이제까지 존재했던 종의 99.99퍼센트는 이미 지상에서 사라져 버렸"린 마굴리스·도리언 세이건, 『마이크로 코스모스』, 홍옥희 옮김, 김영사, 2011, 85쪽다고 하니, 인간 역시 반드시 멸종할 것은 안 봐도 뻔하다. 그렇다면 삶과 죽음, 권태와 희열을 가르는 것은 무의미한 게 아닐까? 결국 생명에게는 '떨림'만 있는 게 아닐까? 지구 위에서 탈영토화하고 재영토화하는 운동은 영원히 계속된다. 들뢰즈와 가타리는 바로 이 우주적 힘과 만나고 싶었던 게 틀림없다.

　삶이라는 말이 쉽게 진부해지는 까닭은 오직 나의 시야에 들어오는 것들에만 이 말이 허락되기 때문이다. 협착한 일상은 종종 삶과 동일시된다. 그러나 내가 살아간다는 사실 자체를 전 지구적, 전 우주적 차원으로 사유할 수 있다면 삶이 아주 다르게 느껴질 것 같다. 우리는 어떻게 일상을 바꿀 수 있을까? 지층 '속'에서만 고민해서는 당연히 출구가 없을 것이다. 현실을 떠나지 않되 시선을 더 넓고 깊게 확장시켰을 때야 뭔가가 나올 것이다. 들뢰즈와 가타리가 굳이 '지층'이라는 개념을 사용한 것도 이런 맥락이었다고 나는 생각한다. 나의 삶을 전 지구적 차원에서 이해해 보고 또 돌파해 보려는 시도. 이 우주에는 끊임없는 탈영토화와 탈코드화가 기상천외한 일들을 벌이고 있으니, 이 힘을 느낄 수만 있다면 일상은 더 흥미진진해질 것이다. 공부한다는 것, 철학한다는 것은 일상을 떠나지 않은 채 그 '너머'를 보는 여정이라는 생각이 든다. 지층 속 떨림을 찾아서!

앎에 대한 열정이 지식의 획득만을 보장할 뿐 어떤 식으로든, 그리고 되도록 아는 자의 일탈을 확실히 해주지 않는다면 무슨 소용이 있겠는가? …… 철학적 사고 속에서 철학과는 무관한 지식의 훈련에 의해 변화될 수 있을 것을 탐구하는 것이 철학의 권리인 것이다.

미셸 푸코, 『성의 역사 2 : 쾌락의 활용』, 문경자 옮김, 나남, 2010, 23쪽

# '힐링' 말고 '킬링'을 말하라
## — 명령어와 패스워드

### 청춘의 미스터리

십대 시절에 풀리지 않던 미스터리가 있었다. 나는 또래들과 비교했을 때 약간 특이한 환경에서 십대를 보냈다. 주위에 진보주의를 자처하는 어른들이 많았다. 또 내가 다닌 학교는 정치색이 달라도 '진보적 교육'(?)에만큼은 모두가 열의를 불태웠던 대안학교였다. 이런 환경이 내게 행운이었을까? 잘 모르겠다. 하지만 고민을 안겨준 것만은 확실하다.

내 고민은 이것이었다. 진보적 교육을 받았다. 그런데 왜 나의 삶은 진보적이거나 자유롭지 않을까? 좋은 책과 품성 좋은 선생님들 밑에서 진보적인 이야기들을 많이 들었다. 권위를 악용하는 사람도 없었고, 교복을 착용하거나 무책임한 체벌 때문에 억압받은 일도 없었다. 그런데도 내 일상은 보람차기보다는 무기력했다. 이렇게 좋은 환경에서 좋은 사람들에게 좋은 생각들을 배웠는데 왜 정작 나 자신은 아무것도 아닌 존재처럼 느껴질까? 이 진보적인 환경에서 아무리 해도 나는 '의식 있는 진보청년'이 될 수 없었다. 학교에서 배운 말은 내 말이 되지 않았다!

이 고민은 십대와 함께 끝나 버렸다. 답을 찾아서가 아니라, 생각했던 것처럼 내가 자란 환경이 그렇게 특이한 게 아니었다는 사실을 알았기 때문이다. 학교를 다닐 때에는 학교 밖이 무조건 무한경쟁을 부추기는 냉혹한 세계일 거라고 막연히 상상했었다. 그런데 막상 경험한 학교 밖은 그러기는커녕 온통 '좋은 말들' 일색이었다. 청춘이라면 일단 '아픈' 상태로 배려받았다. 이 아픔을 치유해 줄 말들도 부족하지 않았다. 짱돌을 들거나 어른이 되기 위해 천 번 흔들리라는 조언, 그 외에도 유익한 길들이 많이 제시되었다. 그러나 학교에서 풀리지 않았던 문제는 여기서도 풀리지 않았다. 자기계발서는 계속 팔린다. 그런데도 힐링을 찾는 사람들은 줄어들지 않는다. 이렇게나 많은 조언들이 있는데도, 정작 지금 내 삶을 있는 그대로 긍정하게 되었다고 스스로 말하는 사람은 거의 보이지 않는다.

그러다가 문득 이런 생각이 들었다. 이런 말들이 필요한 '청춘'이란 대체 무슨 존재인 걸까? 어떻게 살아야 할지 고민해야만 하는 시점이라는 것, 그리고 스스로 도움을 구하기도 전에 수많은 조언들이 미리 줄지어 서 있는 이 대기상태는 대체 무엇일까? 청춘은 낭만적인 단어다. 그러나 이 낭만에는 청춘에 대한 이상한 연민도 함께 섞여 있다. 나는 이것들 모두를 '힐링 담론'이라고 묶어 부르고 싶다. 세계나 개인에 대해 진정성과 긍정성을 강조한다는 점, 그리고 청춘을 도움받아야 하는 미성숙한 주체로 만든다는 점에서 그렇다. 힐링담론은 각자의 '건강함'을 강조한다. 그런데 바로 그 자리에서 또 다른 불안감이 조성된다. 바로 내가 '건강한' 상태가 될 수 없을 것 같다는 불안감이다.

나만 그렇게 느끼는 것일까? 그렇다 해도 이 불안감이 단지 개인적인 것은 아니라고 생각한다!

## 명령어 : 공정한 말은 없다

학교에서부터 시작해 보자. 들뢰즈와 가타리는 『천 개의 고원』 네번째 장 「1923년 11월 20일 —언어학의 기본전제들」의 첫 절을 여교사와 학생의 수업장면으로 연다. 그런데, 장면이 꽤 도발적이다.

여교사가 학생에게 질문할 때 정보를 얻거나 하지는 않는다. 문법 규칙이나 계산 규칙을 가르칠 때도 마찬가지다. 그녀는 "기호를 부과하고" 명령을 내리고 지시한다. 교사의 명령은 그가 우리에게 가르치는 것 바깥에 있지도 않으며, 그것에 덧붙여지지도 않는다. …… 의무교육 기계는 정보를 전달하지 않는다. 그것은 아이에게 문법이 갖고 있는 모든 이원적 토대(남성형-여성형, 단수-복수, 실사-동사, 언표의 주체-언표행위의 주체 등)와 더불어 기호계記號系의 좌표를 부과한다. 언어의 기초 단위인 언표는 명령어다. 「언어학」 147

이 교실 풍경의 분위기는 사뭇 살벌하다. 여교사는 학생에게 질문하고, 유도하고, 설명하고, 검사한다. 학생은 대답하고, 회유당하고, 받아쓰고, 규율화된다. 이 사이에 구체적으로 어떤 말들이 오고 갔는지는 중요하지 않다. 교사의 위치에서 학생에게 말하는 이 상황 자체로 이미 '명령'이기 때문이다. 하지만 선생은 대체 왜, 무엇을 명령하고 있는 것일까? 여기서 들뢰즈와 가타리는 놀라운 주장을 펼친다. 선생에게는 죄가 없다! 명령은 우리가 사용하는 모든 언어에 깃들어 있기 때문이다.

우리는 언어 자체에 주도적인 힘이 깃들어 있다고는 잘 생각하지 않는다. 언어를 A와 B 사이에서 어떤 정보를 왜곡없이 전달해 주는 투명한 매개체로 여기기 때문이다. 그 정보의 내용이 개인의 사적인 감정일 수도 있고 바깥상황을 객관적으로 전달해 주는 뉴스일 수도 있다. 무례한 언사나 새빨간 거짓말일 수도 있다. 하지만 이 모든 문제는 그 사람이 언어를 잘못 사용한 탓이지, 언어 자체에 기인하는 것은 아니다.

그런데 언어는 정말 투명할까? 사실 일상에서 말만큼 오해와 번뇌를 부르는 것도 없다. 순수하게 정보전달에 문제가 생긴 경우는 차라리 쉽다. 내 혀가 짧아서 혹은 상대방의 귓밥이 가득 차서 '갑'이라고 말했는데 '을'이라고 알아들었다고 하자. 그럴 때는 다시 한 번 똑똑하게 '갑'이라고 말해 주면 그만이다.

하지만 오해할 여지없이 아주 명료하게 말했는데도 상황이 틀어지는 경우가 있다. 딸이 방청소를 하려고 마음먹었는데 거기에 대고 엄마가 "방 청소 좀 하렴!"이라고 말한다면, 그 순간 딸은 청소하기가 끔찍이도 싫어질 것이다. 커뮤니케이션은 완벽했다. 엄마의 메시지는 심플했고, 심지어 딸의 원래 의도와 충돌하지도 않았다. 그런데 결과적으로 딸과 엄마는 소통부재의 상태가 되고 말았다! 여기서 관계가 좀더 악화된다면 딸은 엄마가 하는 '모든 말'을 거부할 것이다. 공부해라, 많이 힘들어도 좀만 참아라, 이런저런 대학정보가 있다더라……. 딸은 이 분명한 메시지들 앞에서 공격받는다고 느낄 것이다. 딸을 압박하는 것은 엄마의 말이 담고 있는 내용이 아니다. 그 말이 발화된 지금의 상황이다.

실제 대화에서 정보가 차지하는 비중은 생각보다 낮다. 딸을 날카롭게 만든 것은 지난 몇 달간 저하된 건강이기도 하고, 스스로에 대한 자신감 부족이기도 하며, 어젯밤의 야식이 야기한 소화불량이기도 하다. 이 모든 상태들이 섞여서 엄마를 향한 감정이 되고, 이 감정이 결국 '청소하기 싫어'라는 말까지 내뱉게 한다. 하지만 만약 이런 상황을 다 제외하고서 저 말에만 집착한다면 딸의 상태를 객관적으로 알 수 없을 것이다. 사람의 마음은 모두 정보화될 수 없다. 상대방의 진짜 마음을 알기 위해서는 정보에 끼어 있는 잡음에 집중해야 한다. 저 사람이 어떤 표정으로 말하는지, 어떤 어조와 몸짓을 취하는지, 그 말을 했던 순간의 상황과 타이밍은 어떠했는지……. 이런 '잉여'가 있기 때문에, 우리는 상대방이 "화났다"고 굳이 말하지 않아도 화난 기운을 느낀다. 애초에 그런 말을 꺼낸 목적도 이 '화남'을 전달하기 위해서였다. 즉, 우리가 대화에 몰두하는 건 정보를 교환하기 위해서가 아니라 서로에게 힘을 가하기 위해서다. 이 힘에 비하면 "정보는 명령이 지시로서 송신되고 전송되고 준수되기 위해 필요한 최소치일 뿐"「언어학」, 149이다.

푸코는 언어가 갖는 이 힘에 굉장히 민감했다. 그는 언어 대신 '언표'라는 개념을 굳이 고집한다. 언어에 '이 세계를 재현하는 불변의 상수체계'라는 뉘앙스가 섞여 있는 것을 싫어했기 때문이다. 그런 반면, 언표는 실제 생활에서 직접 말하고 읽히고 쓰이는 언어조각들이다.

푸코는 일단 잠재적인 장場을 설정한다. 이곳에서는 우리가 말하거나 아직 말하지 않은 무수한 말들이 함께 우글거리고 있다. 그런데 여기에서 언표들은 또 다른 언표들과 계열화를 이뤄야만 비로소 현실로 부상한다. 가령, 청소년을 '섹스-청소년-무책임함'의 담론 속에서 파악하느냐 혹은 '입시-청소년-스트레스'의 담론 속에서 이야기하느냐에 따라 그 의미가 달라진다. 엄마는 "청소하기 싫어"라는 딸의 언표를 '반항-청소년-무능력'의 계열에서 해석한 것이다. 딸의 입장에서는 또 다르겠지만 말이다. 그렇다면? 객관적인 정보란 없다. 어떤 배치에서 어떻게 계열화되느냐에 따라 정보가 전달하는 힘도 달라진다. 이 힘을 가지고서 사람들은 충돌한다. 각자가 자기 식대로 세상을 계열화하려고 시도하기 때문이다.


담론이란 단지 투쟁들이나 지배의 체계들을 번역하는 것일 뿐 아니라 사람들이 그를 위해, 그를 가지고서 싸우는 것, 탈취하고자 하

는 그 권력이기 때문이다. 미셸 푸코, 『담론의 질서』, 이정우 옮김, 새길, 2011, 14쪽

눈을 돌려 보자. 이 담론의 격전지는 어디에나 있다. TV 홈쇼핑 방송에서 "현명한 주부님들을 위한 칼이에요"라는 멘트는 '이것을 사'라는 자본주의의 명령어다. 인터넷을 범일汎溢하는 정보의 쓰레기 더미는 '생각하지 말라'는 명령어다. 우리는 학교 바깥에서도 수업을 듣고 있다. 가만히 앉아만 있어도 어마무지한 말들이 내게 폭포수처럼 쏟아진다. 이렇게 세상이 시끄러웠나! 하지만 우리들이 일상생활에서 서로에게 말을 거는 방식도 마찬가지다. 진짜로 정보를 교환하기 위해 말하는 경우는 없다. 어색한 친구와 함께 길을 걸으면서 땀을 뻘뻘 흘리며 꺼내는 모든 횡설수설은 어색해하지 말라는 나의 명령이다. '사랑해'라는 문자를 날릴 때도 맥락에 따라 전혀 다른 명령어를 전달하게 된다. '미안하니까 화 풀어'라는 사과문이라든지, 실제로는 '내 부탁을 들어줘'라는 아부라든지.

들뢰즈와 가타리는 언어에 함축된 이 힘을 '명령어'라고 부른다. 언어는 뭔가를 명령하기 위해서만 말해진다는 것이다. 그래서 말은 구체적인 주위환경 바깥으로 나가 버리면 말 그대로 시쳇말이 된다. 명령할 상황이 사라지기 때문이다!

언어는 믿으라고 있는 것이 아니라 복종하거나 복종시키기 위해 있다. …… 슈펭글러는 다음과 같이 지적한다. 말의 근본형식은 판단의 언표나 느낌의 표현이 아니다. 그것은 "명령, 복종의 표시, 단

언, 질문, 긍정과 부정"이며, "준비됐나?" — "예" — "합시다"처럼 삶에 명령을 내리고 기업이나 대규모 노동과 분리될 수 없는 짧은 문장들이다.「언어학」147~148

그렇다면 '좋은 말'이나 교육적인 말은 따로 있지 않다. 힘을 전달하는 명령어만 있을 뿐이다. 학교 교육은 학생들에게 명령한다. '문법'을 따르라! 아이들은 학교에서 올바르게 '말하고 듣고 쓰는' 법을 훈련받는다. 모든 과목이 언어 수업이며 동시에 문법 수업인 셈이다. 그렇다. 아무리 훌륭한 의도를 가지고 인권을 존중하는 어휘를 선택하더라도, 아무리 호의가 가득하더라도, 모든 말들은 나에게 '명령'으로 작동한다. 말의 의미는 내용 속에서 찾을 게 아니라 그것이 나에게 실제로 어떤 명령을 내리고 있는지에서 찾아야 한다.

## 펜이 칼보다 더 센 이유

그런데 도대체 언어가 이렇게 힘이 센 이유는 무엇일까? 총은 쏘면 바로 죽일 수 있지만 말은 그렇지 못하다. 문자 역시 고작해야 흰 종이 위의 까만 잉크 흔적일 뿐이다. 언어에 비밀주문이라도 숨어 있는 것일까?

단적으로 말하면, 이것은 언어가 늘 구체적인 상황(배치) 속에서 말해지기 때문이다. 말은 그것이 말이 되도록 만들어 주는 상황이 없다면 아무것도 아니다. 이 사실을 이해하는 것은 어렵지 않다. 물총을 들고 놀이터에 가서 "꼼짝 마, 죽여 버린다!"라고 말했다 해서 그 말이 먹히겠는가. 바보 취급만 당한다. 그런데 장소가 놀이터가 아니라 비행기이고, 손에 진짜 총칼이 있다면? 이 말은 웃음거리가 아니라 등골 오싹한 협박이 된다. 사람들은 꼼짝없이 그의 명령을 따를 것이다. 똑같은 말이 어느 때는 명령어로 작동하는데 다른 때는 작동하지 않는다. 이 차이는 무엇일까? 바로 배치다.

언어적 배치와 물질적 배치는 서로에게로 갈마들면서 움직인다. 이 위에서 언어는 '비물체적 변형'을 행한다. 말 한마디로 그 상황을 순간적으로 변형시키는 것이다. 라만차의 한 귀족은 스스로에게 '돈키호테'라고 이름 붙이면서부터 완전히 다른 인생을 시작했다. 판사가 '죄'를 선고한 순간 피고인은 그 이전과는 전혀 다른 존재가 된다. 강도가 비행기에서 "꼼짝 마"라고 외치는 순간, 외치기 전에는 비행기였던 공간이 이후로는 '감옥'이 되어 버린다. 물리적으로는 아무것도 변한 게 없다. 그럼에도 모든 게 변했다! 이것이 바로 언어의 진면목이다. 언어는 고정된 의미에 갇히지 않는다. 언어는 정보를 전달하기 위해서가 아니라 관계 속에서 힘을 발휘하기 위해 움직이기 때문이다. 말은 행동에 관여하고 명령어는 삶을 변형시킨다.

칼은 우리의 몸을 찌를 수 있다. 하지만 말 한마디가 상황 전체를 바꾸기도 한다. 칼이 무용지물이 되는 상황으로. 그러니 이 구체적인 정황들을 다 제거한 후, 말만 떼놓고는 그 의미를 찾으려 해봤자 소용없을 것이다. 모든 것은 배치 위에서 일어나기 때문이다.

## 언어의 사형선고

학교 안팎에서 내가 끊임없이 반복해서 마주쳤던 말들은 결국 '무엇인가가 되어라'는 명령어였다. 무엇이든 좋으니 사회 속에서 자리를 잡아라. 나의 자유는 그 안에서만 존재하리라. 이 명령어들은 내게 비물체적 변형을 가하는 일종의 심판이었다. 여자, 학생, 지식인, 88만원 세대…… 이름표들! 사회적 언표가 달라붙는 순간 개인은 확고한 테두리를 가진 형상(정체성)으로 붙박이가 되고, 심지어 그 이름표를 정기적으로 갱신하라는 요구를 받는다. 이름표는 '그렇게 존재하라, 다르게는 존재하지 말라'는 명령이다. 저자들은 이 명령을 '작은 사형선고'라고 부른다. 이름표가 그어 놓은 경계선을 넘어가는 순간, 우리는 정상인으로서의 죽음을 맞는다.

하지만 경계선을 넘지 않을 때에도 우리는 이미 유예된 죽음상태에 처해 있는 게 아닐까? 청춘 담론들은 각자의 방식대로 '청춘'이라는 선고를 내린다. 청춘이 무기력한 원인은 바로 이것이다. '청춘'이라고 '선고받았기' 때문이다. 하지만 청춘이 지나가더라도 사형선고는 끝나지 않는다. 나이를 먹고 직장을 가지게 될 때도 여전히 어떤 말들이 내 정체성을 규정하려 할 것이다.

이상하게 들릴지도 모르겠지만, 내가 청소년이었을 때 가장 바랐던 것은 '청소년이 아니게 되는 것'이었다. 가만히 기다리기만 하면 '청소년'에서 벗어나지 않느냐고? 하지만 이것은 어른이 되고 싶다거나 어린아이로 남고 싶다는 단순한 마음과는 달랐다. 지금 당장,

'13세와 18세 사이'라는 청소년 규정에 딱 들어맞는 바로 그 순간에 '청소년'에서 벗어나야 했다. 그 당시 나는 반쯤은 무의식적으로 명령어의 사형선고를 거부하고 있었던 것이다. 물론, 이 마음이 정확히 무엇을 의미하는지 그때는 몰랐다. 만약 내가 대학입시 준비 때문에 힘들다고 말했다면 모두가 수긍했을 것이다. '청소년-대학-입시-스트레스'라는 계열은 누구에게나 익숙하니까. 하지만 '청소년이 아니기를 원하는 청소년'이라니, 도대체 누가 이 욕망을 이해하겠는가? 이 욕망을 설명할 만한 언어가 없다는 게 답답했다.

그런데 이제는 안다. 사형선고는 다른 게 아니라 말의 사형선고였다. 내가 '청소년'에 머무를 수 있었던 건, '청소년이 아닌 존재로서의 말하기'를 모두 침묵당했기 때문이다. 나부터가 청소년을 벗어나 다르게 말하고 생각할 줄 몰랐던 것이다.


영화 속 인물은 자문한다. '이 대답에 누가 대답하지?' 사실 물음이란 없으며 우리들은 대답에 대해서만 대답할 뿐이다. 이미 물음 안에 포함되어 있는 대답(심문, 경연대회, 국민투표 등)과 다른 대답으로부터 오는 물음이 대립된다. 사람들은 명령어에서 명령어를 끌어낸다.「언어학」212


언어게임 자체를 피할 수는 없다. 애초에 세상에 끼기 위해서는 언어를 배워야만 했다. 태어나는 그 순간부터 모두들 '사형선고'의 한복판에 서 있었다는 뜻이다. 우리가 있는 곳은 수많은 말들이 이미 규칙적으로 계열화되어 있는 현장이다. 이 촘촘한 그물망에서 어디에도 붙들리지 않으려면 어떻게 해야 하는가? 한 가지 방법밖에는 없다. 내가 직접 말의 길을 내는 것. 바깥의 말들이 '나'라고 명명해 주기 전에 스스로 입을 여는 것.

## …그리고…

애초에 "물음이란 없"었고 우리는 오직 "대답에 대해서만 대답할 뿐"이라면, 도주해야 할 이유도 명백해진다. 대답을 요구하는 명령어에게는 대답할 수 없는 질문을 되돌려 줘야 한다. 나를 힐링하려는 말들과 기꺼이 힐링되고 싶어 하는 나 자신을 함께 '킬링'해 줄 다른 말이 필요하다. 그러지 않고서는 여기서 탈출할 길이 없다. 제발, 내 삶에 대해서 이러쿵저러쿵 떠들어 대지 말라!

어지간히도 자신만만한 태도다. 그렇지 않고 뭐냐? 그러나 그의 신념이란 건 모두 여자의 머리카락 한 올만 한 가치도 없어. 그는 죽은 사람처럼 살고 있으니, 살아 있다는 것에 대한 확신조차 그에게는 없지 않느냐? 보기에는 내가 맨주먹 같을지 모르나, 나에게는 확신이 있어. 나 자신에 대한, 모든 것에 대한 확신. 그보다 더한 확신이 있어. 나의 인생과, 닥쳐올 이 죽음에 대한 확신이 있어. 그렇다, 나한테는 이것밖에 없다. 그러나 적어도 나는 이 진리를, 그것이 나를 붙들고 놓지 않는 것과 마찬가지로 굳게 붙들고 있다. 내 생각은 옳았고, 지금도 옳고, 또 언제나 옳다. 나는 이렇게 살았으나, 또 다르게 살 수도 있었을 것이다. 나는 이런 것은 하고 저런 것은 하지 않았다. 어떤 일은 하지 않았는데 다른 일은 했다. 그러니 어떻단 말인가? 알베르 카뮈, 『이방인』, 김화영 옮김, 민음사, 2012, 133~134쪽

카뮈의 『이방인』에서 위 구절을 읽었을 때 나는 여기에 정신없이 빠져들었다. 주인공 뫼르소는 엄마와의 문제 때문에 사형선고를 언도받는다. 그는 엄마가 죽을 때 슬프지 않았다고 자백했다. 뫼르소는 반문한다. 이것이 왜 내가 '패륜아'라는 증거가 되는가? 너희들의 판단기준은 얼마나 확실하기에 남의 삶에까지 멋대로 선고를 내리는가?

그러나 우리는 뫼르소에게서 한 발 더 나아가야 한다. 삶에서 무엇도 확신할 수 없다는 결론에서 멈춰 버린다면 삶은 그냥 무의미가 되어 버린다. 하지만 무의미한 것은 '나'라는 이름표일 뿐이다. 내 안에는 사형선고로는 다 담을 수 없는 수많은 목소리들이 웅성거리고 있다. 내 몸을 구성하고 있는 GMO 식물들, 밀양의 송전탑을 관통해 내 방을 밝히게 된 전기에너지, 용역 아르바이트로 등록금을 벌 수밖에 없는 친구들, "그리고…… 그리고…… 그리고……."

비물체적 변형이 나에게 사형을 선고한다면 이렇게 '쓰면' 된다. 나는 내 이름이 아니다, 내 삶에는 나만 살지 않는다, 라고. 이 다양체의 목소리들이 '너는 너다'라고 판결내리는 사형선고를 다시 킬링한다. 물론 사회적인 이름표를 내게서 영영 떼어 버릴 수는 없을 것이

다. 그러나 이 이름표들이 내 삶의 전부는 아니다. 나는 내가 아직 한 번도 말해 보지 못한 말과 한 번도 살아 보지 못한 삶을 겪고 싶다. 기존 언어로 포착할 수 없는 세계를 만나고 또 말하고 싶다. 이 마음이 삶을 사형선고의 봉인에서 해방시킨다!

중요한 것은 이 지도를 직접 쓰는 것이다. 여기에는 찾아내야 할 정답이 따로 없다. 말은 삶을 보장해 주지 않는다. 거꾸로다. 삶의 경험이 새로운 말들을 길어 올리고 또 새로운 사유를 촉발시킨다. 쓴다는 것은 삶이 감추어 놓은 이 패스워드를 탐색하는 것이고, 이 탐색은 필히 나를 변하게 만든다. 누군가 소설가가 되고 싶어서 글을 쓰냐고 물었다. 하지만 역시 무엇이 되느냐는 중요하지 않다. 여자, 이십대, 학생, 이런 테두리 내에서 얌전히 살기 위해 애쓰기보다는 오히려 테두리를 개의치 않을 수 있는 '아무것도 아닌 자'가 되는 쪽이 좋다. 나는 고정된 이름이 아니라 하나의 여정 자체이기 때문이다. 쓴다는 것은 이 과정에 대한 믿음이다. 이 변화과정에 계속 도전할 때, 거기서 비로소 나만의 문체<sup>Style</sup>가 생길 것이다.

삶에는 일종의 서투름, 병약함, 허약한 체질, 치명적인 말더듬 같은 것이 있는데, 이런 것들이 혹자에게는 매력이 됩니다. 스타일이 글쓰기의 원천이듯이, 매력은 삶의 원천입니다. 삶이란 당신의 역사가 아닙니다. 매력이 없는 사람들에게는 삶도 없습니다. …… 삶이 개인적이지 않다는 바로 그 이유 때문에, 글쓰기는 제 안에 목적을 갖지 않습니다. 글쓰기의 유일한 목적은 삶입니다. 글쓰기가 이끌

어내는 조합들을 통해 삶을 유일한 목적으로 삼는 것이죠. 질 들뢰즈·

클레르 파르네, 『디알로그』, 허희정·전승화 옮김, 동문선, 2005, 14~15쪽

# 현실과 이상 사이의 도표
## ― 기호체제

### 영화 「세계」 : 현실과 이상 사이

연구실에서는 일상적으로 서로의 글을 비평해 준다. 이 작업은 필자의 실력도 향상시키지만, 무엇보다도 다른 사람들이 평소 필자의 생활태도에 대해서 쌓였던 것들을 시원하게 깔 수 있는(?) 절호의 기회가 된다. 이걸 보라고! 네 글이 네 삶의 꼴을 말해 주고 있다고!(오해하지 말자, 여기에는 애정이 깔려 있으니. 이게 연구실 스타일~) 그런데 내가 처음 연구실에 왔을 때 들었던 코멘트는 좀 당황스러운 것이었다. 일상이 잘못되었다는 게 아니라, 일상이 없다고들 말했기 때문이다. 한마디로 삶의 경험이 부족해서 글이 얕다는 것이다. 나는 이 말을 어떻게 받아들여야 할지 알 수 없었다. 이 코멘트는 '세상을 알기엔 넌 너무 어려'라고 핀잔 주는 것처럼 들리기만 했다.

하지만 시간이 흐르자 나는 그 말이 무슨 뜻인지 알게 되었다. 경험 횟수가 적다는 게 문제가 아니었다. 문제는, 내가 이 세상을 '머릿 속 관념'으로 경험한다는 데에 있었다.

어떻게 살아야 하는가? 진로가 아직 확실하지 않은 십대·이십대 때는 이 질문이 납덩이처럼 무겁게 느껴진다. 학창 시절에 나는 친구들과 만나면 종종 이 '인생고민'(?)을 나눴다. 그런데 그 레퍼토리가 항상 똑같았다. 남들처럼 살 것인가, 혹은 다르게 살 것인가. 당장 눈에 보이는 단 하나의 길(대학-취직-결혼)을 택할 것인가, 아니면 무모하게 탈출을 감행할 것인가. 그때는 이 양자택일이 절체절명의 선택처럼 느껴졌다. (내가 학교를 자퇴하겠다고 말했을 때 친구들은 10년 후 나의 취직 상태를 생각해 보라고 답했다!)

하지만 이 선택지들이 정말 존재하기는 하는 걸까? '대학-취직-결혼'의 코스를 밟는 게 왜 현실적인 태도인 걸까? 게다가 우리는 코스 바깥으로 어떻게 탈출할 수 있는지 구체적으로 알지도 못했다. 이건 현실도피를 위해 막연하게 설정된 일종의 유토피아였다. 결국 모두 관념이다. 이 두 가지 선택지는 우리가 직접 발견해 낸 길들이 아니라 처음부터 그냥 주어진 말들이었다. 우리는 불안해하면서 '어떻게 살아야 하느냐'고 서로에게 되물었지만, 그때마다 똑같은 세계관의 공식만 확인했을 뿐이다. '이상과 현실, 그리고 그 사이에서 분열하는 존재.'

지아장커 감독의 「세계」는 그런 분열은 없다는 것을 보여 주는 영화다. 이 영화는 21세기 두 청춘 남녀의 출구 없는 연애를 리얼하게 다룬다. 주인공 타오와 타이성은 같은 고향 출신이다. 이 둘은 돈을 벌기 위해 북경에 올라왔고, 그후 함께 동거를 시작한다. 노동과 사랑의 조우. 이 두 사람이 성실히 노동해서 행복하게 결혼하면 딱 이상적인 그림이 될 것이다. 그러나 그들은 지독한 권태에 빠져 있다. 타이성은 바람을 피고, 타오는 우울증을 극복하지 못한다. 영화의 배경은 지극히 현실적인데, 정작 주인공들이 자신의 일상 속에서 현실감각을 잃어버리는 것이다. 무엇이 그들을 힘들게 하는 걸까? 타오와 타이성은 '이룰 수 없는 꿈' 때문에 괴로워하는 게 아니었다. 그들에게는 달리 꿈꾸고 있는 새로운 삶도 없었다. 삶 전체가 폐쇄회로 속에 갇혀 버린 것이다.

이 북경 청년들의 날것 그대로의 삶을 보고 나서 나는 무릎을 쳤다. 영화 「세계」가 내가 빠져 있는 함정처럼 느껴졌기 때문이다. 혹시, 현실과 이상은 똑같은 배치의 양면이 아닐까? 우리는 경험이 '없는' 게 아니라, 삶을 똑같은 방식으로만 경험하게 만드는 배치에 살고 있는 건 아닐까?


## '세계공원'은 세계가 아니다

타오와 타이성이 일하는 장소는 북경의 '세계공원'이다. 이 공원은 세계적 명소들을 똑같은 비율로 축소해 놓았다. 그리고 매일 밤 무용수들은 각국의 전통의상을 입고 춤을 춘다.

그런데 이 장소는 보면 볼수록 참 기묘하다. 이 공원에서는 '글로벌한' 노동자들이 일하고 있다. 러시아인, 동남아인, 중국 소수민족 등등, 이 사람들은 모두 돈벌이를 위해서 자기 고향을 떠나 온 진짜 외지인들이다. 하지만 그들은 이곳 세계공원에서 '외국인'으로 다시 한 번 탈색된다. 중국인은 '인도인'이 되고, 러시아인이 '아랍인'이 되어야 한다. 어떻게? 의상과 화장만 고치면 충분히 가능하다. 노동자들은 자신의 국적과 관계없는 전통의상을 돌려 입으며 매일 밤 춤을 춘다. 사람뿐만 아니라 장소도 탈색된다. 관광객들은 가짜 에펠탑 앞에서 기념촬영을 한다. 심지어 모형 비행기와 모형 스튜어디스까지 준비되어 있다.

이처럼, 세계공원은 복제된 이미지들로 가득하다. 그런데도 사람들은 이곳에서 세계 여행이라도 하는 듯한 기분에 취한다. 어째서일까? 이 공원의 조형물들은 하나하나가 모두 기호이기 때문이다. 관광객들은 파리Paris라는 유럽 대륙의 한 땅덩어리를 실제로 밟고 싶은 게 아니다. 그들은 '파리'라는 단어에 연결되어 있는 매력적인 기호들(= 낭만, 에펠탑, 냉정과 열정 사이……)과 만나고 싶어 한다. 그래서 그들은 에펠탑 모형만으로도 충분히 만족할 수 있다. 에펠탑은 파리를 대표하는 기호이기 때문이다. 사람들의 목표는 이 기호들이 만들어 내는 의미(= 세계 여행)를 즐기는 것이다.

영화 「세계」의 세계공원은 재미있는 사실을 보여 준다. 사람들은 세계를 있는 그대로 보지 않는다. 세계는 우리 앞에 기호들의 연쇄로 모습을 드러낸다. 우리도 이 연쇄를 따라간다. 이 기호가 이 세계 안에서 '의미'를 만들어 주기 때문이다. 가령, 우리에게 섹스는 순수한 생명활동이 아니다. 부부―침대―야동―체위―섹스어필―리비도 …… 섹스. 이 기호다발의 원환이 곧 '섹스의 의미'가 된다. 공원을 빼곡하게 채우고 있는 모형과 의상들 역시 '세계의 의미'를 가시적으로 형성하고 있다. 우리는 세계 속에 산다. 즉 무수한 기호의 연쇄고리 속에서 산다. 그리고 기호들을 연쇄시키는 이 특수한 형식을 기호체제라고 한다. 이 기호체제를 따라 생각이 전개되고 욕망이 흐른다!

들뢰즈와 가타리는 이 기호체제를 '기표작용적 기호체제'라고 부른다. 여기서는 기의는 없고 기표만 있다. 기의와 기표는 원래 소쉬르가 만든 개념이다. 기의가 추상적인 개념이라면 기표는 이 개념을 담아내는 청각영상인데, 이 둘이 짝지어지면 하나의 '기호'가 탄생한다. 소쉬르는 이 기표-기의의 관계를 체계적으로 보장해 주는 언어구조가 있다고 믿었다. 그런데 들뢰즈와 가타리는 소쉬르의 이 전제를 뒤집는다. 기표와 기의의 짝짓기가 원래부터 결정되어 있는 게 아니다. 어떤 기의가 한 사회 내에서 통용된다면, 그것은 그 기의에 대해서 기표, 기표, 기표……들이 끊임없이 연쇄되고 있기 때문이다. 우리는 종종 이렇게 묻는다. '이건 무슨 의미지?' 그런데 이런 질문에 응답해 주는 최종적인 대답(기의)은 원래 없다. 의미를 알았다고 믿겠지만, 사실 우리는 기표를 다른 기표로 대체했을 뿐이다. '섹스'의 의미를 알고 싶은 사람은 섹스에 연결되어 있는 여러 기호들만 나열하게 될 것이다. 하나의 기호가 다른 기호를 지시하면, 이 기호는 다시 또 다른 기호를 지시하는 이 무한 연쇄고리.

타오의 삶은 이 기호체제 안에 갇혀 있다. 그녀에게 북경의 삶은 거대한 물음표다. 동료는 승진하기 위해 상사와 섹스를 하는데 정작 타오와 타이성은 아이가 생길까봐 사귀고 있어도 섹스는 하지 못한다. 또 다른 고향친구는 가족의 빚을 갚기 위해 공사장에서 야근을 뛰다가 죽어서야 보상금을 탄다. 타오의 친구 언니는 러시아에 있는 가족을 먹여 살리기 위해 중국 노래방에서 일을 한다. 북경에 살지만 타오는 세계공원 바깥으로 거의 떠날 수가 없다. 그러나 결국 그녀는 질문 던지기를 포기해 버린다. 무엇이 의미 있는지, 왜 의미 있는지 물어봤자 무슨 소용 있는가? 의미는 이미 암묵적으로 결정되어 있다. 달아나려는 기호에 계속 기표를 재장착하기, 이것이 바로 해석이다. 아버지는 아들에게 '다 너를 위한 거야'라고 말하고, 교육학자는 '청소년은 보호받기 위해서 관리되어야 한다'고 말한다. 타오도 이 북경의 삶을 어떻게든 해석하려고 애쓴다. 이런 삶은 다 돈을 벌기 위해서다. 돈을 벌려면 어쩔 수 없다!

> 그게 무슨 뜻인지는 중요하지 않다. 그것은 항상 기표니까. …… 이런 체제에서는 그 무엇으로도 끝이 나지 않는다. 이는 그를 위해 만들어졌다. 이 체제는 무한한 빚의 비극적 체제이며, 모든 사람은 채무자이자 채권자이다. 「기호체제」, 219

타오는 세계공원의 하나의 기호일 뿐이다. 타오는 이 의미망 속에서 그녀가 살고 있는 이 세계의 의미를 해석해야 한다. 하지만 무슨 근거로 이 해석이 옳다고 받아들여야 하는가? 근거는 없다. 의미가 재생산되고 있다는 것, 이것이 이 체제의 유일한 의미이기 때문이다. 이 의미들은 텅 비어 있다. 기호다발일 뿐, 그게 진짜 세계의 실체는 아니다.

## 나의 삶, 커플의 삶

기표작용적 기호체제 말고 또 다른 기호체제가 있다. 그것은 바로 주체화의 체제, 혹은 후後기표작용적 기호체제다. 이 연쇄고리에서 기호는 아무것도 해석하지 않는다. 그 대신 기호는 개인적인 정념passion을 따라서 스스로 움직인다. 바깥의 타 기호에게 의지하지 않은 채 행동, 의지, 감정을 드러내야 하는 유일한 기호. 이 기호가 바로 주체, '나'다.

타오가 북경의 좁은 세계를 확인하면서 괴로워한다면, 타이성은 연애에 올인하는 것으로 자기 존재감을 확인하는 캐릭터다. 타이성은 세계공원에서 경비원으로 일한다. 영화 첫 장면부터 그는 망원경으로 타오를 감시하고, 또 타오의 옛날 소꿉친구가 찾아오자 경계심을 드러낸다. 그렇다고 타오와의 사이가 친밀한 것도 아니다. 타이성은 타오와의 소원한 관계를 극복하려고도 해보지만, 그녀가 끝내 섹스를 허락하지 않자 절망감에 빠진다. 그 다음 행보는? 바람피우는 것이다. 하지만 타이성의 이 자유연애(?)는 자유롭기는커녕 찌질할 뿐이다. 내연녀에게 타이성은 유학 가기 전에 데리고 노는 쉬운 남자에 지나지 않는다. 타이성은 친구의 충격적인 부음을 들은 후에도 내

연녀를 찾아가지만, 그녀는 금세 중국땅을 떠나 버린다. 양다리를 걸쳤다는 사실을 알게 된 타오마저도 그를 버린다.

타이성이 이렇게 '커플'에 집착하는 것은 결코 우연이 아니다. 들뢰즈와 가타리는 '주체'가 이중적인 기호화해야 만들어지는 결과물이라고 설명한다. 일단, 주체가 되기 위해서는 기호를 할당받을 주체화의 점이 필요하다. 음식, 시험점수, 성(性), 돈, 직업, 기타 등등 뭐든지 될 수 있다. 우리는 우리가 이 주체화의 점을 배신했다는 강박에 시달리면서 스스로를 주체로 세우게 된다. "나는____다." 나는 학생이다, 나는 엄마다, 나는 먹어야 한다, 나는 잘나야 한다……. 그런데 '내가 ____다'라는 것은 누군가가 "이봐, ____!"라고 부를 때 대답해야만 한다는 뜻이기도 하다. 내가 나이기 위해서는 나를 나라고 불러줄 또 다른 사람들이 필요한 것이다. 남들의 호명에 응답할 때만 '나'가 될 수 있다는 것. 여기서 주체는 두 갈래로 갈라진다. 한쪽은 주체화의 점에서 능동적으로 만들어진 언표행위의 주체다. 그리고 다른 한쪽은 전자에게 수동적으로 응답해야 하는 언표의 주체다. 주체란 언표행위의 주체가 언표의 주체로 끝없이 밀려나는 과정이다. 그리고 이 과정에서 우리는 주체화의 점을 내면화하게 된다. "주체란 존재하지 않는다. …… 주체화는 …… 언어의 내부적 조건이 아니라 표현의 형식화 또는 기호체제다."「기호체제」, 252쪽

타이성 역시 북경 생활이 녹록지 않았다. 그는 자존심이 셌지만 그가 할 수 있는 일은 고작해야 경비원뿐이었다. 여자친구인 타오는 그에게 성적 주체가 되기를 허락하지 않았다. 타이성은 이런 상황에

서 자기 존재감에 위기감을 느낀 게 아니었을까? 만약 여기서 아무 것도 하지 않는다면 타이성은 스스로 '나는 경비원이다', '나는 성적 불구다'라는 사실을 인정하는 꼴이 될 것이다. 이것이 타이성이 연애 전선에 뛰어든 이유다. 연애는 주체가 자신의 존재감을 확인하는 가 장 손쉽고도 강렬한 방법이기 때문이다. 연인은 '나'라는 기호의 가 치를 유지시키는 살아 있는 물증이다. 우리가 연애에서 만나고 싶어 하는 건 타인이 아니다. 나의 분신이다. 우리는 연애를 하면서 이렇 게 외친다. "나는 너다!"

타오가 수많은 기호들의 연쇄 속으로 침잠한다면, 타이성은 '나' 라는 기호를 유지하기 위해 조급하다. 그러나 이 두 사람은 과연 서 로 다른 상태인 걸까. 타오와 타이성의 폐쇄적인 면모는 어딘가 닮아 있지 않은가.


## 열심히 살라?

이 두 가지 기호체제는 항상 함께 간다. 들뢰즈와 가타리는 기표작용 적 기호체제를 '흰 벽'의 이미지로 그린다. 이 흰 벽은 기호가 다른 기 표들과 맺는 모든 관계들을 입력할 수 있는 평면이다. 여기서는 기표 들의 빈도frequence가 기입된다. 반면, 주체화의 체제는 '검은 구멍'의 이미지다. 두 개의 분신이 서로 공명하면서 빠져나올 수 없는 블랙홀 을 형성하는 것이다. 하지만 검은 구멍과 흰 벽은 서로를 전제할 수 밖에 없다. 기표작용이 주체에게 하나의 해석을 부여하면, 주체는 이 기표의 영양분을 빨아먹으면서 스스로를 유지한다. ('나의 집, 나의 꿈, 나의 가족, 나의 얼굴'은 하나의 기표가 나에게서 수백 번씩 반복해서 기입된 결과물이다.) 이렇게 해서 '세상을 살아가는 나'라는 혼합기호 체제가 완성된다.

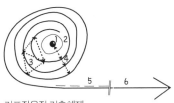

기표작용적 기호체제

1. '중심' 또는 기표.
2. 기표를 해석하는 사제들이 있는 '신전'
3. 의미의 원환
4. 기표를 다시 부여하기 위해, 기표에서 기의로 해석하는 전개
5. 도주선의 봉쇄
6. 도주선을 차단하는 부정적 기호

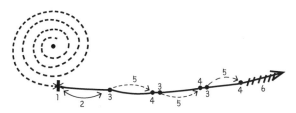

주체화의 기호체제

1. 주체화의 점
2. 주체화의 점을 배신하기
3. 언표행위의 주체
4. 언표의 주체
5. 언표행위의 주체에서 언표의 주체로 미끄러지는 과정의 반복
6. 도주선을 차단하는 부정적 기호

이 흰 벽-검은 구멍은 우리에게 무엇을 명령하는가. "세상을 열심히 살라"는 것이다. 하지만 거꾸로 반문해 보자. 이 기호체제가 전제하는 '세상'이란 도대체 무엇일까? 우리 눈에 비치는 '세상의 모습'은 있는 그대로의 세계가 아니다. 그것은 하나의 이미지이다. 세계를 살아가는 '내 모습'도 하나의 이미지다. 흰 벽과 검은 구멍으로 그려진 추상적인 도표인 것이다.

학창 시절, 친구들과 고민했던 '인생의 두 갈림길' 역시 이 도표가 그려 놓은 선분이었다. 일단, 현실의 조건에 굴복하지 않고 나의 이상을 성취하겠다는 자수성가형 사람이 있다. 그는 주체화의 기호체제를 열심히 받아들인 사람이다. 그는 이 세상에서 '나'라는 기호를 가장 강력하게 믿고 있다. 이와 반대로, 주류의 의미체계에 편승해서 현실적으로 살겠다는 일반유형의 사람도 있다. 그는 기표작용적 기호체제를 피부로 느끼는 사람이다. 그는 세계가 만들어 낸 의미가 변치 않는다고 굳게 믿는다.

그러나 어느 쪽 길을 가든, 기표작용적 기호체제와 주체화의 기호체제는 함께 움직인다. 이상주의자의 이상은 이미 해석된 기표들 중 하나다. 현실주의자 역시 기표들 사이에서 어떻게든 자기가 설 자리를 발견하려 노력한다. 즉, 순수한 이상주의자나 현실주의자는 없다. 우리 모두는 이 양극단 사이에서 왔다갔다 하고 있다.

우리는 왜 이렇게 살 수밖에 없는가? 이상이 너무 높고 현실이 너무 낮아서인가? 그렇지 않다. 이 이분법 자체가 덫이다. 이 이분법을 받아들이는 순간, 우리는 이 간극 사이에서만 행동하게 되고 또 모든 문제가 이 사이의 괴리 때문에 발생한다고 생각하게 된다. 하지만 '사회적인 현실'과 '개인적인 이상'이 나뉜다고 전제한 이상, 이것들이 합치되는 것도 불가능하다. 현실과 이상의 변증법은 합치가 아닌 다른 목표를 품고 있다. 그것은 바로 우리들을 기호체제 속에 묶어 놓는 것이다.

타오와 타이성의 일상은 탈출구를 잃어버린 폐쇄회로 같다. 하지만 이는 옛날의 '꿈'이 꺾여 버렸기 때문이 아니다. 꿈마저도 '기호화'해 버리는 기호체제 안에 완벽히 갇혔기 때문이다. 기호체제는 일상 속에서 가능한 모든 탈출구를 차단한다. 타이성은 자기 분신에 집착하고, 타오는 세계의 피상적인 기호-이미지 속에서 질식해 간다. (운이 좀더 좋았다면 타이성은 자수성가한 사업자가 되고 타오도 행복하게 그와 결혼했을지도 모른다. 그러나 그렇다고 기호체제가 사라지는 건 아니다.) 기호체제는 이 커플의 절망과 희망을 기호로 만든다. 그리고 그 속에서 하나의 명령어를 강요한다. 자본이 방출하는 텅 빈 기호들을 자발적으로 내면화하라! 이 가운데에서만 너는 '세계'와 '자기 자신'을 찾을 것이다!

우리는 이런 기호체제가 있는지 없는지조차 잘 느끼지 못한다. 그래서 기호체제는 암암리에 하나의 '공리계'로 인정받는다. 현실-이상의 이분법도 견고한 인식패턴으로 뿌리내린다. 하지만 이 패턴이 공유되면 공유될수록 삶의 경험도 획일화될 수밖에 없다. 고시준비를 하는 청년이든 타오와 타이성처럼 노동하는 청년이든, 우리가 세상을 이해하는 논리는 크게 다르지 않다. 수많은 정보들이 범람하는 시대, 이 정보들은 오히려 기호체제를 포착할 시야를 차단하고 있다. "기호-인플레이션은 점점 더 적은 의미를 얻기 위해 점점 더 많은 기호, 단어, 정보를 필요로 할 때"프랑코 베라르디, 『봉기』, 유충현 옮김, 갈무리, 2012, 102쪽 등장한다. 우리는 이 정보들을 복제하기만 하는 단조로운 작업에 갇힌 것은 아닐까? 나의 집, 나의 가족, 나의 꿈은 사실 정보의 '분신'이 아닐까?

언젠가 용역 알바와 성性서비스 알바를 통해 등록금을 버는 대학생들에 대한 뉴스를 봤다. 나에게는 이 뉴스가 굉장한 충격이었다. 나와 비슷한 또래가 처한 처지라서 더 다가왔던 것 같다. 이것이 지금의 대학이 놓여 있는 배치인가? 대학은 소수자들에게 폭력을 가하는 것으로 지식을 실천하는 것인가? 이 폭력의 원인을 대학 사회 전체나 대학생 개인에게 모두 돌리고 싶지는 않다. 그렇다고 어설픈 현실 긍정(?)도 싫다. 대학 등록금은 비싼데 대학생 알바비는 저렴하니 '어쩔 수 없는 일' 아니겠느냐고 넘어간다면, 현실-이상의 기호체제에 고스란히 낚일 것이다.

우리가 보아야 할 것은 기호체제를 넘어서 작동하고 있는 실제 배치다. 대학은 자본주의를 활성화시키는 촉매제이며, 그 속에서 이십대들은 인질로 붙들린 채 사회의 갖가지 최하층 노동으로 내몰리고 있다. '대학생'이라는 이름표만 빛 좋은 개살구인 셈이다. 그래도 자본은 '정규직'이라는 기호를 통해 또 다시 사람들을 대학으로 유인한다. 대학, 자본, 청춘의 삼위일체! 우리가 서 있는 곳은 바로 이 바닥이다. 이곳에서 꿈꾸고 있는 이상과 견뎌야 하는 현실은 따로 나누어지지 않는다.

비싼 등록금, 대학 나온 사람들만 인정해 주는 더러운 세상, 돈 없는 부모를 만나고 장학금을 타지 못한 자신을 원망할 필요가 없다. 우리는 이런 사실들 때문에 우울한 게 아니다. 오히려 거꾸로다. 이렇게밖에는 삶에 대해 서사를 짤 수 없을 때 우리는 우울해진다. 우리는 정말로 현실을 '결핍'과 '괴리'로밖에 경험하지 못하는 것일까? 기호체제만으로는 설명되지 않는 일상의 소중한 순간들도 분명 있지 않았나?

기호체제에서 탈주하지 않는다면 어떤 담론도 새로운 길이 될 수 없다. 현실-이상의 이분법을 깨뜨리지 않는 이상, 우리는 무엇을 하든 동일한 경험만을 반복할 것이다! 흰 벽 ─ 검은 구멍의 기호체제, 그리고 이 체제에 균열을 내는 도주선. 배치 위에는 언제나 이 두 가지 움직임이 함께 있다.


## 공리계 탈출하기

원하는 이상과 원치 않는 현실은 더 이상 비교하지 말자. 정말로 파악해야 할 것은 우리가 지금 당장 붙들려 있는 지층이다. (삶은 어떤 폐쇄회로에 갇혀 있는가? 인식은 어떤 패턴으로 반복되고 있는가?) 유기체, 의미생성, 주체화. 들뢰즈와 가타리는 이것이 인간이 놓여 있는 지층이라고 간명하게 요약한다.

너는 조직화되고 유기체가 되어 네 몸을 분절해야만 한다──그렇지 않으면 너는 변태에 불과하게 된다. 너는 기표와 기의 해석자와 해석 대상이 되어야만 한다──그렇지 않으면 너는 일탈자에 불과하게 된다. 너는 주체가 되고, 즉 주체로 고착되고 언표의 주체로 전락한 언표행위의 주체가 되어야 한다──그렇지 않으면 너는 떠돌이에 불과하게 된다.「기관 없는 몸체」, 306

기호체제는 언표행위의 배치물과 기계적 배치물이 만나고 있는 접면을 그린 도표다(95쪽 그림 참조). 들뢰즈와 가타리는 이 도표를 추상적인 기계라고 불렀다. 그런데 이렇게 도표를 그려 놓고 보니, 이 도표에서 벗어나는 새로운 선을 그어 보고 싶어진다. 기호체제와 다르게 '작동하는' 새로운 추상을 그려 보는 것이다. 여기에 우리가 정말로 해볼 수 있는 선택이 있다. 세계를 재단하고 질서 잡는 기호체제를 '공리'로 받아들여 고착시킬 것인가. 아니면 현실-이상의 이분법에서 탈출해 내 삶을 새로운 '지도'로 제작해 볼 것인가.

「세계」의 종결부, 타오는 타이성의 불륜을 알고서 공원 셔틀버스에 올라탄다. 그런데 그녀의 눈빛이 묘하다. 절망한 것 같기도 하고, 지금까지 그녀가 꼼짝할 수 없었던 상황을 통렬하게 깨닫는 것 같기도 하다. 그날 밤 타이성은 용서받기 위해 타오를 찾아간다. 그들이 어떤 대화를 나눴는지, 아니면 침묵으로 일관했는지 관객은 알 수 없다. 게다가 그날 새벽 연탄가스가 새어 나오는 바람에 그들은 들것에 실려 병원으로 가야 했다. 북경의 새벽, 주인공들의 목소리만

들리면서 영화는 막을 내린다. "우리 죽는 거야?" "아니. 다시 시작이 야." 이 결말은 뭘까? 영화는 끝났는데 이들은 다시 시작을 말한다. 지아장커는 결말에 대해 어떤 힌트도 주지 않고 함구해 버린다. 그러나 막바지까지 내몰린 이 커플에게 어떤 반전이 일어났다고 유추해 볼 수는 있다.

들뢰즈와 가타리 역시, 어떻게 도주해야 하는가라는 부분에서는 늘 함구한다. 각자의 세계에서 각자의 몫으로 마음껏 발명해 보라는 것이다. 그런데 이것은 무책임한 말이 아니다. '세계'를 바꾸기 위해서는 나의 의식에 새겨진 기호체제부터 바꿔야 하기 때문이다. 이 일은 누구도 대신 해줄 수 없다. 기호체제가 붕괴될 때 우리가 어떤 새로운 세계와 접속하게 될지도 미리 예측할 수 없다.

이렇게 쓰고 보니 '공리계 탈출'이 엄청난 일처럼 보인다. 하지만 도주는 사소한 것에서부터 시작된다. 가령, 내 인생을 더 이상 '현실 vs 이상'의 구도로 보지 않는 것이다. 나 자신에 대해 너무 고민하지 말고, 또 쏟아지는 정보들 앞에서 너무 겁먹지도 말자. 그 시간에 어떻게 하면 더 재미있는 글을 써볼까 궁리하는 쪽이 훨씬 유익하다. 친구들과 술을 마실 때도 똑같은 레퍼토리를 늘어놓기보다는 기발하게 놀 수 있는 방법에 대해 떠들어 보는 것도 좋을 것이다. 그 외, 얼마든지!

의식이 스스로의 분신이 되지 않게 만들고, 열정이 다른 이에 대한 분신이 되지 않게 만들자. 의식을 삶의 실험으로 만들고, 열정을 연속된 강렬함의 장(場)으로, 입자-기호들의 방출로 만들자. 의식과 사랑으로 기관 없는 몸체를 만들자. 주체화를 소멸시키기 위해 사랑과 의식을 이용하자.「기호체제」, 259

무엇이 필요한가? '나'의 의식, '나'의 열정, '나'의 몸이라는 구멍에서의 분신탈출기다. 정보수집과 맹목적인 자기계발이 아니라, 이 기호체제를 가로지를 끈질긴 도주선 하나다. 정말로 필요한 것은 멀리 있지 않다. 현실과 이상 사이의 도표를 깨뜨릴 힘은 내 일상, 내 경험에서 나온다.

# 설거지, 청소, 빨래의 길<sup>道</sup>
## ─ 기관 없는 신체와 욕망

### 일상은 시시한가?

얼마 전 내가 갓난아기 때 찍어 둔 비디오를 찾게 되었다. 20년 전 우리집 풍경은 아주 신선했다. 그런데 거기에서 내 눈에 들어왔던 것은 도저히 저게 나라고 생각할 수 없을 만큼 못생긴 쭈글쭈글한 아기가 아니라, 너무나 앳되어서 못 알아볼 부모님의 모습이었다. 기분이 묘했다. 정말 어이없게도 그 순간 나는 부모님의 싱싱했던 얼굴을 보면서 아이를 키우고 싶지 않다는 생각을 했다. 돈 벌고, 빨래하고, 청소하고, 설거지하고, 애 키우고, 그러다 보면 이렇게 늙어 버리는 것일까? 그러면 그 인생에는 어떤 의미가 남는 것일까.

내가 이런 생각을 한 것은 그것이 시시하게 느껴졌기 때문이다. 시시함, 그것은 어떤 종류의 공포다. 내일도 또 내일도 시시하리라는 생각처럼 기운 빠지는 것도 없다. 어쩌다 운이 좋게 21세기에 태어나서 신분제약도 없는데, 이왕이면 열심히 노력해서 잘 살아 보고 싶다. 하지만 문제는 도대체 뭐가 '근사한' 것인지 헷갈린다는 거다. 루이비통 가방을 들고 스타벅스 커피를 마시면 되나? 아니면 좋은 학벌을 겸비한 1등급 결혼후보가 되어야 할까? 삶에 대한 막막한 불안감과 폼 나게 살아야 한다는 강박은 동전의 양면이다. 불안감이 커질수록 더욱더 멋져 보이는 무언가에 매달리게 된다. 그렇다, 사실 내가 비디오에서 보았던 것은 부모님의 시시한 인생이 아니라 내 삶에 대한 자신감 부족이었다. 그러나 사회적인 척도를 따를 생각이라면, 부모님까지 갈 필요도 없이 당장 삼포세대 꼬리표를 달고 있는 나부터가 시시함의 전형이다. 아마 이 불안한 예감은 적중하리라. 20년 후 청춘이 지나간 내 모습은 바로 지금 내 부모님의 모습일 테니까!

이 불안함은 시간에 대한 약간의 공포이기도 하다. 비디오는 나에게 모든 사람은 늙을 수밖에 없다는 만고불변의 진리를 보여 주었다! 누구도 늙어 가는 시간의 흐름을 멈출 수 없다. 그렇다고 이 시간이 뭔가를 보장해 주는 것도 아니다. 혹시 나의 시간도 별 다른 기회 없이 그냥 끝나 버리는 건 아닐까?

부모님을 보며 저렇게 살고 싶지 않다고 생각했지만, 한편으로는 또 다른 생각도 들었다. 개개인의 욕망을 과연 시시함과 근사함이라는 척도로 평할 수 있을까. 지난 세월 동안 나를 입히고 먹인 것 말고는 한 게 없어 보이는 엄마에게, 엄마의 그런 욕망까지 시시하다고 치부할 수 있는가. 우리는 아이로 태어나서 노인이 되어 죽는다. 그건 변하지 않는 사실이다. 그러나 갓난아기나 노인이나 각자의 신체를 가지고 최선을 다해 숨을 쉬고 있다. 그리고 그 과정에서 각자 뭔가를 좇아 열심히 욕망하고 있다. 대다수 사람들의 인생은 역사에 기록될 사건 하나 없이 끝난다. 그러나 다시 묻고 싶다. 옆사람과 함께 자신의 일상을 그저 꾸준히 살아간 것밖에는 하지 않은 세월은 정말 무의미할까?

## 기관 없는 신체(CsO) : 일상을 가로지르는 몸

시간이 흐른다는 것. 들뢰즈와 가타리라면 이것도 지층화와 탈지층화의 일환으로 설명할 것이다. 우리는 매 순간 숨을 내쉬면서 생명을 유지하고 동시에 늙어간(산화된)다. 사는 것과 죽는 것이 같이 간다니? 지구의 입장에서는 당연한 일이다. 지구는 지층화와 탈지층화의 운동을 함께 포용하기 때문이다. 저자들은 이곳을 고른판이라고 부른다. 고른판을 벗어난 바깥 세계는 없다. 고른판보다 높거나 깊은 또 다른 차원도 없다. 세상의 모든 존재들과 사건들이 이 평평한 판 위에서 함께 생성소멸한다. 생장과 소멸, 고른판은 오직 이것만 안다!

들뢰즈와 가타리는 고른판을 멀리서 찾지 않는다. 고른판은 바로 일상에 있다. 자의식, 사회법칙, 나를 치장하는 물건들을 모두 내려놓고 보자. 그래도 삶은 텅 비지 않는다. 먹는 것, 자는 것, 사랑하는 것 등등의 일상이 남는다. 말하는 것, 느끼는 것, 작렬하는 아픔 같은 감각들도 남는다. 게다가 일상은 폭넓게 움직인다. 한참 우울하다가도 좋아하는 음식을 먹으면 순식간에 기분이 업된다. 우리는 하루 사이에 이 모든 강렬함을 통과하고 있다. 지층의 바깥, 알 수도 없고 막막하기만 한 미지의 영역에는 뜻밖에도 우리가 한순간도 떠난 적 없는 우리의 매일매일이 있다. 그리고 이 일상의 고른판을 통과하는 건 바로 우리의 몸이다.

들뢰즈와 가타리는 몸을 '유기체'의 개념으로 보는 것에 반대했고, 이에 대항해 '기관 없는 신체'(프랑스어로 Corps sans Organe, 줄여서 CsO)라는 개념을 만들어 냈다(앙토냉 아르토에게 빌려 와서 재해석한 개념이라고 한다). 이 개념은 종종 많은 오해를 불러왔다. 기관이 없다니, 몸의 기관을 뽑아 버린다는 뜻인가?! 여섯번째 고원에서 몸을 찢고 뜯고 꿰매는 마조히스트가 등장하기는 한다. 그러나 저자들이 마조히즘을 끌고 오는 건 유기체에서 '탈기관화'하려는 욕망의 흐름을 보기 위해서다. 유기체는 팔다리, 뇌와 심장과 같은 신체기관들을 오직 전체를 위해서 기능을 수행하는 기관-부품으로 만든다.

반면, 기관 없는 신체의 이미지는 알卵이다. 어떤 기관으로도 분화될 수 있지만 아직 분화되지는 않은 충만한 상태. 수정란처럼. 그런데 이 알은 유기체의 퇴화상태 혹은 원시적 상태가 아니다. 오히려 이미 분화된 기관들과 늘 공존하고 있다. 어디서 CsO를 발견할 수 있느냐고? 우리의 몸이 계속 변한다는 사실에서다. 밥상 앞에서는 먹는-기계였던 양손이 기타를 잡을 때는 연주-기계로 이행한다. 전혀 기타를 칠 수 없었던 손이 훈련을 거치면서 '칠 수 있는' 근육상태로 바뀌어 간다. 계절이 바뀔 때마다 몸의 기운도 달라지면서 건강상태가 다시 세팅된다. 기관들을 고정시키는 유기체라면 불가능했을 것이다. 알, 늘 새롭게 분화되는 CsO는 우리 몸이 탈영토화하는 한계표면이다.

염주구슬들은 각각 마디가 나뉘어 있지만, 보이지 않는 안쪽 면에서는 하나의 실로 이어져 있다. 기관 없는 신체도 마찬가지다. 기관 없는 신체에도 기관이 있다. 하지만 여러 가지 강렬도가 이 기관들을 내재적으로 가로질러 흐른다(신체기관과 상관없이 온몸을 흘러다니는 기氣처럼!). CsO 자체는 이 강도들이 흐를 수 있도록 해주는 강렬도 '0'의 고른판이다. "그것은 특정한 정도로 공간을 점유하게 될 물질이다. …… 이 물질은 에너지와 똑같다. 강렬함이 0에서 출발해서 커지면서 실재le reel가 생산된다."「기관 없는 몸체」, 294

그런데 이 강렬도들은 어디에서 오는가. 바로 일상이다. 하루 동안 몸은 흥분, 좌절, 빛, 열기, 죄여옴, 그 밖에 알 수 없는 힘들로 차오른다. 사건 하나가 터질 때마다 신체도 새롭게 세팅된다. 일상의 파노라마를 통과하는 것은 바로 이 기관 없는 신체인 것이다.


## 욕망, 끊이지 않는 생명의 힘

CsO 위에서 대체 뭐가 흐르고 있다는 걸까? 몸을 활기 넘치게 만드는 그 생기生氣는 무엇일까? 들뢰즈와 가타리가 말한다. 그것이 바로 '욕망'이다. 욕망은 내게 없는 어떤 대상을 소유하고 싶다는 결핍상태와 아무 상관없다. 욕망은 살아 있고 또 움직이려는 힘이다. 그래서 내가 하고 있는 모든 일들에는 욕망이 작동하고 있다.

우리는 겉으로 드러나는 결과를 평가한다. 하지만 이런 행동들 자체를 추동하는 힘은 드러나지 않는 곳에 있다. 청소하기, 글쓰기, 산책하기, 속옷빨래하기……. 이것들은 각각 다른 행동들이지만 '나'를 통해 작동하고 있다는 점에서는 하나로 묶인다. 희한하지 않은가. 나의 신체는 이렇게 많은 종류의 일들을 무리 없이 넘나들 수 있다. 그것도 무의식적으로! 이렇게 보면 '내'가 무엇을 '하는 게' 아니다. 뭔가를 생산하려는 움직임들이 먼저 있고, 그 움직임들이 모여서 나라는 일시적인 상태가 만들어지는 것이다. 이때 신체를 추동하는 이 힘이 바로 욕망이다. 욕망은 뭔가를 갈구하는 결핍감이 아니다. 그것은 단지 우리로 하여금 무언가를 하고자 하게 만드는 힘이다. 왜 우리는 명품가방이나 섹스만 욕망한다고 생각할까? 책을 읽거나 글을 쓰는 정신적인 일부터, 밥을 먹거나 똥을 싸는 것처럼 생리적인 현상까지도 모두 욕망이 흐른다. 우울증에 빠져 허우적대는 것도 그 '우울' 상태를 욕망하기 때문이다. 여하튼, 우리는 욕망하기 때문에 뭐든 '한다.'

생명은 한순간도 멈춰 있지 않다. 멈추는 것이 불가능하다. 우리의 의지와 무관하게, 시간은 항상 우리를 연속적으로 관통해 가기 때문이다. 생명을 'Being'(됨)이 아니라 'Becoming'(-되기)의 관점에서 바라볼 때 기관 없는 신체라는 개념을 제대로 이해할 수 있다. 팔과 다리와 눈·코·입이 있기 때문에, 혹은 여러 가지 조건과 능력을 소유했기 때문에 내가 인간으로 존재하는 게 아니다. 살아 있기에, 움직이기에, 단 한순간도 욕망하기를 멈추지 않기에 나는 '나'라는 지속성을 계속 획득한다. 그래서 나는 엄마가 나 때문에 애가 끓고 할머니가 돈에 집착하실 때 이 힘 모두가 그녀들을 살아가게 하는 힘이라고 확신한다. 절망하는 사람, 분노하는 사람, 세계 멸망을 간절히 바라는 사람들 모두 각자의 방식대로 욕망하는 기계를 작동시키고 있다. 이런 욕망들 앞에서 도덕적 잣대나 사회적 척도, 심리학적 메커니즘을 들이대면서 '시시하다'고 평가하는 사람이 있다면 그는 둘 중 하나다. 그 문제를 진지하게 생각해 보지 않았거나, 자기 자신을 지독히 사랑하지 않거나!

근사하게 혹은 시시하게 사는 게 문제가 아니다. 유일한 문제는 욕망을 잘 흐르게 해서 우리의 몸을 충만하게 하는 것이다. 하지만 욕망은 언제, 또 어떻게 충만해질까? 쾌락을 갈구하는 욕구불만의 상태로는 이 충만함에 도달할 수 없다. 여기서 들뢰즈와 가타리는 놀라운 이야기를 한다. 쾌락이란 몸이 욕망을 계속해서 흐르게 할 만큼 건강하지 못할 때 그 흐름을 중단시켜 버린 결과라는 것이다. 성적 쾌락이든 맛의 쾌락이든, 어떤 종류의 쾌락을 누리기 위해서는 욕망에 일정한 규범을 부여해야 한다. 그 순간 욕망이 흐르는 통로는 외부조건에 묶여 버린다. 하지만 이 조건이 충족되지 않는다면 쾌락도 사라질 것이다. 쾌락이 사라지면 결핍감이 엄습하고, 이 결핍감 때문에 또 다른 외부통로에 기대게 된다. 신체가 허약한 사람들이 쾌락에도 약하다!

쾌락들, 가장 아찔한 쾌락들, 또는 가장 인위적인 쾌락들조차도 재영토화에 속할 수밖에 없습니다. 욕망이 쾌락을 규범으로 여기지 않는다면, 이는 충족이 불가능해 보이는 내부적 결핍이라는 명목 하에서가 아니라, 반대로 그 욕망의 긍정성, 다시 말해서 욕망이 진행 과정 중에 그린 일관성의 판이라는 명목하에서 그런 것입니다. 욕망을 결핍 법칙과 쾌락 규범에 연결시키는 것은 동일한 실수를 저지르는 것이죠. 사람들이 본질적인 무엇인가의 결핍을 깨닫는 경우도 그들이 쾌락에, 얻어야만 하는 어떤 쾌락에 욕망을 계속해서 연결시킬 때이고요. 들뢰즈·파르네, 『디알로그』, 179~180쪽

욕망이 가장 충만해지는 순간은 그것이 바로 '중단되지 않을' 때다. 즉, 외부와 계속 접속할 때다. 우리가 물어야 할 것은 이것이다. 욕망이 흘러가느냐 멈춰 있느냐? 탈영토화하느냐 지층으로 재영토화되느냐? 욕망이 흐르면 흐를수록 삶은 점점 풍요로운 다양체로 변해 간다. 흐른다는 건 결국 그만큼 바깥과 통한다는 뜻이다. 욕망이 흐르지 않고 꽉 막힌 사람에게는 세상이 권태롭게만 느껴질 것이다. 일상이 움직이는 건 이 공백을 채워 주는 수많은 존재들이 있기 때문이다. 이 인연관계를 따라서 나는 욕망하게 된다. 또, 변한다. 그런데 이 변화가 바로 일상을 멈추지 않는 원동력이 된다. 욕망은 일상의 한복판을 가로지르고, 이곳에서 신체가 시끌벅적해지며, 이 활기 속에서 우리는 사랑도 하고 글도 쓰고 싸움도 한다! 이 생명의 힘을 끝까지 밀어붙인 자들에게서는 일종의 경외감이 느껴진다. 95세의 나이에도 매일 첼로 연습을 멈추지 않았던 파블로 카잘스, 죽을 때까지 공

부를 손에서 놓지 않았던 공자, 원통한 일을 당한 후 『사기』史記 저술에 발분했던 사마천. 이들이 위대했던 건 천재여서가 아니다. 이들은 자신의 발걸음을 끝까지 멈추지 않았다. 그냥 늙어가기만 한 것이 아니라 늙은 육체로 욕망할 수 있는 것들을 보여 준 것이다.

삶의 끝자락에서 나의 평생이 너무나 평범한 일들로만 채워졌음을 깨닫는 것은 정말로 시시한 일일까? 하지만 욕망의 차원에서는 무엇을 하느냐, 최후에 얼마나 대단해지느냐는 중요한 문제가 아니다. 죽는 순간조차도 생성하는 욕망을 놓치지 않는 게 중요하다. 자질구레한 것들도 욕망이 온전히 실현되는 장소다. 작가가 멋있기 때문에 멋진 글이 써지는 게 아니다. 속옷빨래하고 집 안 청소하고 싸우고 들볶는 이 누추한 일상의 틈새 파편들이 모여서 한편의 글이 되고, 그 글이 또 다시 누군가의 일상의 틈새 속으로 비집고 끼어드는 것이다. 막힘없는 글 한편은, 이 일상의 파편들과 함께 하나의 CsO를 형성한다. 내게는 사마천의 『사기』가 그런 글 중 하나였다. 이 역사책은 이천 년이 지난 지금도 빛이 바래지 않는다. 이 엄청난 힘은 어디서 나오는가. 사마천이라는 궁형 당한 한 관리가, 역사라는 거대한 시간 속에 묻힌 사람들의 시간을 재발견했다는 것, 그렇게 만나서 통通했다는 것. 이 강도가 사마천의 일상과 사마천의 글쓰기를 가득 채운다. 시공간의 경계를 넘어서 이 책을 읽고 있는 우리의 일상도 채운다. "강렬함들이 지나가서 더 이상 자아도 타자도 없게 되는 기관 없는 몸체…… 그것은 오히려 '자아'를 인식하지 않는 절대적인 '바깥'과도 같다."「기관 없는 몸체」, 300

물론, 글쓰기는 CsO를 만드는 방식 중 하나일 뿐이다. 세상에는 청소나 농사에 매진해서 도의 경지에 도달한 사람들도 분명 있을 것이다! 아이 키우기도 그 중 하나가 아닐까.

일상에서 도道를 찾으라고 할 때 그것은 일상이나 잘 챙기라는 그런 뜻이 아니다. 단지 우리가 우리의 일상에서 무슨 일이 벌어지고 있는지 잘 모르고 있다는 것이다. 청소에 길이 있다. 저녁 밥상에 길이 있다. 이 길이 정답이라는 것은 아니다. 하지만 바로 이곳에서 나의 욕망, 생명에너지가 흐르기에, 내가 다음 발을 내딛을 수 있는 유일무이한 현장이다. 기관 없는 신체.

## 필요한 것은 모두 가지고 있다

들뢰즈와 가타리는 몇 번이고 강조한다. CsO는 구성되어야만 한다. 그것도 건강한 CsO로 말이다. CsO는 유기체에 잠재되어 있기는 하지만, 우리가 직접 만들어 내기 전까지는 실재한다고 말할 수 없다. 켜켜이 층첩되어 있는 지층들 속에서 CsO를 만들어 내려면 실천이 필요하다.

구체적인 방법은 다음과 같다. 첫째, 배치를 구성할 것(CsO의 유형을 결정하기). 이 특정한 배치 위에서 구체적인 욕망이 생성된다. 공부하는 신체든 청소하는 신체든 그 종류는 상관없다. 원하는 것으로 골라잡으시라. 둘째, 실제로 일을 실행할 것(CsO 위로 흐름을 만들 것). 시스템을 만들어도 가동되지 않으면 소용이 없다. 물론 이때 중요한 것은 내 신체가 다른 신체들과 부대끼면서 이질적인 목소리들로 북적거려야 한다는 것이다. 내 몸이 다양체가 되면 될수록 CsO도 생생해진다. 셋째, 전투!(지층으로부터 신중하게 벗어나기) 기관 없는 신체로 산다는 것은 지층과의 싸움을 전제로 한다. 유기체-지층은 팔은 팔이요 다리는 다리라는 것을 우리에게 끊임없이 주입시키려고 한다. 그리고 홈 파인 회로를 통해서만 욕망을 흐르게 하여, 욕망이 특정 대상에 매여 있는 것처럼 착각하게 한다. CsO는 유기체에게 계속 저항할 때에만 만들어진다.

그런데 이때 들뢰즈와 가타리는 신중해지라고 신신당부한다. 신중해지라는 것은 무엇보다도 나의 생을 하찮게 여기지 말라는 뜻이다. 몸을 망가뜨리는 도주는 도주라고 할 수 없다. CsO를 만들려고 해도, 일상을 견딜 수 있는 기본 체력과 정신력이 없다면 시작조차 할 수 없다. 뭔가에 매진하다가 유기체-지층이 망가져 버린 사람들이 종종 있다. 여러 중독자들이 여기에 속한다. 이런 사람들은 자기는 이렇게 해야 즐겁게 살 수 있다고 말한다. 하지만 '살아 있음'을 느끼기 위해 생명력을 죽이는 쪽을 택하는 게 정말 건강한 욕망일까? 주위와의 접속능력을 점점 더 잃어가는 텅 빈 신체만 남게 된다. 병든 신체가 또 있다. 바로 암적인 신체다. 암세포가 다른 세포들을 먹어 치워 버리는 것처럼, 이 신체는 여러 욕망들을 단 하나의 욕망으로 흡수해 버린다. 변화하기를 거부하는 것이다. 일상의 탈출구가 점점 줄어들고 욕망의 흐름이 차단될수록 우리는 이런 고립상태에 빠진다. '죽음을 각오하고' 하는 행동들은 죽음 이외의 다른 출입구를 모두 봉쇄해 버렸을 때만 가능한 열정이다. 니체의 말을 빌리자면, 이건 열정이 아니라 간질발작 상태일 뿐이다.

진정한 도주는 내가 세상을 등진 채로 도망가는 것이 아니라, 현실에 머물되 이 일상을 다른 현실로 바꿔 내는 힘이다. 일상만큼 적나라한 밑바닥이 또 있는가! 우리는 손가락에 종기가 생겨서 불편하다고 손가락을 잘라 버리지는 않는다. 일상도 그렇다. 싫증이 나도 도망칠 구멍이 없다. 학교를 나온 후 연구실에서의 생활은 정말 일상 그 자체였다. 하루 종일 밥 먹고, 공부하고, 청소하고……. 때로는 끔찍하게 권태로웠고, 때로는 기억나지 않을 만큼 정신없었고, 가끔씩 피곤을 모를 정도로 즐거웠다. 그러면서 알게 되었다. 이것 모두가 다 일상이다. 학교에 있든 공동체에 있든, 우리는 모두 어떤 논리를 이용해 그 생활에 의미를 부여한다. 학교를 다니는 것도 회사에 다니는 것도 나름대로 의미가 있는 것이다. 하지만 어떻게 해도 그 의미를 빠져나가는 삶의 밑바닥이 있다. 때로는 놀랍기 그지없고 때로는 견뎌야만 하는 '일상'이다. 이 일상은 다른 사람들과 함께 만들어 가는 기관 없는 신체다. 이 기관 없는 신체가 어떤 욕망으로 흐르게 될지는 함께하는 사람들에게 달려 있다. 이 CsO를 결코 만만하게 보면 안 된다. 여기서는 사람들의 욕망이 날것으로 부딪힌다. 우리가 먹는 밥상도 방사능으로 오염된 땅과 대기와 만나고 있다. 이런 엄청난 곳에서 어떻게 기관 없는 신체를 구성할 것인가? 정말 어렵고도 흥미로운 과제다(ㅅㅅ).

일상의 이런 밑바닥까지도 정면에서 긍정할 수 있는 힘, 바로 이

것이 필요하다! 그때그때의 관계 속에서 내 욕망을 긍정적으로 흐르게 한다면, 어떤 곤란한 상황이 닥쳐와도 일상은 충만한 신체를 향할 것이다. 충만한 신체는 어느 순간에나 '그 다음'을 꿈꾼다. 다음 기회는 없다는 강박 아래 강요당한 열정은 병든 신체의 일시적인 발작상태일 뿐이다. 그러기 위해서는 일상에 바싹 붙어 있는 게 가장 먼저다. 싸우더라도 함께 살아야 기관 없는 신체를 구성할 수 있다. 혁명적인 변화는 그 다음에 가능하다. 아니, 오히려 늘 '다음'이 가능하다는 것이야말로 혁명적인 힘 아닐까. 세계에 싸움을 건다는 것, 그것은 여기서 살아가는 나의 변이능력을 믿는다는 것이다. 이 전투는 지층을 부숴 버리는 것을 목적으로 삼지 않는다. 오히려 이렇게 말하고 싶다. 욕망이 계속해서 흘러가는 것처럼 이 전투의 승패도 끊임없이 지연되며, 싸우고 도망가고 또 싸우는 그 과정이야말로 CsO를 만드는 가장 확실한 방법이라고. 인간의 욕망은 무한(히 생성)하기 때문에 절대로 달성될(멈출) 수 없다는 것은 저주가 아니라 축복일 것이다. 일상은, 계속된다!

사람들은 묻는다. CsO가 뭐지? 하지만 사람들은 이미 그것 위에 있으며, 벌레처럼 그 위를 기어 다니거나 장님처럼 더듬거리거나 미친 사람처럼, 사막 여행자나 초원의 유목민처럼 달린다. 우리는 바로 그것 위에서 잠들고, 깨어나고, 싸우고, 치고받고, 자리를 찾고, 우리의 놀라운 행복과 우리의 엄청난 전략을 인식하고, 침투하고 침투당하고, 사랑한다. 「기관 없는 몸체」, 287

CsO가 뭐지? 그것은 내 몸이다. 욕망이며, 우리들이며, 세계 자체다. 나는 필요한 것들을 이미 모두 가지고 있다. '최소한의 땅뙈기'인 육체가 있고, 이렇게 살아 있고, 설거지나 빨래를 할 줄 알며, CsO를 만들기 위한 방법도 하나 골라잡았다. 그렇다면? 살면 된다. 모태솔로, 청년백수, 찌질이, 성격파탄, 신체이상자, 조울증환자? 나나 네가 누구든 별로 신경쓰지 않는다. 함께 충만하게 살아갈 수 있느냐가 문제니까. 정말 시시한 삶은 자기가 스스로의 욕망에서 미끄러지고 있다고 계속 믿는 자의 세계다. 하지만 도망치고 싶었던 나의 시시한 삶을 똑바로 바라볼 수 있는 용기를 가질 때, 그것이 이미 충분히 경이로운 세계라는 것을 볼 수 있다. 시시함도 근사함도 뛰어넘는 이 충만함을 구한다!

# ꩜세상의 중심에 나는 없다
## —얼굴성

### 얼굴과 자의식

아침 화장실 풍경. 거울에는 사람이 아닌 물고기 한 마리가 보인다. 수*기운이 많은 탓인지, 내 얼굴과 눈두덩이는 아침마다 두 배씩 붓는다. 그래서 내 별명은 붕어다. 아침에는 붕어였다가 붓기가 빠지는 저녁이 되면 인간으로 변모한다나! 하지만 나를 거쳐 간 별명은 붕어만이 아니다. 깡말랐었던 초등학교 시절에는 개구리라는 소리를 들었다. 영화 「아바타」가 개봉하고 난 후에는 영화 속 외계인인 '나비족'을 닮았다는 이야기도 들었다. 왜 사람은 고사하고 포유류조차 닮지 않은 거냐고 우울해하는 나에게, 연구실의 한 친한 학우는 이렇게 위로해 주었다. "난 지금까지 '생물'과 연관된 별명을 들어본 적이 없어. 사물과 더 닮았대." 헉!

지금이야 이 개성 넘치는 별명들을 재미있게 받아들인다. 하지만 사춘기 때는 외모에 대한 자의식 때문에 힘들었다. 생리가 시작됨과 동시에 갑자기 몇 단계 상승한 바지 치수가 수치스러웠고(!), 피부에 뾰루지가 두세 개 더 돋는 날에는 길 가는 사람들 모두가 내 얼굴을 쳐다보는 것 같았다. 하지만 이 모든 것이 망상이니…… 사실 타인은 나에게 전혀 관심이 없었다(-_-;). 나라고 다른 사람들의 얼굴을 그렇게 열심히 관찰해 주었는가. 그렇지 않다. 외모 때문에 연애를 못한다는 생각도 완전히 맞는 말은 아니다. 뾰루지 몇 개 더 돋는다고 싫어할 사람이라면 내 쪽에서 안 만나는 게 낫지 않은가.

물론 이 사실들을 납득해 가는 과정은 결코 순탄하지 않았다. 이 시절, 나는 두 가지를 경험했다. 하나는 '자의식'이었다. 중학교에 들어가기 전까지는 내가 다른 사람들에게 어떻게 보일지에 대해서 단 한 번도 생각해 본 적이 없었다. 타인의 시선을 의식하는 순간, 갑자기 나의 일거수일투족이 보이지 않는 끈에 묶인 것 같았다. 내가 표현하고 싶은 나와 타인이 판단하는 나를 일치시킨다는 건 얼마나 피곤한 일인가! 그런데 이 자의식은 고스란히 외모로 전이되었다. 남의 눈에 가장 먼저 비치는 나는 나의 겉모습일 테니 말이다. 그때 나는 처음으로 나에게 '얼굴'이 있다는 것을 자각했다. 다른 사람들의 얼굴과 비교하면서 내가 어떻게 (붕어처럼?) 생겼는지 점점 객관화해 갔다. 그럴수록 자의식도 함께 커졌다.

얼굴과 자의식은 찰떡궁합이다. 익명의 시선이 겨냥하는 곳, 그곳이 바로 얼굴이다. 길거리를 도배한 성형광고 모델들을 보면 왠지 움찔하게 된다. 내가 이 모델들의 얼굴을 감상하는 게 아니라 그들이 내 얼굴을 똑바로 쳐다보고 있는 것 같다. 얼굴 상품은 '상품화될 가치가 없는' 외모에 대한 자의식을 겨냥하고 만들어진다.

그런데 왜 우리는 자의식을 느낄까? 또, 왜 자의식은 얼굴에 가장 먼저 꽂히는 걸까? 얼굴에 대한 이 지대한 관심을 단순히 외모지상주의로 치부하는 것은 좀 무리가 있다. 우리는 기본적으로 대화를 나눌 때 상대의 얼굴을 쳐다본다. 그 사람이 붕어를 닮았든 원빈을 닮았든 간에 말이다. 머릿속으로 아는 사람들을 상기할 때도 마찬가지다. 그들의 전신이 아니라 얼굴만 둥둥 떠다닌다. 얼굴은 개개인의 간판인 것이다.

## "얼굴은 괴담이다"

얼굴이란 무엇인가. 대체 무엇이기에 '그 사람 = 그 사람의 얼굴'이라는 공식을 작동시키는가. 들뢰즈와 가타리는 얼굴에 대해 재미있는 정의를 내린다. "얼굴은 괴담이다."「얼굴성」, 323 얼굴이 괴담이라니, 이건 또 무슨 소리일까?

얼굴을 만져 보자. 눈, 눈썹, 코, 입, 귀, 볼, 땀구멍이 있다. 하지만 얼굴은 어디에 있는가? 보통은 이 모든 기관들을 합친 모습을 얼굴이라고 부른다. 그렇지만 우리가 이목구비를 확인하기 위해 얼굴을 보는 것은 아니다. '앞통수'를 덮고 있는 표피 역시 피부일 뿐, 그것이 얼굴은 아니다. 얼굴에는 딱히 할당된 신체기능도 없다. 그런데도 우리는 상대의 얼굴에서 뭔가를 읽어 낸다. 무슨 일이 벌어지면 서로의 얼굴만 쳐다본다. 얼굴은 자의식과 감정이 집중되는 장소이지만, 실제로 만질 수 있는 신체기관은 아니다. 신체 내의 유령 장소. 괴담!

물론, 얼굴에 실체나 기능이 아예 없다고 말할 수는 없다. 사회생활 속에서 얼굴은 명실상부한 "표현의 실체"로 자리 잡고 있다. 표현의 실체란 무엇일까? 표현의 형식을 담당하는 것이 기호체제라면, 이 기호체제에 살과 뼈를 입혀 일상생활에서 드러나게 한 모습이 바로 표현의 실체다. 이 표현의 실체가 처음부터 만들어지는 건 아니다. 막 태어난 아기는 엄마의 얼굴을 따로 인식하지 않는다. 피부와 피부가 맞닿는 체온, 유방에서 흘러나오는 젖, 자장가가 전달하는 공기의 진동. 아기에게는 이런 것들이 모두 엄마다. 엄마의 사랑은 '따뜻한 시선'을 통해서가 아니라 오감과 오관 모두를 관통하는 물리적 떨림으로 전해진다. 그런데 이 생생한 감각은 사회적 소통방식을 익히면 익힐수록 흐릿해진다. 상대방에게 신체적으로 감응하는 것은 더 이상 중요하지 않다. 아이는 상대방에게서 '얼굴'만 따로 분리하는 방법을 연습한다. 사회적인 관계는 이미 코드화된 얼굴표정을 따라서 형성되기 때문이다. 간척사업 때문에 죽어가는 갯벌이 얼마나 슬플지 우리는 잘 공감하지 못한다. 그러나 모르는 사람이라도 그가 '슬픈 표정'을 짓고 있으면, 우리는 그 사람이 '슬픈 상태에 있다'는 것을 안다. 얼굴은 인간이 인간에게 스스로를 전달하는 하나의 창구인 것이다.

왜 그토록 많은 귀신들이 얼굴이 없는 채로 등장하는 걸까? 얼굴을 잃어버린다는 건 더 이상 인간 구실을 할 수 없다는 것을 뜻한다.

인간세계에 아무것도 전달할 수 없는 것이다. 얼굴 없는 것들은 침묵해야 한다. 동물, 식물, 미생물, 광물, 공기…… 하지만 얼굴 없는 귀신은 괴담이 아니다. 얼굴을 잃어버리는 순간 존재 자체를 잃어버리게 하는 배치야말로 괴담이다.

## 얼굴성, 자의식을 작동시켜라

얼굴은 만들어진 것이다. 얼굴 이전에, 얼굴이라는 특수한 표현의 실체를 만들어 내는 기호체제가 있다. 앞에서는 기표작용적 기호체제와 주체성의 체제를 살펴보았다. 이 두 체제가 현실 속에서 함께 작동하면 '얼굴'이 된다. 흰 벽(기표작용적 기호체제)과 검은 구멍(주체성의 체제)을 교차시키는 사회에서만 얼굴이라는 유령이 있다.

흰 벽. 이상적인 소통은 언제나 흰 바탕을 전제한다. 캔버스가 하얘야 색깔들이 자기 색을 내는 것처럼, 여타의 잡음이 없어야 정보가 온전히 전달될 수 있다. 그러나 이 무균질 공간에서는 질적인 차이를 표현할 수 없다. 흰색에는 오직 색깔만이, 판판한 벽에는 기호만이 기입될 수 있다. 기입될 수 없는 종류의 정보들은 시작부터 배제된다. 얼굴은 바로 이 흰 벽 위에서 그려진다. 세포들마다에 새겨져 있는 원시지구의 기억, 유전자가 전달하는 고유한 힘들, 사주팔자라는 그릇에 담긴 천지의 기운, 나라는 집합적 신체가 구성되어 온 역사 등등, 이런 차이들이 그대로 표현된다면 우리는 '얼굴'이라는 공통영역으로 묶이지 않을 것이다. 따라서 이것들은 지워져야 한다. 세계를 인식하기에 앞서, 우리는 먼저 동일한 출발선에 서 있는 존재가 되어야 한다.

검은 구멍. 검은 구멍은 흰 벽 위에서 균질하게 가다듬어진 정보들을 블랙홀처럼 빨아들인다. 그러나 이 구멍은 빨아들이거나 튕겨 내거나 둘 중 하나밖에는 할 수 없다. 나에게 속하거나 속하지 않거나, 내가 좋아하거나 싫어하거나, 내 편이거나 네 편이거나……. 그런데 이 양자택일을 보증해 주는 것이 바로 흰 벽이다. 검은 구멍은 흰 벽이 없으면 작동할 수가 없다. 우리는 세상이 미리 만들어 놓은 선택지들을 선택하거나 거부하면서(혹은 선택당하거나 거부당하면서) 나의 존재감을 확인한다.

흰 벽과 검은 구멍의 합체, 이 추상기계가 바로 얼굴성이다. '나'라는 자의식을 작동시키는 것도 이 얼굴성이다. 나는 누구인가? 흰 벽 한가운데에 찍힌 중심점이다. 세상 앞에 확고하게 검은 경계선을 그으면서 나의 정체성을 만들지만, 또 이 정체성을 유지하기 위해서는 바깥에서 계속 '나'에게 시선을 보내 줘야 한다. 이것이 인정욕망이다. 세상의 중심에 내가 있다! 얼굴은 자의식이 뿌리내리고 있는 본원지다. 익명의 시선들이 모두 이 구멍에 집중된다고 느끼는 것도 무리는 아니다.

우리는 이 얼굴에 기반해서 관계를 맺는다. 흰 뺨은 우리가 동등하게 소통하기 위한 공통의 전제가 되고, 마주치는 두 쌍의 검은 눈들은 우리가 공명할 수 있는 유일한 지대가 된다. 그러나 이 구멍과 구멍 사이로 여러 말들이 왔다갔다 한다고 해도, 이 과정에서 너와 나를 가르는 경계선이 무너지는 일은 없을 것이다. 흰 벽이 사람들을 일렬로 줄 세운다면 검은 구멍은 이들을 선택하거나 배제한다. 만약 여기에 예외가 있다면, 그건 네 개의 검은 구멍이 사랑의 블랙홀 안에서 완전히 일체화될 때다. 백옥 같은 피부의 그녀에게 뜨거운 시선을 보낸다…… 나는 그녀의 흰 벽에 말을 던졌고 그녀의 검은 구멍을 주시하며 응답을 기다린다…… 튕겨질 것인가 받아들여질 것인가……. 하지만 나는 그녀의 '아름다운 얼굴'에 반한 게 아니다. 그녀의 얼굴 위에서 얼굴성의 추상기계를 작동시키고 있는 사람은 나다. 누군가에게 반했다는 건, 그 사람에게 다른 사람보다 몇 배는 더 강력한 추상기계를 덧그리고 있다는 뜻이다! (속된 말로 콩깍지 씌었다고 한다.)

하지만 너에게 던지는 시선과 말들이 나 자신을 모두 표현해 줄까? 네가 내게 짓고 있는 표정이 네 전부를 보여 주는 걸까? 흰 벽 – 검은 구멍 체계 안에서, 우리는 각자의 자의식을 건드리지 않는 선에서만 관계를 맺을 수 있다. 그러나 강력한 자의식은 이런 질문조차 차단한다. 내가 자의식에 갇혀 있다는 사실조차 모르게 되는 것이다.

## 풍경성, 자연을 납작하게 뭉개라

얼굴성은 자의식만 키우는 게 아니다. 얼굴은 이 세상의 모습도 바꿔 놓는다.

인간은 어떻게 얼굴을 갖게 되었을까? 잠시 진화과정을 살펴보

자. 인간의 유기체는 영토화와 탈영토화의 운동 가운데에서 진화해 왔다. 신체기관은 어떤 외부의 물체와 만나면서 탈영토화하는데, 이 변화는 다시 새로운 신체기관으로 재영토화된다. 가령, 입술은 탈영 토화한 아가리다. 원래는 아가리였던 것이 '발성'이라는 상관물과 만 나면서 입술로 재영토화된 것이다. 또, 손도 '도구'를 만나기 전까지 는 손이 아닌 앞발이었다. 나는 원래부터 손과 입을 가지고 태어난 게 아니다. 오랜 시간 동안 여러 힘들이 뒤얽히는 가운데 비로소 말 하는 동물, 도구를 쓰는 동물로 형성되어 온 것이다.

그렇다면 얼굴의 경우는 어떨까? 얼굴은 인간이 직립보행을 시 작하면서부터 출현했다. 네 발로 땅을 다니는 짐승들을 보자. 늑대에 게는 얼굴이 따로 없다. 머리와 얼굴이 구별되지 않기 때문이다. 코 와 입은 앞쪽으로 돌출되어 있어, 늑대가 초원을 질주할 때는 몸통과 머리통이 똑같은 벡터로 움직이게 된다. 그런데 인간은 여기서 변화 를 겪었다. 두 발로 땅을 딛고 두 손으로 도구를 쓰면서부터 머리의 입체적인 면모가 사라졌다.

문제는 이 탈영토화한 머리가 재영토화되기는커녕, 절대적 탈영 토화의 지대로 나아갔다는 것이다. 이 결과가 바로 얼굴이다. 얼굴은 신체기관으로 재영토화되지 않았다. 얼굴은 신체에서 탈출해, 의미 생성 및 주체화의 기호체제라는 추상의 영역으로 비약해 버렸다. 우 리도 얼굴에게 신체기관의 역할을 바라지 않는다. 그 대신 입장을 표 명할 말들, 정념을 쏘아 보내는 눈빛을 기대한다. 기호체제가 얼굴을 통해서 살아 움직이게 된 것이다.

머리가 얼굴로 탈영토화하기 위해서는 상관물이 필요하다. 이것이 바로 '풍경'이다. 풍경과 환경은 완전히 다르다. 환경은 수많은 개체군들이 우글거리는 서식지이자 다양체다. 들뢰즈와 가타리의 표현을 빌리자면, 이것은 수많은 코드들이 연합한 상태다. 그런데 풍경은 이 연합된 코드들을 납작하게 으깨 버렸다. 생장수장生長收藏의 역동성이나 먹이사슬 사이의 팽팽한 긴장감은 풍경 속에서 찾아볼 수 없다. 풍경의 존재 이유는 단 하나다. 풍경 속 얼굴을 돋보이게 해주는 것! 인터넷상에 지칠 줄 모르고 풍경사진을 업데이트하는 것도 결국 자신의 얼굴을 재확인하는 데에 목적이 있지 않을까? 사람들은 셀카를 찍기 위해 유럽까지 여행을 간다. 그러나 셀카여행(?)은 경험을 풍부하게 해주지 못한다. 장소의 고유한 특징은 다 놓치기 때문이다. 얼굴은 어디를 가든 풍경 밖에는 보지 못하고, 풍경 구석구석에서는 얼굴들만 발견된다.

얼굴-풍경의 쌍은 우리의 일상 속에 구석구석 침투해 있다. 우리는 얼굴을 향해 말을 하고 얼굴에서 말의 의미를 찾는다. 이 '말들'의 권력이 꽂아지는 곳곳마다 얼굴-풍경이 부상하게 된다. 일단, 나머지 신체 부위들이 제일 먼저 얼굴화된다. 가슴과 성기는 그 고유한 신체기능과 상관없이 특수한 '얼굴'을 따로 가지고 있다. 누드 사진에 눈길을 뺏긴 사람은 지금 각 신체 부위별로 크고 작은 '얼굴'을 발견하고 있는 것이다. "손, 가슴, 배, 자지와 질, 엉덩이, 다리와 발은 얼굴화될 것이다. 페티시즘, 색정광 등은 이 얼굴화의 과정과 떼어놓을 수 없다." 「얼굴성」, 326

신체만이 아니다. 사물도 얼굴화된다. 쇼윈도우에 전시되어 있는 상품들은 모두 황홀한 얼굴로 우리를 유혹한다. 깜깜한 방에서 갑자기 옷장이 나를 '바라보고 있다'고 느낀다면 그것 역시 내가 순간적으로 옷장 위에서 흰 벽과 검은 구멍을 겹쳐 그렸기 때문이다. 사물은 의인화되지 않는다. 대신 얼굴을 갖는다. 얼굴은 모든 사물을 자기 자신으로 초코드화해 버리는 무서운 블랙홀이다. 세상과 나 사이에서 벌어지는 우주적인 사건들이 몽땅 얼굴-풍경으로 눌려 들어간다. 모든 환경을 풍경화해라! 모든 사물을 얼굴화해라!

얼굴성이라는 추상적인 기계는 언제 작동하기 시작하는가? 그것은 언제 시동이 걸리는가? 간단한 예를 들어보자. 수유를 하는 동안에도 얼굴을 통과하는 모성의 권력, 애무 중에도 연인의 얼굴을 통과하는 열정의 권력, 군중 행동 안에서조차 깃발·아이콘·사진 등 우두머리의 얼굴을 통과하는 정치의 권력, 스타의 얼글과 클로즈업을 통과하는 영화의 권력, 텔레비전의 권력……「얼굴성」, 336

우리는 우리가 의미부여하는 모든 사물들을 얼굴화하고 있는 게 아닐까? 자기 자신마저도 얼굴-풍경에 등록하고 또 갱신하고 있지 않은가? 인간은 스스로를 지구상에 있는 어떤 종種보다 우월하다고 느낀다. 하지만 이 우월감은 표현의 특권을 가졌기 때문이 아니라, 초코드화된 얼굴에 집착하고 있기 때문에 생기는 감정이다. 한마디로 자의식 과잉이다. 자의식이란 세상 모두가 내 얼굴을 쳐다보고 있다고 여기는 망상이다. 이 망상이 온 세상을 거대한 얼굴로 덮는다. 수많은 타자들을 뭉개고 그곳을 단면적인 풍경으로 만들어 버린다. 하지만 이 삭막한 세계에 오직 얼굴만 둥둥 떠다닌다면 그것이야말로 진짜 괴담 아닌가!

인간을 사랑하라거나 나 자신을 아끼라는 낯간지러운 말을 들으면 잠깐 멈추자. 인문학 책에서부터 성형광고까지 모두가 '나'를 사랑하라고 하니, 이게 대체 무슨 일인가? 이건 무슨 명령어인가? "당신은 흰 벽 위에 핀으로 꽂힐 것이고 검은 구멍 속으로 처박힐 것이다."『얼굴성』345 흰 벽과 검은 구멍을 옹호하는 것. 그건 나를 사랑하는 일이 아니다. '얼굴'을 사랑하는 일이다.


## 슈퍼스타 인종 오디션

얼굴은 그냥 주어지지 않는다. 번듯한 얼굴을 갖기 위해서는 오디션을 통과해야 한다. 이른바 '슈퍼스타 인종 오디션'이다. 얼굴성은 두 가지를 요구한다. 첫째, 오디션의 평가기준을 인정해라. 둘째, 오디션을 통과해서 구체적인 등급을 지정받아라.

오디션은 다음과 같이 진행된다. 먼저, '얼굴'의 기본 단위를 만들어야 한다. 이 얼굴 단위는 일대일 대결구도를 취한다. 남자 또는 여자, 주인 또는 하인, 백색인 또는 유색인, 위너 또는 루저……. 오디션 참가자들은 '남자 아니면 여자' 둘 중 하나로 결정되어야지, '남자든 여자든 아무 상관없는' 애매한 영역에 있으면 안 된다. 그 다음 스테이지는 오디션을 직접 보러 가는 단계다. 심사위원들의 판정방식은 아주 간단하다. '그렇다/아니다'밖에는 없다. '백색인' 심사위원들이 나를 선별한다. 백인? 아니다! 흑인? 아니다! 황인? 그렇다! '직업' 심사위원들도 선별한다. 산업예비군? 아니다! 대학예비군? 아니다! 백수? 그렇다!

얼굴에는 나의 좌표를 지정해 주는 무수한 정보들이 녹아 있다. 이것들은 순수한 정보가 아니다. 슈퍼스타 인종 오디션은 사람들에게 얼굴 사이의 격차를 당연한 것으로 받아들이게 만든다. 그리고 오디션 결과가 곧 자기 얼굴이라고 믿게 한다. 이 왜곡된 믿음은 피부색에만 작동하지 않는다. 사장님의 얼굴과 노동자의 얼굴은 피부색이 같아도 '다른 인종'이 가능하다는 것을 보여 준다. 남자조차도 '남성 일반'의 얼굴에 의해 평가받아야 하고, 백인들조차 '백색인 일반'의 얼굴 앞에서 점수가 다시 매겨진다. 얼굴성은 모든 유형의 인간, 모든 등차의 인간을 만들어 낸다. 이 모든 것이 인종주의다.

인종주의의 폐해는 흑인을 백인보다 열등하다고 무시하는 것이 아니다. 인종주의란 흑인이라는 얼굴과 백인이라는 얼굴 단위를 '만들어 내는' 행위 자체다. "인종주의의 관점에서 외부는 없다, 바깥의 사람은 없다. 오로지 우리처럼 되어야 할 사람들만 있을 뿐."「얼굴성」340 이 모든 얼굴들을 심사하는 최고 심사위원이자 최고의 척도는 '예수'의 얼굴이 아닐까? 예수는 백인이고, 남성이며, 어른이고, 성인聖人이고, 신의 아들이다. 그의 얼굴은 전 세계에서 매 순간 신성화되고 있다.

이 오디션이 끝나면 나는 진짜 얼굴을 갖게 된다. 'x얼굴'의 y번째. 이 꼬리표가 이 사회에서 내가 갖는 좌표이자 정체성이다. 내가 알고 있는 내 모습이다. 기표가 나를 어떤 유형으로 분류하면 주체화는 나에게 실제 번호표를 준다. 얼굴성이 그려 놓은 바둑판 위에 서 있지 않고서는 인간 구실을 할 수 없다. 이제 나는 '인간'이 된 걸까? 하지만 이 모든 게 흰 벽과 검은 구멍의 농간이다. 너무나 깨끗하여 다층적 차원이라고는 전혀 모르는 흰 벽과, 너무나 강렬하여 모든 것을 빨아들이면서 '예/아니오(받아들인다/내친다)'의 이분법밖에 모르는 검은 구멍. 이제 진정한 의미에서 타자는 사라져 버린다. 세상 모든 것은 n번째 인간으로 줄 세워진다. '비인간적'이라는 비난은 사실 '넌 489번째 인간이야'라는 말과 비슷하다. 그 대열의 끄트머리에는 살인자, 개, 옷장의 얼굴이 있을 것이다.

> 의미생성과 주체화는 모든 다성성을 으스러뜨리고, 언어를 배타적인 표현의 형식으로 승격시키고, 기표작용적 일대일 대응화와 주체적 이항화를 통해 수행된다는 점에서 정확히 공통점을 지닌다. …… 자신의 결정된 표현의 형식으로서의 의미생성과 주체화를 강요하는 것은 아주 특별한 권력 배치물이다. 「얼굴성」 344~345

왜 내가 원하지도 않는데 자꾸 이러저러한 사람이 되라고 하는가? 그것이 원래부터 내 얼굴도 아니지 않은가? 그러나 내가 나만의 진정한 얼굴을 찾고 싶어 한다면, 나는 아직도 이 그물망에서 벗어나지 못한 것이다. 그게 얼굴성의 무서운 점이다. 나는 누구인가, 나는 무엇이 되고 싶은가, 라는 이 질문 속에 이미 얼굴성의 추상적인 기계가 작동하고 있는 것이다. 나, 나, 나……. 하지만 '나'란 대체 어디에 있는가! 나는 얼굴성의 괴담일 뿐이다. 예뻐지고 싶고 인정받고 싶다는 평범한 욕구에도 얼굴성의 흰 표면과 검은 심연이 뿌리내리고 있다.

## 얼굴을 해체하는 사랑은 가능한가

어떻게 자의식을 탈출할 것인가. 어떻게 납작해진 풍경-세계에 다시 생생함을 불어넣을 것인가. 이것은 『천 개의 고원』의 여러 고원들을 관통하고 있는 공통화두다. 우리의 연애가 다양체로 촉발되는 것, 지층 바깥으로 탈출해 우주적 힘과 만나는 것, 기호체제에 균열을 내는 글쓰기에 도전하는 것. 이 모든 사건들은 '내 얼굴'을 조금씩 잃어버리는 과정에서 일어난다.

천하무적처럼 보이는 얼굴성도 작동이 멈출 때가 있다. 바로 사랑에 빠지는 순간이다. 얼굴 좌표로 고정시킬 수 없는 특이성을 감지했을 때, 우리는 사랑에 빠진다. 상대가 이성異性이 아니어도 좋고, 인간이 아니어도 좋다. 누군가와 가까워지면 질수록, 우리는 그 근접지대에서 서로의 얼굴을 점점 핀셋으로 고정시키기 힘들어진다고 느낀다. 얼굴이 아니라 신체의 기운으로 말을 걸기 때문이다. 호르몬 냄새, 육박하는 열기, 고유한 몸짓, 예측불허의 사유……. 얼굴처럼 모든 다양체를 으스러뜨리는 공간은 사랑하기에 적합하지 않다!

사랑이 해결책이라고 말하고 싶은 건 아니다. 사랑은 흰 벽과 검은 구멍에 아주, 아주 쉽게 포섭된다. 사랑에 빠진 사람은 '나' 대신 '너'의 얼굴을 쫓아다닌다. 그리고 사랑의 이름을 내세워 내가 발견한 네 '얼굴'을 너 역시 받아들이라고 강요한다. 돈키호테는 모든 풍경에서 '둘시네아'의 얼굴을 찾아 헤맸고, 트리스탄과 이졸데는 서로를 분신으로 여기다가 파멸해 버리지 않았는가.

그렇다면 중요한 것은 어떻게 사랑하느냐가 아닐까? 인간적인 사랑은 이만하면 충분하다! 여자로서 남자를 사랑하는 것, 엄마로서 자식을 사랑하는 것, 내가 나의 외모와 스펙을 사랑하는 것. 이것들은 너무나 진부한 레퍼토리들이다. 결국 얼굴끼리의 사랑에 불과하다. 조심스럽게 길을 열어 놓은 도주선을 다시 검은 구멍에 처박는 일이다.

들뢰즈와 가타리는 삶을 사랑하라고 말한다. 그런데 어떻게 인간적인 사랑 안에 붙들리지 않은 채 삶을 사랑할 수 있을까? 새로운 얼굴로 갈아타려는 마음을 포기하는 게 어떻게 가능할까? "사랑하기와 하나일 수밖에 없는 냉혹하게-되기devenir-dur를 대가로."「얼굴성」,356 냉혹하게-되기, 이것은 결국 나를 짓누르는 자의식들을 끊임없이 깨뜨려 가는 길이다. 그런데 이 길은 냉혹할 뿐만 아니라 쉽지 않다. 얼굴을 무조건 부정해서는 이 덫에서 벗어날 수 없다. 일상 속에서 새로운 방식으로 관계를 맺어 보려고 시도할 때 내 얼굴의 윤곽도 점차 흐릿해질 것이다. 자의식을 깨뜨리는 작업은, 내 얼굴을 해체하면서 수많은 얼굴들 사이를 빠져나가는 새 존재방식을 창안할 때에만 가능하다.

발저의 소설 『벤야멘타 하인학교』은 하나의 힌트가 될 것이다. 이 소설의 주인공 야콥은 귀족 자제다. 하지만 그는 집에서 탈출하기 위해 자발적으로 하인학교에 다니기로 결심한다. 여기서 그는 파격적인 선언을 한다. 나는 훌륭해지고 싶지 않다! 나의 꿈은 이 세상에서 가장 미미하고 시시한 존재가 되는 것이다!

그런데 야콥의 존재가 낮아질수록, 그의 시야에는 '높으신' 분들은 볼 수 없는 꿈틀거리는 세계가 포착된다. 야콥의 하인 친구들은 이 사회에서 가장 밑바닥을 차지하고 있다. 그러나 그들은 또한 이 사회의 구성원들 중에서 어떤 인정욕망도 없는 유일한 존재들이다. 하인학교가 이들에게 가르친 것은 단 하나, 타인 앞에서 스스로를 완벽하게 포기하는 능력이었다. 야콥의 친구들은 '하인의 얼굴'로 개조된 것이 아니다. 오히려 '하인'이라는 위치를 매개해서 스스로 수행을 한다. 야콥이 놀랐던 것은 주인-하인의 얼굴을 깨뜨리는 이 새로운 삶의 양식이었던 것이다. 야콥은 묻는다. 이보다 더 능동적인 태도가 가능할까? 돈과 위신에 매여 버린 타락한 귀족들보다 이들이 훨씬 더 고귀하지 않을까?

야콥을 따라 일상으로 내려가 보자. 자의식은 일상에 뿌리박고 있다. 바로 이곳에서 흰 벽과 검은 구멍에서 탈출하는 새로운 선들을 유도해야 한다. 기존의 사고방식으로는 지각할 수 없었던 새 영역들을 조금씩 탐험해야 한다. 옆사람에게서 자의식으로 환원되지 않는 특이한 다양체를 발견해 보자. 광물처럼 지구를 느껴보고, 글쓰기처럼 신체적 변신을 체험해 보는 것도 좋다. 이 모든 과정이 얼굴을 흔들 것이다!

들뢰즈와 가타리는 이 작업을 예술이라고 부른다. 예술은 천재적인 영감으로 완성되는 것이 아니라, 얼굴에서 벗어나려는 현실 속 몸부림이 만들어 낸 결과라는 것이다. 얼굴을 해체하는 사랑은 내가 사는 세계를 예술적으로 탈바꿈하는 사랑이다. 그렇다. 인간-지층에서 탈출하는 길은 오직 하나, "인간적이지 않은 삶의 경이를 창조"「얼굴성」.363하는 것뿐이다.

마음을 단단하게, 그러나 가볍게 먹자. 이 행위예술(ᄴ)은 결코 한 번에 완성될 수 없다. 끈기를 가지고 신중하게 해나가야 하는 작업이다. 나, 배치가 만들어 낸 나, 자의식이 무겁게 짓누르는 내가 아닌 나. 무너뜨려야 할 가장 큰 산이자 가장 강렬한 사랑이 펼쳐질 장소다. 얼굴이 쉽게 포기되지 않을 것이다. 달리 뾰족한 수가 없다. 자기 자신을 완전히 버릴 수는 없지 않은가. 하지만 한 번에 포기할 수는 없어도 조금씩 반복해서 지워 나가는 길은 가능하다. 여러 가지로 시도해 볼 일이다.


우리는 뒤로 돌아갈 수 없다. 오로지 신경증 환자만이, 또는 로렌스가 말하듯 "배교자", 기만자만이 퇴행을 시도한다. 왜냐하면 기표의 하얀 벽, 주체성의 검은 구멍, 얼굴 기계는 막다른 골목이며, 우리의 굴복과 예속의 척도이기 때문이다. 그러나 우리는 그 안에서 태어났고, 우리가 몸부림쳐야 할 곳은 그 위이다. 그것이 필연적인 계기라는 의미에서가 아니라 새로운 용법을 발명해야 할 도구라는 의미에서. 「얼굴성」 359

# 몽타이유에서는 무슨 일이 일어났나
## ― 여러 가지 선들

### 랑그독의 한 마을

때는 14세기 초. 프랑스 랑그독 지방의 깊은 산골에 한 마을이 있다. 저녁에 빵 구울 시간이 되면 부인들은 화덕 앞에 함께 모여서 뒷이야기로 꽃을 피운다. 남자들은 식탁에 앉아서 내일의 농사일에 대해, 혹은 하느님의 교리에 대해 토론한다. 마을의 모든 대소사가 이웃집 부엌에서 거론된다. 흡사 영화 「웰컴 투 동막골」에 등장하는 동막골처럼 평화로운 마을이다. 그러던 어느 날, 푸르니에라는 한 사제가 이 마을에 찾아온다. 그는 '이단재판관'의 자격으로 이 마을로 파견되었다. 이제부터 마을사람들 속에 숨어 있는 이단을 탐색하는 8년간의 끈질긴 재판이 시작된다. 도대체 이 마을에서 무슨 일이 일어난 걸까?

이 마을의 이름은 몽타이유다. 『몽타이유』는 망탈리테<sup>Mentalité</sup> 역사 분야의 걸작으로 꼽히는 작품이다. 프랑스 사학자 엠마뉘엘 르루아 라뒤리Emmanuel Le Roy Ladurie는 타의추종을 불허하는 장인정신을 발휘하여 이 마을을 손에 잡힐 듯 생생히 복원해 냈다.

14세기 초는 유럽에서 십자군 원정이 끝날 무렵이었다. 이 당시 교황청은 여러 이단들을 소탕했는데, 이 중에는 카타르Cathars파도 있었다. 카타르는 '청정무구清淨無垢'를 의미한다. 이 파의 핵심 교리는 물질을 악의 근원으로 간주하는 극단적 금욕주의다. 카타르파 신도들은 가톨릭 미사와 고해성사, 십자가나 제단에 고개 숙이기를 전부 거부했다. 이들에게 필요한 것은 오직 성경과 기도뿐이었다. 카타르파는 12세기부터 유럽에서 위세를 떨쳤다가, 십자군 원정을 기점으로 학살당하기 시작한다. 이 파의 잔존 세력들은 탄압을 피해 남프랑스 피레네 산맥으로 숨어들었고 근처 마을에서 숙식을 해결했다. 그렇다. 몽타이유에도 카타르파가 왔다. 그래서 푸르니에가 파견된 것이다. 라뒤리가 몽타이유를 복원할 수 있었던 것도 바로 푸르니에가 편집증에 가까울 정도로 꼼꼼히 이단재판보고서를 작성한 덕분이다.

그런데 현 역사가와 전 재판관의 만남은 희한한 효과를 만들어 낸다. 이 두 사람은 서로 다른 목적으로 몽타이유에 접근한다. 라뒤리의 목적은 이 시기 랑그독 농민들의 생생한 일상을 복원하는 것이다. 그에게 이단재판보고서는 최적의 사료다. 반면, 푸르니에는 완전히 다른 시각에서 접근한다. 그는 이 평범함 속에 이단의 흔적이 숨어 있다고 굳게 믿는다. 그래서 마을사람들에게 각자의 일상생활을 토씨 하나 빠뜨리지 않고 모두 털어놓기를 요구했던 것이다. 사실 그의 직감은 틀리지 않았다. 카타르파는 그 당시 몽타이유의 생활 속으로 스며들고 있었다. 하지만 우리는 카타르파가 구체적으로 몽타이유에서 어떤 사건을 일으켰는지 알 수 없다. 카타르파는 몽타이유에서 집단행동을 하거나 봉기를 일으키지 않았고, 그냥 쥐 죽은 듯이 살았을 뿐이다. 푸르니에가 추적하는 영역은 실제로는 아무 사건도 일어나지 않았던 일상이 아닌가? 『몽타이유』를 읽는 독자는 희한한 경험을 하게 될 것이다. 이 책에서는 라뒤리가 조망하는 고요한 농촌 마을과 푸르니에가 추적하는 이단의 자취들이 공존하고 있다. 같은 시간 속에서 한쪽은 불온함을, 한쪽은 평범함을 끌어낸다. 몽타이유의 이 독특한 시간은 대체 무엇일까?

몽타이유는 망했다. 사람들은 화형에 처해졌고 마을의 운세는 기울었다. 랑그독 지방의 풍부한 물산을 손에 넣으려 했던 왕과 교황은 소기의 목표를 달성했고 말이다. 하지만 역사책 『몽타이유』가 보여 주는 것은 이런 일반적인 귀결이 아니다. 애당초 '무슨 일이 일어났는가'라는 질문 자체가 이 마을에는 적절치 않았다. 라뒤리의 눈에는 이 마을에서 아무 일도 일어나지 않았지만, 푸르니에의 눈에는 이미 모든 일이 일어난 후이기 때문이다. 몽타이유는 어떤 사건의 씨앗을 품고 있었던 걸까? 그곳에서는 "무슨 일이 일어날 수 있었는가?"

## "무슨 일이 일어날 수 있었는가?"

들뢰즈와 가타리는 몽타이유의 이 이상한 시간을 이해하는 데에 도움을 줄 조력자들이다. 그들은 문학 장르마다 시간이 다르게 구성된다고 말한다. "무슨 일이 일어날 것인가?"라고 묻는 작품형식이 콩트라면, 단편소설은 "무슨 일이 일어날 수 있었는가?"라고 묻는다. 전자는 앞으로 닥칠 미래를 기대하고 있다. 후자는 망각 속으로 사라져버린 과거를 더듬는 중이다. 이 각각의 요소를 적절히 섞어 변주(지속)시키면 현재 시점에서 과거와 미래가 교차하는 장편소설이 된다.

저자들은 과거-현재-미래를 각각의 질문형식으로 표현하고 있다. '있었다, 있다, 있으리라'라는 시제가 아니다. 왜일까? 그들이 과거, 현재, 미래를 '순서'로 보지 않기 때문이다. 이 시간들은 지금 이 순간을 작동시키는 세 가지 운동 방식이다.

이것은 아우구스티누스의 시간관을 따른 것이다. 아우구스티누스는 시간에 관해 유명한 패러독스를 남겼다. 과거는 지나갔으니 없고, 현재는 흐르는 것이니 없고, 미래는 오지 않았으니 역시 없다고. 즉, 우리가 경험할 수 있는 시간은 지금 이 순간이 전부다. 기억을 되짚을 때 우리는 현재에서 과거를 느끼고, 어떤 기대를 투사할 때는 현재에서 미래를 느낀다. 우리가 알고 있는 과거, 현재, 미래는 사실 과거의 현재, 현재의 현재, 미래의 현재인 것이다. 매 순간은 "다시 당겨"지거나 "미리 당겨"진다. 여기서 아우구스티누스는 시간을 지각知覺의 문제로 바꿔 버린다. 갑자기 어떤 사건이 발생했을 때, 이 사건을 포착해 내는 지각 방식에 따라서 시간도 다르게 구성된다. 그렇다면 우리는 콩트를 미래에, 단편소설을 과거에 결부시킬 필요가 없다. 우리는 살아가면서 어떤 때는 콩트의 형식을, 다른 때는 단편소설의 형식을 빌려서 시간을 구성한다. 콩트와 단편소설은 "독자가 겪는 두 가지 다른 숨가쁨이며, 살아 있는 현재가 매순간 나누어지는 두 가지 방식이다." 「세 개의 단편소설」, 369

콩트와 단편소설을 가상으로 재생해 보자. 우리는 한 몽타이유 주민이 재판에서 화형선고를 받는 장면을 영화로 촬영하는 영화감독이다. '무슨 일이 일어날 것인가?'라는 질문을 따라간다면, 영화는 사건이 어떤 순서대로 진행되었는지를 추적할 것이다. 주인공이 언제부터 이단 카타르파에 가담했고, 누구에게 밀고당했고, 지금 느끼는 심정은 어떠하며……. 이 퍼즐조각들은 그가 재판에서 화형을 받는 결말을 향해 하나의 인과관계로 짜 맞춰진다.

반면, '무슨 일이 일어날 수 있었는가?'라고 질문하는 영화는 스토리를 다르게 구성한다. 카메라는 이 사람이 재판장에 도달하기까지 그에게서 어떤 변화가 일어났는지 역추적한다. 주인공은 원래 농촌공동체에서 살고 있던 평범한 농부였다. 그런데 카타르파와 만난 후, 이 농부는 자기도 모르게 세상을 보는 눈이 변한다. 그는 여전히 매일 밭을 갈지만 더 이상 자기 자신을 옛날의 농부로 느끼지 않는다. 이 상태를 '이단'이라고 말할 수 있을까? 그렇다고 하기에도, 아니라고 하기에도 뭔가 애매하다. "왜냐하면 아무 일도 일어나지 않았기 때문이다. …… 하지만 모든 것이 변했다." 「세 개의 단편소설」, 376 무슨 일이 일어났는지는 이 남자 자신도 모른다. 그가 이단이 되는 때는 재판관이 '이단'이라고 선고를 내리는 결말에서다.

이 두 버전의 영화는 똑같은 사건을 다른 각도에서 비추고 있는 게 아니다. 각각이 다른 시간, 다른 사건을 포착하고 있다. 한쪽에서는 평온한 일상 가운데 갑작스레 터진 사건이 강조된다. 다른 쪽에서는 사건이 터지기 전 원래의 일상이 '얼마나 평온하지 않았는지'가 암시된다. 실제로 사건이 터졌을 때, 우리는 보통 앞쪽 영화를 따라 사건을 파악한다. 사건이 이미 끝난 시점에 서서 앞쪽에서부터 차례대로 인과관계를 구성하는 것이다. 그러나 이 인과 바깥에는 아예 지각되지 않는 영역도 있다. 바로 두번째 영화다.

> 차라리 일들을 지각의 문제로 여겨야 할 것이다. 사람들은 방 안으로 들어가서 무슨 일이 막 일어났다, 무언가가 거기에 이미 있다고 지각한다. 마치 그 일이 아직 끝나지 않기라도 한 것처럼. 그러면서도 한편으로는 진행 중인 일은 이미 마지막으로 일어나는 일이며 끝난 일이라는 것을 알고 있다. 「세 개의 단편소설」, 371

여기서 들뢰즈와 가타리가 주목하는 쪽은 단편소설이다. 단편소설에서는 아무 일도 일어나지 않는다. 하지만 독자는 자신이 미처 파악하지 못했던 사각지대에서 무엇인가 벌어졌다는 느낌을 받는다. 상황이 언제 이 지경까지 왔지? 내가 알아채지 못한 사이에 무슨 일이 일어났었던 거지?

우리의 시선은 대개 미래를 향해 있다. 이것은 기대되고 예상되는 시간이다. 물론, 이 기대는 성공하기도 실패하기도 한다. 하지만 중요한 것은 결과와 상관없이 내가 모든 인과관계를 이 '기대'를 중심으로 구성한다는 것이다. (A에서 B로 가면 성공, A에서 C로 가면 실패······.) 그런데 전혀 기대하지 않았던 시간이 불청객처럼 끼어드는 순간이 있다. 그것이 '사건'이다. 이 느닷없는 사건과 부닥치고 나서야 우리는 지금까지 원하는 것만 보고, 원하는 방식으로만 시간을 계열화했다는 사실을 깨닫는다. 그제야 어안이 벙벙해지면서 묻게 된다. '지금 무슨 일이 일어나고 있는 거지?' '없었던 사건'을 갑자기 지각하는 순간 내 앞에는 '없었던 낯선 시간'도 함께 드러난다. 그리고 내가 지금까지 구성해 왔던 인과관계도 모두 흔들리게 된다. "사람들은 방금 일어난 일을 결코 알지 못할 것이며, 일어나게 될 일을 항상 알게 될 것이다."「세 개의 단편소설」, 369

들뢰즈와 가타리는 이 시간을 선線이라는 개념으로 포착한다. 선은 연속적이다. 그런데 이 선을 바라보는 우리의 인식은 불연속적이다. 살아온 과정을 쭉 돌이켜봐도, 우리의 기억 속에서는 단 몇 개의 순간들만 점점이 남아 있을 뿐이다. 물론 이건 자연스러운 일이다. 매 순간을 모두 기억한다면 미쳐 버리지 않겠는가. 중요한 건 삶의 몇몇 구간들이 망각되었다고 해서 그 공백 지점이 세상에서 아예 없는 게 아니라는 사실이다. 술을 고주망태가 될 때까지 마셔도 몸은 알아서 집을 찾아간다. 머리로는 옳다고 생각해도 절대로 몸이 따라주지 않는 선택들도 있다. 이런 방향성은 모두 '나'의 일부다. 내가 나 자신에 대해 생각하지 않을 때에도 '나'라는 존재는 항상 지속되고 있기 때문이다. 시간은 바로 이 구체적인 선들이다. '시간'이라는 추상적인 흐름이 나를 늙게 만드는 것이 아니다. 젊음이든 늙음이든,

선들이 여러 가지 방식으로 신체에 새겨지고 있는 순간에만 우리는 그 시간을 체험할 수 있다.

아직 지각되지 않은 채 기다리고 있는 시간. 연대기로는 붙잡을 수 없지만 분명히 섬광처럼 존재했을 어떤 시간. 몽타이유 사람들은 카타르파에 감염되기는 했지만, 자기들이 화형을 당할 거라고는 꿈에도 생각하지 못하고 있었다. 하지만 의식했든 의식하지 않았든 카타르파는 '몽타이유'를 가로지르는 하나의 선이었다. 『몽타이유』역시 "무슨 일이 일어날 수 있었나?"라는 단편소설의 질문으로 작동한다. 푸르니에의 충혈된 눈은 이곳에서 어느 세력이 달아나고 있는가를 추적한다. 라뒤리의 즐거운 눈은 이곳에서 어떤 일상의 순간들이 떨리고 있었는가를 탐색한다. 이들이 발굴하고 싶은 역사는 심층 밑에서 잘 보이지 않는 미시적인 사건들이다.

이 마을의 진로는 '역사' 없이 진행되었지만 그 설립부터 오늘날까지 '역사들'이 없는 바는 아니다. 엠마뉘엘 르루아 라뒤리, 『몽타이유』, 유희수 옮김, 길, 2006, 675쪽

## 세 가지 선 : 견고한 분할선, 유연한 분할선, 도주선

이 선은 하나가 아니다. 어떤 종류의 선인가, 또 어떤 선들을 가로지르는가에 따라서 사건의 의미도 새롭게 구성된다. 선에는 견고한 분할선, 유연한 분할선, 도주선이 있다.

견고한 분할선부터 보자. 몽타이유는 오랜 시간 전통을 고수해 왔던 전형적인 농촌공동체였다. 이 영토는 여러 '선분'들로 에워싸여 있다. 선분은 직선과 다르다. 직선이 점들을 지나쳐서 쭉 뻗어 가는 반면, 선분은 점과 점 사이를 이어 그 거리를 고정시키는 데에 역점을 둔다. 이 견고한 분할선들은 바둑판 모양으로 삶을 재단한다. 농촌의 물질을 장악하는 영주, 농민들의 영혼을 지배하는 교회, 가부장적인 집안. 세금과 십일조가 정기적으로 걷히고, 젊은이들은 가까운 시일 내에 양치기가 되든지 농부가 되든지 양자택일해야 한다. 이 선택지들도 모두 선분이다. 견고한 분할선은 동선을 짜고, 정체성을 규정하고, 관계를 제한한다.

그러나 몽타이유가 이 견고한 분할선들로만 이루어진 것은 아니다. 이단 카타르파가 그리는 선은 견고한 선분 밑에서 잠자고 있던 몽타이유의 욕망을 깨어나게 했다. 몽타이유는 카타르파에 열광했다. 그러나 그들은 카타르파를 오히려 자기들 입맛에 맞게 활용했다. 카타르파는 모든 육체의 욕망을 악으로 간주한다. 하지만 산골 마을 사람들은 이 교리를 훨씬 에로틱하게 바꿔 놓았다. 모든 것이 악이라면 선이라고 할 만한 것도 없다는 희한한 농민철학적(?) 결론을 도출한 것이다. 온갖 마을여자들과 원 나잇 스탠드를 즐기는 본당 신부는 이렇게 말했다. "모든 것이 금지된다면 모든 것이 동일한 가치를 갖는다. 모든 것이 가능하고 모든 것이 허용된다."라뒤리, 『몽타이유』, 269쪽

카타르파가 몽타이유에 '잘못' 전해진 것일까? 그보다는 오히려 견고한 분할선에 갇히지 않는 욕망의 흐름들이 카타르파를 따라 일

어났다고 봐야 한다. 카타르파가 침투하기 전부터 몽타이유의 일상에는 견고한 분할선들을 가로지르는 유연한 분할선이 있었다. 계급. 귀족과 농민의 구분은 종종 혼동되었으며 실제 인간관계에서는 잊혀졌다. 제도. 종이호랑이 같은 봉건제도는 거꾸로 동네 내부의 파벌 싸움에 이용되기 일쑤였다. 성별. 남성들은 집안의 권력을 쥐었다 폈다 하는 부엌일에 참여할 수 없었다. 종교. 낫 놓고 기억자도 몰랐던 레몽 드 레르는 십일조를 멸시했다. "사제들이 말하는 것은 모두가 다 '허무맹랑하다.' 이 세상이 행복할 때가 천국이요, 이 세상이 불행할 때가 지옥이다. 그뿐이다." 라뒤리, 『몽타이유』, 579쪽

이 발칙하고도 유쾌한 풍경이 평온한 농촌공동체 몽타이유의 실태였다. 몽타이유가 아무리 폐쇄적인 마을이라고 해도 일상생활까지 숨 막히는 건 아니다. 일상을 지탱하는 건 욕망이다. 그리고 욕망은 일탈과 변화를 꾀하면서 일상을 갱신한다. 매일 새로운 걱정과 새로운 평정이 반복되는 것이다. 견고한 분할선은 우리를 특정 시간과 특정 공간에 고정시키려고 하지만, "정작 우리의 진정한 변화들은 모조리 다른 곳에서, 다른 정치, 다른 시간, 다른 개체화에서 일어나" 들뢰즈·파르네, 『디알로그』, 218쪽고 있다. 이 선이 바로 '유연한 분할선'이다. 카타르파는 하나의 유연한 분할선이 되어 몽타이유를 가로질렀다.

그렇다면 우리는 몽타이유를 뭐라고 이해해야 할까. 평범한 농촌? 아니면 타락한 이단? 카타르파와 만난 후로 몽타이유는 이상한 방향으로 흘러가 버린다. 이곳을 농촌이라고도 이단이라고도 부를 수 없게 되었다. 사람들은 여전히 가톨릭을 지지하는 쪽과 카타르파

를 지지하는 쪽으로 갈렸다. 하지만 지지 여부와 상관없이, 몽타이유 사람들 모두가 그 이전 상태와는 달라져 버렸다. 여기에 세번째 선이 있다. 이 '도주선'은 절대적 탈영토화의 운동이 그리는 선이다. 이 선에는 어떤 목적지도 없다. 단지 새로운 방향만 알 뿐이다. 몽타이유의 선은 카타르파의 선과 교차하면서 원래의 방향에서 달아나게 되었다!

그런데 이 도주선은 카타르파만 끌어낸 것이 아니다. 몽타이유 내부에서 도주하려는 힘이 아예 없었더라면, 카타르파가 제아무리 능력이 좋다고 해도 그렇게 효과적인 전도는 할 수 없었을 것이다. 도주선은 몽타이유의 영토에 이미 잠재해 있었다.

물론, 이 도주선은 금세 견고한 분할선들로 재영토화되었다. 몇몇 사람은 감옥에 끌려가 영영 되돌아오지 못했고, 생존자들은 파벌 싸움에 휘말리게 되었다. 그러나 라뒤리는 몽타이유에서 무려 몇 백 년 동안 권력 앞에서 달아났던 오래된 도주선도 발견한다. 바로 양치기들이었다. 집, 교회, 혈연, 그 어떤 견고한 분할선도 그들을 피레네 산맥의 유랑생활에서 끌어내지는 못했다. 이 양치기들이 믿었던 것은 단 하나였다. "이곳에서건 저곳에서건 내 운명은 내가 지고 가야 한다" 라뒤리, 『몽타이유』, 231쪽라는, 우주적 벡터의 도주선이었다.


## 도주선, 달아나는 시간

도주선은 당장 무책임하게 너의 영토를 떠나라고 주문하는 게 아니다. 그보다 훨씬 더 현실적이고 어려운 주문을 한다. 최종적으로 떠나야 하는 것은 자기 자신이다. 늘 똑같은 패턴으로 재영토화되는 내 시간을 변화시켜야 하기 때문이다.

도주선 이야기를 조금 더 해보자. 만화책 『허니와 클로버』에는 지극히 평범한 대학생인 다케모토가 주인공으로 등장한다. 그는 대학시절 내내 맺어질 가망성이 없는 천재 예술가 여자애(하구미)를 짝사랑만 한다. 결국 연애도 취직도 놓쳐 버린 상태로 애매하게 졸업한다는 것이 이 만화의 엔딩이다. 책의 마지막 장면, 다케모토는 스스로에게 묻는다. "이루지 못한 사랑에 의미는 있을까?" 뜨끔한 말이다. 질문이 살짝 낯 뜨겁긴 하지만, 우리 역시 좌절할 때마다 이 청년처럼 마음먹게 된다. 이루지 못한 희망에 의미는 있는가? 이루지 못한 취업에, 사업에, 도전에 과연 의미가 있을까? 가지지 못한 물건, 거절당한 마음, 망가져 버린 관계에 의미가 있을까……?

하지만 다케모토는 불안해서 질문한 게 아니다. 그는 곧바로 자신 있게 대답한다. 의미는 있었다! 수많은 의미들이 지금까지 나와 함께 있었다! 다케모토의 사랑은 실패했다. 하지만 대학시절 동안 그의 선은 하구미의 선과 분명 교차하고 있었다. 다케모토는 그녀와의 만남을 계기로 다양한 사람들과 새로운 인연을 맺게 된다. 그리고 이전에는 알지 못했던 열정과 감정, 삶을 꾸려가는 방식들도 배운다. 덕분에 다케모토의 대학생활은 무수한 충격과 깨달음의 연속이었다. 졸업 즈음에서야, 다케모토는 알아차리지 못한 사이에 자신이 옛날과는 많이 달라졌다는 것을 깨닫는다. 이제 찌질했던 과거는 더 이상 문제되지 않는다. 그는 이미 다른 시간에 와 있으니까. 다케모토가 자신의 사랑에는 의미가 있다고 당당하게 말할 수 있는 건, 그가 이 차이를 긍정하기 때문이다.

삶은 언제 의미를 갖게 되는가? 원했던 결과를 획득했을 때가 아니다. 다른 선과 부닥치면서 원래 계획했던 방향이 틀어졌을 때다. 선의 방향이 달라질 때 내가 느끼는 시간도 완전히 달라진다. 삶이 바뀌는 것이다.

여기서 다케모토는 도주선을 타고 있다. 삶을 살아가는 태도는 이 두 가지로 갈린다. 삶에 일차적인 운동을 도주선으로 보느냐 혹은 견고한 분할선으로 보느냐.

도덕교과서는 삶을 견고한 분할선으로 재단하는 대표적인 태도다. 그곳에서는 항상 곤란한 선택이 강요된다. 자, 바다 한가운데에 수많은 사람들을 태운 배가 좌초했다. 한쪽에는 수많은 사람들이, 다른 쪽에는 네 아들이 물에 빠졌다. 한쪽만 구할 수 있는 조건이라고 했을 때 너는 어느 쪽을 구할 것인가? (어느 쪽이든 번뇌를 일으킬 것 같다!) 이렇게 도덕교과서는 인생이 딜레마라는 것을 가르친다. 도덕교과서의 가상설정은 생각하지 않으면 그만이지만, 이 딜레마는 도덕과 상관없는 영역에서도 계속 반복된다. 간단한 선택의 국면에서조차 누군가가 답을 쥐어주지 않는다는 사실은 괴롭다. 재수를 해야 하는가 점수에 맞춰 대학에 가야 하는가, 직장을 택해야 하는가 공부를 택해야 하는가, 이 사람 편인가 저 사람 편인가……. 몸은 하나인데 마음은 두 갈래로 갈라져 갈등한다.

그런데 우리에게 선택하기를 강요하는 그 '도덕적인 의미'는 어떻게 만들어진 걸까? 의미는 특수한 상황 속에서 그때그때 만들어지는 것이지, 처음부터 선택지로 고정되어 있는 게 아니다. 가령, '엄마'와 '공부'가 무슨 의미인지는 이 단어에 구체적으로 무엇을 연결시키느냐에 따라 달라진다. (밥─엄마─돈 속에서 '엄마'는 가정부를 의미하고, 취업─공부─자격증 속에서 '공부'는 스펙을 의미한다.) 잘 살고 싶다는 마음 자체가 문제는 아니다. 문제는, 그 '잘 산다'라는 말이 어떤 계열들 속에서 어떤 의미를 획득하고 있는지 파악하는 것이다. 하지만 도덕교과서는 의미가 만들어지는 상황에 대해서는 말하지 않는다. 의미의 계열화를 처음부터 고정시킨 후, 사람들이 이 바운더리 안에서만 선택하게 만든다. 마치 이밖에 다른 가능성은 생각해서는 안 되는 것처럼! 고정된 계열화, 이것이 바로 견고한 분할선이다. 견고한 분할선은 삶 앞에 당위를 강요한다. 만약 이 견고한 선분에서 빠져나가는 유연한 흐름들이 있다면, 도덕교과서는 이렇게 판단할 것이다. 그 행동은 틀렸거나 무의미하다고.

반면, 삶을 도주선으로 이해하는 사람은 의미가 사라지거나 무화되는 것을 두려워하지 않는다. 나나 내가 살고 있는 세계는 계속 변한다. 그러니 의미가 변하는 것도 자연스러운 일이다. 중요한 것은 이런 변화를 직접 감당할 수 있느냐는 것이다. 이건 쉬운 일은 아니다. 변화를 받아들이려면 이전에 내가 의지하고 있었던 '세계'의 모습을 버려야 한다. 따라서 위에서 도덕교과서는 저렇게 질문할 권리가 없다. 아들과 수많은 사람들 사이에서 갈등하면서 자신의 세계를 붕괴시켜야 하는 아버지의 상황에 처해 있지 않기 때문이다. 그리고 선택 이후의 시간을 감당하지 않을 것이기 때문이다. 상황을 판단하거나 분석하는 것은 모든 사건이 다 일어난 후에야 가능하다. 하지만 실제 삶에서 우리는 닥쳐오는 사건들 속에서만 의미를 획득할 수 있다. 이 의미는 즉각적인 판단과 실수, 그 사건에 함께 말린 타자들, 이 선택을 감당하며 살아갈 앞으로의 시간이 모두 함께 만들어 낸다. 삶을 궁극적으로 판단할 수 없다면 이는 인생이 불가해하기 때문이 아니라, 우리는 매 순간순간을 욕망하면서 직접 행동하는 방식으로만 살아가기 때문이다. 니체는 삶에게 이렇게 저렇게 하라고 명령하는 도덕이 얼마나 웃기냐고 말하면서, 단 하나의 사건만으로도 내가 살아온 시간 전체가 변한다고 덧붙였다. 존재가 변한다는 것은 지금까지 믿어 왔던 시간-선분을 꺾는 것이다.

> 도덕주의자가 단지 개개인만을 대상으로 해서 "너는 이러저러해야만 한다!"라고 말한다 해도, 그는 여전히 자기 자신을 비웃음거리로 만들고 있는 것이다. 각 개인은 미래와 과거로부터의 운명이며, 앞으로 도래할 것과 앞으로 될 모든 것에 대한 또 하나의 법칙, 또 하나의 필연성인 것이다. 그에게 "달라지라"고 말하는 것은 모든 것에게 달라지라고 하는 것을 의미한다. 과거마저도……. 프리드리히 니체, 「우상의 황혼」, 『니체전집15』, 백승영 옮김, 책세상, 2012, 111쪽

우리는 지금 만나는 사람들과 언젠가는 헤어져야 한다는 것을

안다. 하지만 만나는 순간에는 이 관계가 마치 영원히 계속될 것처럼 믿고 최선을 다한다. 이건 어리석은 일이 아니다. 지금의 세계가 붕괴되었다고 해서 그 전에 믿었던 세계가 거짓은 아니기 때문이다. 삶에서 영원히 지속되는 의미는 없다. 그 대신 수많은 의미들이 붕괴되었다가 다시 새롭게 만들어진다. 그때마다 우리는 세상을 '다시' 새롭게 믿고 행동에 재돌입한다. 이것이 바로 도주선이다.

몽타이유는 가톨릭에도 카타르파에도 속해 있지 않았다. 푸르니에의 이단재판보고서에는 고정된 점을 벗어나는 몽타이유의 도주선만이 기록되어 있을 뿐이다. 사실, 다케모토나 몽타이유나 정말 평범한 존재들이다. 몽타이유의 일상을 지탱하고 있는 세 가지 선은 어디에서나 똑같이 발견할 수 있다. 그래서 『허니와 클로버』와 『몽타이유』는 내게 용기를 준다. 삶에는 항상 도주하는 선이 있다. 따라서 살아가는 길도 정해져 있지 않다. 어떻게 살아야겠다고 결심하기도 전에, 우리는 다른 선들과 뒤얽히면서 제멋대로 '살아지고' 있기 때문이다. 나는 국민, 학생, 자식이다. 동시에 나는 비-청년, 비-국민, 비-가족의 선을 그린다. 이전의 의미를 떠나면 다시 새로운 의미와 만나게 될 것이다. 이루지 못한 사랑은 의미가 없다고? 그렇지 않다. 사랑의 의미는 내가 열심히 사랑하면서 변화를 해갔던 옛 시간에 계속 남아 있다. 단지 내가 그 시간을 떠나 새로운 시간으로 나아가고 있을 뿐이다.

들뢰즈는 『디알로그』에서 도주선을 재미있게 표현한다. 무게중심을 계속 옮겨 가면서 그려지는 선이라는 것이다. 이 무게중심이 이동하면서 때로는 견고한 분할선을, 때로는 유연한 분할선을 그린다. 하지만 이 선들이 따로따로 분리되어 있는 건 아니다. 견고한 절단과 유연한 균열을 계속 만들어 내고 있는 건 결국 도주선이다. 도주선은 쉬지 않고 달려왔고 앞으로도 계속 달린다. 어디를 향해 가는가? 목적지를 '향해' 가고 있을 때조차, 그 목적지는 내가 다른 도주선으로 떠나기 위해 머무른 중간거점일 뿐이었다!

사람들은 도주선에서 출발할 수도 있다. 아마도 일차적인 것은 도주선과 그것의 절대적 탈영토화일 것이다. 도주선이 뒤에 오지 않는다는 점은 분명하다. 도주선은 자기 때를 기다리고 다른 두 선의 폭발을 기다리는 것이긴 해도, 그것은 처음부터 거기에 있다.「세 개의 단편소설」, 390

니체의 말마따나, 삶을 이런저런 말로 규정하는 상태는 아직 실전에 돌입하지 않은 것이다. 삶은 도주한다. 그 덕분에 우리는 살아가면서 똑같은 사건을 두 번 겪지 않는다. 태어나는 것부터 죽는 것까지 모두 최초로 일어나는 사건이다. 그래서인가, 나는 청춘을 낭만적으로 바라보는 시선에 잘 동감이 되지 않는다. 청춘의 서투름이 풋풋할 수도 있다. 하지만 이 미숙함은 어떤 동정이나 미화도 끼어들수 없는 날것이다. 노인에게나 아이에게나 인생은 실전이다.

## 여러 선분들 사이에서 새로운 선을 그려라

중요한 것은 나 자신에게서 달아나는 것이다. 익숙한 감각과 계속 작별하는 것이다. 도주선은 이 끈질긴 노력 속에서만 길을 열어준다. 도주는 일상의 잡다한 것들 속에서 도주를 '포착하고' 그것들을 '이음으로써' 세계를 전혀 새로운 모습으로 다시 그리는 작업이다. 한 땀 한 땀. 지각할 수 없는 시간을 내 삶으로 조금씩 끌어들이면서. 이때 지각은 단순한 인식을 넘어서 기예가 된다. 왜 사람들은 도망치는 것을 비겁하다고 여길까? 영토에 안주하는 것보다 도망치는 일이 훨씬 더 어렵고 용기가 필요한데 말이다. 도주자는 영토에 머무르되 의존하지는 않는다. 도주선을 그리려면 영토에 기대려는 마음 자체와 절연해야 한다. 그래서 도주자는 일탈자와 다르다. 일탈자가 무조건 제도권의 반대노선을 탄다면, 도주자는 아직 발견되지 않은 낯선 영역을 향해서 신중하게 나아간다.

몽타이유에게 카타르파가 있었다면 나에게는 '청년대중지성'이 있었다. 이 만남이 나의 도주 욕망(?)을 일깨웠던 것이다. 임진壬辰년 (2012년), 청년대중지성을 시작하면서 나는 다양한 이십대들과 만났다. 멤버 구성은 다양했다. 학벌뿐만 아니라 경제 사정이나 가족과의 관계도 다 달랐다. 대학교를 아예 안 들어간 사람, 자퇴한 사람, 휴학한 사람, 나처럼 십대 때부터 학교를 안 다닌 친구들……. 우리는 각자 살아왔던 다른 경험을 가지고 공통주제 아래 부딪혀 보았고, 그 부딪힌 만큼을 글로 남기려고 애썼다. 사실 우리가 공부를 잘 했다고 할 수는 없다. 1년이 다 지나갈 때까지도 우리는 여전히 책 속의 몇 글자 읽는 것에 체력을 다 소진했다. 세미나는 늘 좌충우돌이었고, 책은 읽은 것마다 거의 소화하지 못했다. 독서가 안 되는데 글쓰기가 될 리도 만무하다. 선생님들은 그런 우리를 보고 혀를 찼다. 돈도 없고 지식도 없고 심지어 걱정(!)도 없는 이 청년들을 어찌하면 좋단 말인가?

그런데 나는 그와 반대였다. 오히려 이 학우들과 만난 뒤로 다르게 질문하게 되었다. 답이 없다는 게 왜 답이면 안 되는 걸까? 내가 보기에도 우리세대는 참 뭐가 '없다'. 돈도, 경험도, 체력도, 자기 기준도 없다! 스스로 생각해서 결정하고, 또 그 결정을 책임지는 힘이 허약한 것이다. 우리 탓은 아닐 것이다. 하지만 이게 우리의 객관적인 상태다. 그렇다면 도주선도 이 바닥에서 시작해야 한다! 더 이상 앞으로 나아갈 수 없다고 느끼는 지점이 있다면, 그곳은 오히려 도주선의 출발점이 될 수 있다. 답이 없는 세대? 잃어버린 답을 찾으려고 하지 말고, 확실한 답 없이도 살 수 있는 능력을 기르는 쪽이 더 좋지 않은가. 그러고 보면 우리가 이렇게 만나서 1년이나 함께 공부하게 된 것도 참 신기하다. 우리에게는 굳이 '읽기'와 '쓰기'를 해야 할 이유가 없었다. 이것이 답은 아니었기 때문이다. 하지만 우리는 별 이유 없이도 1년 동안이나 읽기와 쓰기를 버텼다. 이걸로 의미는 충분하다.

1년 후, 우리는 다들 뿔뿔이 흩어져 각자 원래의 삶의 궤도로 되돌아갔다. 왜 대학 바깥의 자유로운 공부를 했으면서 다시 대학으로 되돌아갔을까? 결국은 그게 자기 살 길이라고 느꼈기 때문이다.

이 마음을 뭐라고 할 수는 없다. 도주의 일차적인 테제는 일단 살라는 것이다! 무조건 제도권 바깥에 머문다고 뾰족한 해결수가 나는 건 아니다. 배치는 제각기 운동하는 수많은 선들로 이루어져 있고, 내가 그리는 도주선은 고작해야 그 중 하나일 뿐이다. 그러니 죽지 않게 조심하자! 어떤 일에 과감히 도전했다가 실패했다면 작전상 후퇴도 괜찮은 방법이다. 그래도 그 실패가 무의미한 건 아니다. 정말 온 존재를 걸고 그 일과 맞닥뜨렸다면, 그때 내가 긋는 선은 여러 선분들 아래 가려져 있던 지각할 수 없는 영역과 만나게 된다. 그 경험이 삶을 변하게 만든다. 삶은 달라진 만큼 자유를 얻는다. 그렇다. 중요한 건, 원래 궤도로 되돌아간 후에도 그곳에서 또 다시 도주를 시도하는 것이다. 삶에는 도주를 위한 기회가 계속 남아 있다.

젊은 혈기로 인한 탈선인가? 로렌스가 멜빌을 비난한 것처럼, 도망친 것이 아니라면 그건 더 나쁜 일이다. 「세 개의 단편소설」, 391

'이미' 혹은 '아직'이라는 제한선만큼 삶의 생명력을 죽이는 것은 없다. 청춘을 탈선-재귀의 선분으로 재단하지 말라. 신체 나이로도 묶지 말라. 나는 고정된 과거를 휘발시킬 것이다. 이건 나의 정해진 미래를 지워버리는 일이기도 하다. 무엇에 찬성하고 반대하느냐고, 혹은 내 삶의 의미가 무엇이냐고? 어딘가에 도달하기 위해서 달리지 않는다. 단지 멈추지 않기 위해서 달린다. '아직'과 '이미' 사이에 존재하기 위해서, 혹은 '나'라는 공백을 계속 비워 두기 위해서. 내 삶이 성공하든 파괴되든 (이것을 재단하는 것은 누구의 선분인가?) 아무 상관없어지는 지점은 오직 그 사이뿐이다. 한순간이라도 멈춘다면 나를 몹시 사랑해 주는 수많은 선분들 속에 갇혀 버릴 것이라는 사실을 잘 알고 있다. 가끔씩 그 느낌이 공포처럼 엄습한다. 그러나 또한 그것이 멈추지 않게 만든다.

# 정치테제, 윤리를 발명하라
## ─ 미시정치와 파시즘

## 대통령이 나를 억압하나?

주민등록번호 13자리를 갖게 된 지 만 19년이 되던 즈음, 전국은 코앞까지 다가온 대선 때문에 들썩거렸다. 나는 운 좋게 대선 직전에 투표권이 생긴 것이다. 10대 때는 청소년이 왜 교육부장관을 직접 뽑을 수 없느냐며 불평했었다. 하지만 막상 선거권을 갖게 되자 도리어 자신감이 수그러들었다. 정치판이 너무 생경하게 느껴졌던 것이다. 일단, 대통령 후보들을 제외하고는 그 밖의 정치인들 얼굴을 거의 몰랐다. 그 다음으로는 정치적 공약들이 현실적으로 무엇을 의미하는지 감이 오지 않았다. 문구만 훑었을 때는 새누리당이나 민주당이 비슷해 보였다. 어쨌든 선거일에는 후보들 중 한 명을 택하기는 해야 했다. 정치권을 행사할 수 있는 거의 유일한 기회를 이렇게 무식한 상태로(!) 치러야 한다는 게 안타까웠다.

하지만 나의 근본적인 문제는 무지함이 아니라 무관심 아닐까? 몇 년 전부터 20대들이 현실정치에 관심이 없고 투표일에 놀러 가기만 한다는 비난이 일고 있다. 나는 그들을 비난할 수가 없다. 투표는 했다. 그렇다고 내 의식 상태가 투표를 하지 않은 친구들보다 우월한 건 결코 아니었다. 놀러 가자는 친구들에게 휩쓸려 투표장을 떠나는 사람이나, 주변 사람들이 '이 정당'을 찍으라고 해서 엉겁결에 투표한 나나 뭐가 다른가. 나도 이런 내 상태를 타개해 보려고 했다. '나꼼수'도 챙겨 들어 보고, 선거 팸플릿도 읽어 보고, 요새 '핫'한 문제를 일으키는 정치인들의 이름과 얼굴을 기억해 보려고도 했다. 하지만 그것도 한때였다. 신경을 조금만 안 써도 어느새 정치는 일상 바깥으로 밀려나기 일쑤였다. 솔직히, 대통령은 내 인생에서 그렇게 중요한 존재가 아니다. 대통령이 나를 직접적으로 억압한다고 생각한 적은 한 번도 없다. 대통령이 나에게 직접적으로 도움이 된 적도 없었다. 국회나 청와대에서 벌어지는 여러 해프닝들은…… 화젯거리가 되기는 하지만 피부로 와닿을 만큼 현실감이 있는 건 아니다. 리얼 버라이어티 예능 한편을 보는 느낌이랄까. 이 지독한 '비정치적인' 신체를 어찌 하면 좋을까?

그런데 이 무관심에 이유가 없는 것은 아니다. 정치에 무관심한 만큼, 나는 '다른 정치'에 관심을 기울이고 있다. 십대 때 처음 독립을 선언했을 때, 나는 가족 내의 권력관계에서 이기기 위해 정말 총력을 쏟았다. 알바비가 몇 달째 안 들어왔을 때는 인터넷에서 처음으로 근로기준법을 검색해 봤다. 아청법(아동·청소년의 성보호에 관한 법률)

이 통과된 기점으로 여성부가 인터넷의 야동과 야설을 차단해 버렸을 때는 얼마나 분노했었는가! 대통령에게는 관심 없어도 이런 소소한 정치에는 관심이 몹시(?) 많다. 그렇다면, 문제는 결국 내 일상과 현실 정치가 어떻게 만나고 있는지 잘 모른다는 데에 있다. 같이 생활하는 사람들과는 굳이 애쓰지 않아도 관계가 긴밀해지지만, 멀리 떨어진 친척과는 일부러 신경을 써야 관계가 유지된다. 같은 이치다. 정치와의 연결고리를 실감하지 못하는데, 제 아무리 정치구호와 명분을 듣는다고 해서 마음이 움직일 수는 없다.

언젠가 '나꼼수'에서 김어준이 "정치는 실용적인 것"이라고 말했다. 정확히 이렇게 표현했는지는 기억나지 않지만, 여하튼 정치는 일부러 관심을 가져야만 하는 부가적인 영역이 아니라 당장의 삶에 도움이 되는 생활전략이라는 뜻이었다. 공감한다. 주권자라는 추상적인 명분에 호소한다고 해서 정치의식이 갑자기 생길 리 만무하다. 생긴다 해도 그런 정치의식은 빈 깡통 소리만 요란할 게 뻔하다. 풀고 싶은 문제가 생활 속에서 구체적으로 있어야 비로소 정치적으로 민감해지는 것이지, 그 반대가 아니다. 그런데 정치를 국회의사당 안에 한정짓고 투표만을 유일한 정치적 사안이라고 말한다면, 그런 정치는 나와 무관할 수밖에 없다.

## 거시정치와 미시정치 : 클릭, 두 가지 정치라인

정치를 딱딱한 지층에서 구출하라! 들뢰즈와 가타리는 이 슬로건을 내걸고서 정치 개념을 야심차게 선보인다. 그들이 새로 그리는 정치판에는 대통령도, 행정부도, 입법부도 없다. 거기에는 '선'만 있다.

선 개념은 앞의 장에서 이미 살펴보았다. 『천 개의 고원』아홉 번째 장 「1933년—미시정치와 절편성」에서는 선분 대신 '절편'이라는 표현이 등장한다. 국내 『천 개의 고원』의 역자 김재인 씨는 'segment'를 '절편'이라고 번역했는데, segment는 원래 선분을 의미한다. 직선line이 점을 통과해 뻗어 나가는 선이라면 선분은 고정된 두 점 사이에 규정된 선이다. 여기서 '절편'이라는 표현은 선분의 잇는 성질보다 '꺾는' 성질을 더 강조하기 위해 사용한 것 같다.

절편은 원래 원시사회의 정치체제를 이해하기 위해서 사용된 개념이라고 한다. 원시사회는 중앙집권체제의 국가장치가 없다. 하지만 그렇다고 정치가 아예 없다고 볼 수도 없다. 제도가 없는 대신, 일상적인 관습 및 의례가 사람들을 '부족민'이라는 정체성으로 조직하기 때문이다. 부족민들이 그리는 선은 사방에서 꺾이고, 막히고, 묶여, 부족사회의 전체 배치를 그린다. 들뢰즈와 가타리 식으로 표현하면 "절편화된다." 이 절편들은 확실히 정치적으로 기능하고 있다. 하나의 중심 아래 조직화되어 있지는 않지만, 각각의 자리에서 유연한 관계를 통해 부족 전체를 아우르기 때문이다.

그런데 중앙집권화가 시행되는 국가 사회에도 절편이 없는 건 아니다. '절편화' 현상은 견고한 분할선과 유연한 분할선이 놓이는 자리마다 일어난다. "체험은 공간적으로 그리고 사회적으로 절편화된다. 집은 방의 용도에 따라 절편화된다. 거리는 마을의 질서에 따라 절편화된다. 공장은 노동과 작업의 본성에 따라 절편화된다. 우리는 사회 계급, 남자와 여자, 어른과 아이 등 거대한 이원적 대립에 따라 이항적으로 절편화된다."「미시정치」, 397

　우리가 딱히 정치를 의식하고 공간의 선분이나 인간관계의 선분을 쫓아가는 건 아니다. 하지만 들뢰즈와 가타리는 선이 꺾인다는 것 자체가 이미 정치적이라고 본다. 견고한 분할선은 제도를 통해서 동선을 제약한다. 대법, 재판, 행정체계, 각종 제도 등등이 여기에 속한다. 유연한 분할선은 욕망의 흐름을 유도한다. 법을 지켜야 한다는 시민의식, 제도권 안팎에서 맺어지는 여러 사적인 관계들이 여기에 속한다. 그리고 이 두 선분은 서로 떼려야 뗄 수 없다. 견고한 분할선은 유연한 분할선의 물적 토대가 되어 준다면, 유연한 분할선은 견고한 분할선 속으로 사람들을 유인한다. '학교'의 배치를 생각해 보자. 이 배치의 큰 뼈대를 이루는 건 교육부에서 하달하는 행정체계다. 하지만 이 속에서 선생과 학생이 실제로 관계를 맺어야 학교가 굴러 가기 시작한다.

　들뢰즈와 가타리의 정치테제 1번은 바로 이것이다. 정치란 선분을 끊어내는 두 가지 운동이라는 것. 견고한 분할선으로 정치기구와 제도들을 구성하는 거시정치, 그리고 태도와 지각, 몸짓, 욕망 사이에서 유연한 분할선을 뽑아내는 미시정치다. "요컨대 모든 것이 정치적이다. 그러나 모든 정치는 거시정치인 동시에 미시정치다."「미시정치」, 406

　여기서 잠깐 짚고 넘어갈 것이 있다. '거시'와 '미시'라는 표현은 종종 오해를 부른다. 미시정치를 개인적 차원으로, 거시정치를 사회적 차원으로 생각하는 것이다. 하지만 미시정치는 규모가 작거나 영향력이 미미한 정치를 의미하지 않는다(그 역도 마찬가지다!). 거시정치와 미시정치는 좌표계의 성격 자체가 아예 다르다. 거시정치의 핵심은 어디까지 가로막고 어디서 꺾을 것이냐, 사람들을 어디에 고정시켜 둘 것이냐. 그런 반면 미시정치는 사람들 사이에 일어나는 흐름을 조절하려고 한다. 욕망들은 서로 연결접속connexion하여 새로운 흐름을 창출하기도 하고, 결합conjugaison해서 상대적으로 정지 상태에 붙들리기도 한다. 생활영역이든 공공영역이든, 이 두 가지 좌표계는 언제나 함께 움직인다. 이 두 가지 선분들이 어떻게 교차하고, 폭발하고, 관계맺고, 서로를 꺾고 있는가를 파악해 보자. 이 역동적인 움직임들이 바로 '배치'가 된다.

그런데 배치는 다름 아닌 우리들의 일상이다. 앞장에서 보았듯, 살아 있는 모든 것들은 선을 그린다. 들뢰즈와 가타리는 선이 특정한 방향으로 뻗어 나가는 모습이 이미 정치적이라고 말했다. 그렇다면? 내가 정치에 개인적으로 관심이 있느냐 없느냐는 중요치 않다. 우리는 현실정치에 무관심할 때조차 이미 정치의 자기장 아래 놓여 있다. 내가 뭔가에 관심이 있다면, 그건 미시정치가 내 욕망을 유도했기 때문이다. 의식하지 않을 때조차 나의 일상에는 이미 여러 '정치라인'들이 가로지르고 있다. "존재 이전에 정치가 있⋯⋯다."「세 개의 단편소설」 388

거시정치가 가둬 두려고 애쓰고, 미시정치가 전략적으로 이용하고, 일상을 지탱하고 있는 어떤 흐름. 이것이 바로 욕망이다. 욕망은 거시적인 선분과 미시적인 흐름이 교차하는 지점에서 나타난다. 이곳에서 권력은 이름 없는 군중과 마주한다. 이때 군중이란 '계급'이나 '시민'처럼 가시적으로 분할되는 집단이 아니다. 흐름으로서만 존재하는 잠재적 집단이다. 드라마 「뿌리 깊은 나무」에서 세종은 백성이 바다와 같아서 두렵다고 말한다. 백성은 평소에는 신분질서에 순순히 순종한다. 하지만 그들이 뭔가를 간절히 욕망하기 시작할 때 그 욕망은 반드시 '민'民이라는 정체성을 넘어서게 될 것이다. 세종은 백성의 힘이 아니라 '백성이 아니게 될' 바로 그 힘을 두려워하고 있다. 어디로 튈지 모를 이 욕망의 흐름을 휘어잡는 것, 이것이 정치의 목적이다.

우리는 제도가 우리의 욕망을 억압한다고 생각한다. 아니다. 사실은 거꾸로다. 우리가 욕망하기 때문에 제도는 우리를 억압하는 것이다. 학생들이 취직보다 고전읽기에 더 빠져들까봐, 주부들이 홈쇼핑보다 지구를 더 사랑할까봐, 노동자들이 임금노동 대신 수행修行에 입문할까봐 권력은 노심초사한다. 그래서 제도는 욕망을 학교에 묶어두고 '너는 예비취업군이다'라고, 공장에 묶고는 '너는 노동자다'라고 열심히 뇌까린다. 욕망을 제도화하기 위해 애쓴다.

들뢰즈와 가타리는 사회에도 개인에도 정치를 좌지우지할 열쇠를 주지 않는다. 정치를 움직이는 건 이 욕망이기 때문이다. 욕망은 '나의 것'에도 '사회의 것'에도 속하지 않는다. 욕망에는 언제나 고정된 자리를 떠나 흐르려고 하는 속성이 있기 때문이다. 정치적 사건이나 사회적인 파문이 생겼다면, 그것은 사회의 심층에서 어떤 욕망이 도주하고 있다는 신호다. 촛불시위가 그랬고, 월가 시위가 그랬다. 자발적으로 모여 있는 공동체에서도 어느 순간 마음이 뜨는 사람들은 꾸준히 있다. 이렇게 군중의 욕망이 희한하게 튀어나갈 때, 현실정치는 이 흐름 앞에서 속수무책이다. 그럴 때마다 정치인들은 변명한다. "달리 선택할 여지가 없었다"고. 하지만 그들은 원래부터 선택하는 것이 불가능했다! 욕망이 도주할지 아니면 한곳에 고일지, 언제 어떻게 움직일지는 누구도 정확하게 예측할 수 없다. 단지 촉을 세워서 예측해 볼 수 있을 뿐이다. 욕망의 "흐름들 자체를 조절하는 '권력'은 존재하지 않는다."「미시정치」, 429

　　군중의 욕망을 유혹하는 데 성공하거나 실패하거나, 승부수는 둘 중 하나뿐이다. 정치계의 '핫 플레이스'는 바로 우리의 욕망이다.


## 우리는 왜 똑같은 삶을 욕망하는가

처음으로 다시 돌아가 보자. 들뢰즈와 가타리의 개념들은 딱딱한 정치-지층에 놀라운 마법을 건다. 현실정치에 무관심하다고 생각했는데, 오히려 그것이 미시정치의 전략이었다. '비정치적인' 신체가 사실은 이미 정치적인 선분으로 조율된 신체였던 것이다. 그렇다면 문제의 초점도 바뀐다. 내가 관심을 쏟고 있는 진짜 영역들, 내 욕망이 머무르고 있는 그 현장에서는 도대체 어떤 일들이 일어나고 있는 걸까? 이 비밀을 풀어야 '정치에 무관심하다'는 내 상태를 제대로 설명할 수 있다.

욕망에 대해서 꼭 짚고 넘어가야 할 사실이 있다. 욕망을 아직 분화되지 않은 충동에너지로 생각해서는 안 된다는 점이다. 욕망은 우리가 발붙이고 사는 이 현장 속에서 구체적인 벡터를 지닐 때 비로소 움직인다. 우리는 욕망하는 기계다. 욕망은 무의식 저 깊숙한 곳에 은밀하게 숨어 있는 성욕이 아니라, 우리가 걷고 뛰고 대화하는 모든 움직임에 함께하고 있다. 우리가 하나의 동작을 자연스럽게 할 수 있게 되기까지 거쳐야 했던 과정은 욕망을 훈련하는 과정이기도 했다. 젓가락질을 하기 위해서는 젓가락 쥐는 법을 익히면서 동시에 젓가락으로 음식을 먹겠다고 욕망해야 한다. 신체는 섬세하게 조율되고, 그 결과 여러 작업들을 해내는 유능한 기계로 짜 맞춰진다. 그런데 이때 누가 이 조율을 실행할까? 개인도 아니고 사회도 아니다. 바로 배치다. 배치에는 수많은 선분들이 지나간다. 욕망은 이 선들을 따라 흐른다. 욕망은 누가 "정교한 몽타주에서, 고도의 상호작용을 수반한 엔지니어링에서 결과되는"「미시정치」, 409 미시적인 '짜임'인 것이다.

따라서, 네가 진심으로 욕망하는 게 뭐냐는 질문은 잘못되어도 너무 잘못되었다. 청소년을 학원-집-학교-입시라는 배치 속에 가둬 놓고는 '니가 진짜로 원하는 게 뭐냐'고 물어보는 것이야말로 위선 아닌가? 배치가 그대로인데 어떻게 다르게 욕망하는 게 가능하겠는가? 탈출할 구멍을 하나나 둘만 남겨 두고 나머지는 모조리 막아 버린 후, '나는 이것을 원한다/원하지 않는다'는 대답을 끌어내는 것은 단지 확인사실일 뿐이다. 우리는 욕망하게끔 배치되어 있는 것만 욕망한다. 그것을 원하라고 누구도 강요하지 않았다. 이것을 원하겠다고 나 스스로 결심한 것도 아니다. 여기에는 배치가 있을 뿐이다. 특정한 배치가 나를 특정한 욕망의 벡터로 조율하고, 나는 '그렇게' 욕망함으로써 배치 전체를 연주한다.

혁명을 향한<sup>de</sup> 욕망은 없습니다. 마찬가지로 권력을 향한 욕망, 억압하기를 향한 욕망이나 억압받기를 향한 욕망도 없고요. 여기서 혁명·억압·권력 등은 주어진 한 배치의 현행 성분을 이루는 선들입니다. 이 선들은 절대로 앞서 존재하지 않지요. 이 선들은 서로에게 내재적이고 서로 얽혀 있는 상태로 그려지고 구성되는데, 이와 동시에 욕망의 배치가, 얽혀 있는 그 배치의 기계와 군데군데 잘린 그 배치의 판과 더불어 만들어집니다. 들뢰즈·파르네, 『디알로그』, 231~232쪽

『천 개의 고원』에는 하나의 윤리적 질문이 변주되고 있다. 왜 사람들은 억압받기를 욕망하는가? 그런데 이때 '억압'은 욕망을 금지시키는 것이 아니다. 모든 사람들을 똑같은 방식으로만 욕망하게 하는 것이다. 우리가 청년실업률을 모르기 때문에 대학에 목을 매는 것이 아니며, 제3세계의 착취상황을 모르기 때문에 스타벅스 커피를 사먹는 것이 아니다. 우리는 바보가 아니다! 하지만 어떤 정보로도 깨뜨릴 수 없는 이 뿌리 깊은 무지는 뭐란 말인가.

들뢰즈와 가타리는 배치를 보라고 말한다. 좋은 욕망과 나쁜 욕망, 억압된 욕망과 자유로운 욕망을 따로 구분하는 건 부질없는 일이다. 다만 우리가 언제나 선을 따라간다는 사실을 기억해야 한다. 욕망

도, 제도도, 권력도, 결국 전체 배치를 이루고 있는 선들의 일부다. 이 게 참 묘하다. 배치가 욕망을 만들기도 하지만, 우리가 '그 배치'를 욕 망하기 때문에 배치가 유지될 수 있는 것이다. 결국 내가 서 있는 배 치가 근본적으로 바뀌지 않으면 내 욕망도 달라지지 않는다. 싸우 고 있을 때조차 상대편과 똑같은 배치를 욕망할 수도 있다. 반값등록 금투쟁을 예로 보자. 이 투쟁에서는 천만 원을 받아가려는 대학당국 과 반* 천만 원을 내면서라도 대학에 남아 있으려는 학생들이 충돌 한다. 그러나 대학을 욕망한다는 점에서 이 두 선분은 서로 반대되는 게 아니다. 오히려 함께 '대학'이라는 배치를 이루고 있다.

프리모 레비의 『이것이 인간인가』를 읽었을 때, 나는 왜 욕망의 동일화가 '억압'인지를 처음으로 실감했다. 이 책은 아우슈비츠에서 10개월을 보냈던 레비의 경험담이다. 하지만 그는 나치의 잔인함을 고발하지 않는다. 대신, 아우슈비츠의 실제 배치를 최대한 객관적으 로 묘사한다.

수용소는 포로들이 자기 인생에 의미부여할 수 있는 여지들을 모두 없애 버렸다. 포로들은 모든 소지품을 버려야 했고, 아무 소용 없는 노동에 투여되었다. 그들이 일했던 고무공장에서는 단 1g의 고 무도 생산되지 않았다고 한다. 아무 의미없는 삶! 그런데 사람들은 그 속에서도 살아갔다. 아우슈비츠에서 "죽지 않기 위해 우리가 고안 해 내고 실행한 방법들은 수없이 많았다. 인간들의 다양한 성격만큼 이나 많았다." 프리모 레비, 『이것이 인간인가』, 이현경 옮김, 돌베개, 2011, 139쪽 살아갈 의미가 사라진 수용소 바닥에서 점점 '살아남는 방법들'이 개발되기 시작했다. 하지만 이것은 아우슈비츠라는 배치에 기반한 욕망들이다. 살아남으려고 애쓰면 애쓸수록, 사람들은 아우슈비츠를 점점 더 강하게 내면화할 수밖에 없다. 『이것이 인간인가』는 우리에게 냉정하게 보여 준다. 우리가 살아가는 '삶'이란 배치 그 이상도 이하도 아니라는 것. 수용소의 배치와 그 배치를 내면화하는 포로들은 '아우슈비츠'라는 이름을 함께 공유하고 있었다.

아우슈비츠의 배치는 욕망을 동일화하는 배치다. 레비는 아우슈비츠의 포로들이 똑같은 신체로 변모해 가는 과정을 자세히 그린다. 그들은 점점 비슷한 외모로 바뀌어 가고, 심지어 악몽도 똑같은 내용으로 시달린다. "규칙적으로 되풀이되고 통제당하는, 만인에게 동등한 삶……."레비, 『이것이 인간인가』, 132쪽 모든 개체 간의 차이가 지워져 버린 텅 빈 신체. 파시즘이 뼈와 살을 갖췄다면 바로 이런 모습일 것이다. 파시즘이란 모든 사람들이 똑같이 욕망하게끔 만드는 병적인 미시정치다.

파시스트는 나와 세계 사이의 차이를 느끼지 못한다. 나의 기쁨이 세계의 기쁨이고, 나의 절망이 세계의 절망이다. 그는 내일 세계가 멸망하리라는 기대 없이는 도저히 오늘 하루를 느낄 수 없고, 온 세계가 나와 함께하고 있다고 망상하지 않고서는 한발짝도 뗄 수 없다. 감각회로가 하나밖에 남지 않은 불감증환자인 것이다. 히틀러 앞에서 만세를 외쳤던 독일 군중의 신체는 아우슈비츠에서 유령처럼 돌아다니는 포로의 신체와 똑같다. 하나의 희망을 맹신하는 자와 모든 희망을 거세당한 자는 동전의 양면이다.

그런데 이 아우슈비츠의 모습은 어딘가 우리들의 모습과 닮았다. 지금은 교복과 두발제한, 암기식 교육, 가부장제와 규율권력이 이미 구시대적인 것이 되었다. '동일화'는 가장 전면적으로 공격당하는 가치들 중 하나다. 창의력과 다양한 개성을 해친다는 이유에서다. 그렇다면 우리의 삶은 정말 다양해졌을까?

파시즘이 똑같이 양산하는 건 겉모습이 아니다. 욕망이다. 아우슈비츠는 확실히 사람들의 욕망을 똑같이 만들었다. 그런데 자본주의도 그렇다. 자본주의에서의 삶은 벡터와 변신역량 모두를 잃어버린 '미친' 도주선 같다. 안정적으로 살아갈 지층은 없으면서, 꿈과 용기(?)만 불어넣는 환상의 이미지가 난무하기 때문이다. 이 속에서 우리는 '안전하게' 살고 싶다면 '불안정한' 경쟁 상태로 뛰어들어야 하는 이상한 역설에 처한다. 먹고살 수 없을지도 모른다는 욕망이 요동치면 칠수록, 우리는 더욱 제도권으로 되돌아가려 한다. 이렇게 시야는 이중으로 차단당한다. 제도권이 시야를 차단하는 것뿐만 아니라, 이미 우리 스스로 똑같은 길로만 보고 느끼려 하기 때문이다. 가장 '안전한 삶'의 회로로.

히틀러가 마침내 자신의 가장 확실한 통치 수단과 자신의 정치와 군사 전략의 정당화를 발견한 것은 결국 일상성의 공포와 일상성의 환경의 공포 속에서이다. 「미시정치」, 439

일상이 좁다는 것. '일상'이라고 명명되는 한두 가지 영역밖에는 관심과 감각이 미치지 않는다는 것. 이것이 지극히 정치적인 전략이다. 우리는 정말로 소심小心해진 것이 아닐까?

그러나 그 와중에도 능동적인 욕망의 도주선을 그리는 사람들이 있다. 아우슈비츠에도 반란을 시도했던 한 포로가 있었다.

우리는 죽어야 할 사람의 고함소리를 들었다. 그 소리는 무기력과 복종의 두텁고 낡은 장막을 뚫고 들어와 우리들 내부에 살아남은 인간의 마음을 뒤흔들어 놓았다.

"Kamaraden, ich bin der Letzte!"(동지들, 내가 마지막이오)

(……)

우리는 서로의 얼굴을 볼 수 없었다. 우리를 이토록 망가뜨린 이런 상황에 굴복하지 않은 것을 보면 그 남자는 강인한 남자였던 게 틀림없다. 우리들과는 다른 금속으로 만들어진 게 틀림없다.

우리는 망가지고 패배했다. 이 수용소에 적응할 수 있었다 해도, 마침내 우리의 식량을 마련하는 법을 배우고 고된 노동과 추위를 견디는 법을 배웠다 해도, 그리고 우리가 다시 돌아갈 수 있다 해도 그 사실은 바뀌지 않는다.

우리는 침대 위로 메나슈카를 들어올렸다. 우리는 죽을 나누었고 배고픔이라는 일상적인 분노를 가라앉혔다. 그리고 이제는 수치심이 우리를 짓눌렀다.레비,『이것이 인간인가』, 227~229쪽

레비는 아우슈비츠에서 살아 돌아온 뒤로도 이 장면을 잊지 않

았다. 그는 스스로에게 수치심을 느꼈다. 그러나 이 수치심은 살아남았다는 죄의식이 아니었다. 레비는 파시즘이 레비 자신을 통해서도 실행되었다는 것을 알고 있었다. 수치심은 바로 이 '앎'에서 나온다. 욕망을 동일화시키는 파시즘적인 배치 위에서, 그러나 다르게 욕망하고 다르게 행동하는 것 역시 가능하다는 사실을 통렬히 깨닫는 자만이 이 수치심을 느낄 수 있다.

## 도주와 윤리

배치는 변하지 않는 구조가 아니다. 언제든 변할 수 있는 여지를 품고 있는 장場이 바로 배치다. 그래서 이 개념은 더욱 냉철하다. 우리는 국가와 제도와 사회 속에서 살아가고, 또 그곳의 배치대로 욕망한다. 그러나 실제로 국가는 아무것도 보호하지 하지 않는다. 제도는 누구도 자유롭게 해주지 않고, 합리적 논리는 비합리적 전제 위에서 쌓아올려진다. 사회나 자본은 무엇도 감당하지 않는다. 한마디로, 배치가 우리의 욕망을 정당화해 주지는 않는다는 것이다. 배치에는 옳고 그름을 판단하는 척도가 없다. 그래서 아우슈비츠처럼 최악의 결과가 발생하기도 한다. 하지만 결과가 어찌되었든, 나는 이 배치를 믿고 살았다. 나 역시 그 배치를 욕망했다. 여기에는 변명의 여지가 없다.

나는 이 '앎'이야말로 정말 정치적이라고 생각한다. 내가 믿고 있는 기준점들도 배치의 정치적인 산물일 뿐이라는 것. 영원한 선과 악, 영원한 진보와 보수는 없다는 것. 이 세상을 심판하는 '선과 악'을 열렬히 쫓는 사람이 있다면 그는 정의의 사도가 아니다. 오히려 미시-파시스트일 가능성이 높다. 그는 사실 스스로의 판단에 전혀 책임지고 싶지 않은 것이다. 세상의 움직임을 이해하지 못할 뿐만 아니라, 이해해 보려 시도하지도 않겠다는 것이다.

유치한 파시스트가 되지도 않고, 지층처럼 딱딱하게 굳은 꼰대가 되지도 않기 위해서는 어떻게 해야 하는가. 어쨌든 뭔가를 하기는 해야 한다. 아무것도 하지 않고 '평범한' 인간으로 '적당히' 도덕적으로 살 수는 없다. 세계적인 착취구조를 내면화하지 않고 욕망하기가 거의 불가능하다! 그런데 이런 절망적인 상황이야말로 오히려 행동하지 않을 수 없게 한다. 우리가 배치된 대로만 욕망하는 까닭은 간단하다. 그게 제일 편하기 때문이다. 즉, 스스로 생각하고 고민하고 실천해 볼 역량이 부족하기 때문이다. 하지만 스스로를 책임지지 않아도 될 자유라면 그건 자유가 아니라 무능력 아닐까? 미국 철학자 에릭 호퍼는 대중운동으로는 진정한 혁명이 불가능하다고 말한다. 사람들이 대중운동에 투신하는 이유는 진정한 혁명을 원해서가 아니다. 단지, 자신의 삶이 불만족스럽다고 느끼지만 스스로는 이 삶을 타개할 능력이 없기 때문에 집단의 힘을 빌리는 것이다.

스스로 무언가를 해낼 재능이 없는 한, 자유란 따분하고 번거로운 부담이다. 능력 없는 사람에게 선택의 자유가 있어 무엇하겠는가? 사람들이 대중운동에 가담하는 것은 개인의 책임을 회피하기 위해서, 다시 말하자면, 열렬한 나치 젊은이의 말마따나 "자유로부터 자

유롭기 위해서"다. 에릭 호퍼, 『맹신자들』, 이민아 옮김, 궁리, 2012, 55쪽

여기에 정치적 선택의 갈림길이 있다. 배치를 내면화할 것이냐, 도주할 것이냐. 동일한 욕망에 머무르는 파시스트가 될 것이냐, 새로운 욕망을 탐색할 것이냐. 우리가 정말로 우리의 힘으로 선택할 수 있는 것은 이것뿐이다. 선과 악, 진보와 보수의 선택지 사이에서 고민하는 건 아직 '자유로운' 상태는 아니다. 도주는 도주를 직접 실천하기 전까지는 아예 선택지로 나타나지도 않는다. 도주는 낡은 삶을 팽개칠 자유가 아니라 새로운 삶을 발명할 자유이기 때문이다.

우리는 윤리를 발명해야 한다. 각자의 현장에 더욱 치밀하게 밀착해서, 각자가 써먹을 구체적인 윤리를 발명해야 한다. 『이것이 인간인가』라는 레비의 책 제목은 의미심장하다. 이 제목은 거꾸로 "네가 생각하는 '인간'이 무엇이든 간에 그런 것은 세상에 없다"고 말하고 있다. 어디에도 의탁하지 않은 채 스스로 한발짝씩 인간성을 획득해 가는 사람만이 '인간'을 말할 수 있는 게 아닐까.

자본주의에 기대서 살아갈 수밖에 없는 우리가 완전히 결백한 도덕을 가질 수는 없다. 그래도 똑같은 생각, 똑같은 감각, 똑같은 관계에 고착되지 않기 위해 노력할 수는 있다. 내것을 소유하는 데 열중하지 않을 수 있고, 살아남아야 한다는 명분으로 다른 이의 죽음을 정당화하는 그런 '수치 모르는' 행동은 하지 않을 수 있다. 살아가는 방식과 살고자 하는 방식의 일치. 이런 삶은 자기를 정당화하는 데 열중하는 사람에게는 불가능한 삶이다. 수치심을 감수할지언정, 최

소한 명분 뒤에 숨어서 삶의 노예가 되는 짓은 하지 않겠다고 결심한 사람에게만 주어지는 떳떳함이라고 나는 생각한다.

윤리적인 사람은 배치를 본다. 내가 하는 행동마다 인연조건이 따를 수밖에 없다는 것, 그리고 어떻게 해도 이 현장을 전적으로 떠날 수 없다는 사실을 이해한다. 그는 이 조건을 다 감수하고서 '배치를 가로지르는 하나의 선'이 되어 삶을 선택하고 또 행동한다. 차라투스트라의 말처럼 "그것은 네가 네게 지워진 멍에에서 벗어나 있다는 것이 아니라, 너를 지배하고 있는 사상이 무엇인가 하는 것이다." 프리드리히 니체, 「차라투스트라는 이렇게 말했다」, 『니체 전집 13』, 정동호 옮김, 책세상, 2012, 104쪽 윤리와 도덕의 차이점은 바로 이 '앎'에 있다. 도덕은 기존의 사회 코드를 더욱 굳건하게 한다. 그러나 윤리는 세상을 동일화시키려는 블랙홀 같은 '나'에게서 탈출하기 위해 행동한다.

도주는 뭐든지 해도 된다는 방종이 아니다. 도주선을 그리기 위해서는 정교한 기예가 필요하다. 도주선은 매번 발명하고 직접 그리는 수밖에는 없다. 그런데 자기가 사는 세계에 대해 윤리적으로 고민하지 않는 사람은 도주선을 끝까지 그릴 수 없다. 도중에 파시즘의 블랙홀로 빨려 들어가기 때문이다. 따라서, 우리는 스스로에 대해 계속해서 질문을 던져야 한다. 왜 나는 연예인에 열광하듯이 정치인에 열광하는지, 왜 성 범죄자에 대해서는 분노하면서도 지구적 착취에 대해서는 별 감정이 일지 않는지……. 이렇게 하다 보면 점차 알게 된다. 나의 욕망은 나의 것이 아니다. 수없이 반복된 연쇄고리를 욕망이 따라가고 있는 것이다. 그렇다면 욕망이 진정 해방되는 때는 이 연쇄고리를 따라갈 때가 아니라 오히려 끊어 버릴 때가 아닐까? 하지만 이 연쇄고리를 혼자서 끊는 것은 불가능하다. 함께 공론화하고 싸우고 또 실험해 볼 관계들이 꼭 필요하다. 더불어 살아가는 윤리. 그래서 윤리와 도주는 서로 떨어질 수 없다.

## 완성되지 않는 세계

확실한 건, 정치를 선택의 문제로만 환원해서는 안 된다는 것이다. 대통령 후보 중 한 명을 선택하는 것이 정치라면 그건 너무 협소하다. 차라리 스마트폰을 새로 장만할 때가 선택지는 훨씬 더 많다! 사람들은 다양한 위치에서 다양한 방식으로 삶을 궁리한다. 아버지가 교수더라도 아들은 대학에 대항해 투쟁할 수 있다. 노동자의 권리를 위해 땀 흘리는 자가 있다면 백수로 살아갈 방법을 궁리하는 자도 있다. 정치적 이해관계는 다 다르다. 그러나 가장 정치적인 사건이 벌어지는 곳은 각자의 삶, 욕망과 배치다. 모두에게 그렇다.

　　현실정치에 대한 내 무식함을 정당화할 생각은 없다. 나도 이번 대통령 선거를 계기 삼아 관심의 영역을 넓히기로 결심했다! 그런데 내 안에는 강력한 욕망 하나가 있다. 그것은 바로 정치를 '잘 아는' 사람이 아니라, '정치적인' 사람이 되고 싶다는 욕망이다. 하나의 정치노선이 절대적으로 옳은 경우는 없다. 내가 지지한 정치노선이 승리한다고 해서 많은 게 바뀌지도 않는다. 이 세상은 배치이기 때문이다. 배치 안에서 현실정치는 여러 선 중 하나에 불과하다. 배치는 완성되지 않고, 앞으로도 완성될 일도 없다. 성인聖人들도 말씀하지 않으셨는가. 내 삶이나 세상이 통째로 구원되는 일은 없다고. 하지만 그런 구원이 없다고 해서 절망할 이유도 없지 않을까? 어느 조건에서든 계속해서 도주선을 찾아내는 자가 정말 정치적인 사람이 아닐까? 현실 경험이 부족한 내가 그래도 믿고 있는 게 있다면, 다른 벡터로 몸을 '트는' 것은 언제 어디서나 가능하다는 것이다. 유토피아에 대한 욕망이 무거운 삶의 반증이라면, 도주선은 늘 충분히 가볍다. 가볍지 않으면 달아날 수 없다. 바로 이 태도로 지금의 정치를 보고, 듣고, 느끼고 싶다.

현실정치에서 눈을 돌리지 말자. 그러나 정치판이 연출하는 쇼에 마음 모두를 주지도 말자! 가장 정치적인 현장은 내가 있는 바로 이곳이다.

# ✤ 전사들이 있다
## — 전쟁기계

## 어린 시절의 판타지

겨울밤에, 가슴에 베개를 괴고, 해남 물고구마를 눌어붙도록 쪄가
지고 먹어 대며, 이형식에서 오유경에게로, 허숭에서 임꺽정에게
로, 그리고 오필리아에서 파우스트로 정신없이 뛰어다닌다. 그러
다가 아버지나 어머니에게 들켜 호되게 꾸지람을 듣는다. 그 아무
짝에도 쓸모없는 소설책을 읽어서는 무엇 하려는 것이냐는 푸념이
어머니의 주된 공연 프로그램이었다. 판사나 검사가 되지 않고 문
학 나부랭이를 했다고 어머니는 돌아가시기 직전까지 나를 꾸짖었
다. …… 아무 짝에도 써먹지 못하는 것을 무엇 하려고 하느냐? 그
질문은 아직까지도 나를 떠나지 않고 괴롭힌다. 김현, 『한국문학의 위상』,
문학과지성사, 2009, 11쪽

위 인용문은 김현의 『한국문학의 위상』의 첫 장면이다. 소설책 밖에는 모르던 어린 아들과 '문학이 대체 무엇이냐'는 화두를 거친 말투로 던지는 어머니. 책은 여기서부터 문학에 대한 '썰'을 촘촘하게 풀어나가지만 이 본편의 내용들은 다 까먹어 버렸다. 지금은 이 서정적인 장면만 내 기억에 남아 있다.

내가 저렇게 골몰하여 책을 읽었던 적이 있었나? 있기는 했다. 다만 나 같은 경우는 그 책들이 고전문학이 아니라 판타지소설과 만화책이었다. 중원의 협객들, 모험을 떠나는 마법학교의 학생들, 절대반지를 찾아 북유럽신화의 풍경을 헤매는 원정대……. 지금은 책보다 훨씬 자극적인 컨텐츠를 배포하는 영화, 드라마, 인터넷 등등이 활발해진 시대다. 나에게는 고전문학보다 이런 하위 텍스트들이 훨씬 더 가까웠다.

하지만 왜 그렇게 판타지소설에 탐닉했었는지를 돌이켜보면, 비단 말초신경의 자극을 위해서만은 아니었다. 판타지소설에는 전사가 나온다. 비인간적인 힘을 발휘하는 전사와 전사가 힘을 마음껏 펼칠 수 있는 낯선 세계상에 나는 매료되었다. 기계가 수많은 일을 해내는 현대문명보다도, 단 한 명의 전사가 동물적인 힘을 발휘하는 소설 속의 세계가 훨씬 더 근사하지 않은가. 수단과 조건을 따지지 않고 자기 한 몸으로 대륙을 누비는 전사들은 정말 강해 보였다! (그래서 내가 좋아했던 캐릭터들은 주인공이 아니라 고독하고 싸움 잘하는 주인공의 동료였다.^^) 입시밖에는 비전을 알지 못했던 메마른 시기에 이 소설들은 해방구가 되어 주었다. 물론 망상이 투영되어 다소 왜곡된 이미지이기는 했지만 말이다.

"아무 짝에도 써먹지 못하는 것을 무엇 하려고 하느냐?" 지금도 할머니는 글을 쓰는 나에게 물으신다. 그때마다 판타지소설에 정신 없이 매료되었던 이 시기를 생각한다. 그 당시 내게는 색다른 세계를 동경하는 마음과 현실도피하려는 마음이 혼재해 있었다. 내가 글을 쓰는 마음도 이와 다르지 않다. 두 가지 마음이 있다. 하나는 팍팍한 현실에서 도망치고 싶은 마음. 또 하나는 이곳에서 강요되는 환상들을 깨부수고 진짜 판타지를 쓰고 싶은 마음.

## 유목민, 역사를 빠져나가다

역사를 공부하다 보면 판타지소설보다 더 판타지 같은 장면들을 만나게 된다. 사마천의 『사기』史記나 헤로도토스의 『역사』에는 인간 같지 않은 인간들이 대거 등장한다. 삼백만 노예들을 눈빛 하나로 제압하는 크세르크세스의 동물적 카리스마와 이 대군을 단 300명으로 맞서 싸웠던 스파르타의 '미친' 전사들. 검 한 자루 들고 진시황의 목을 베러 갔던 무모한 형가와 명분을 지키기 위해서 고사리 외의 모든 음식을 끊었던 백이와 숙제, 백인의 총구 사이를 달려가면서 죽기 직전에 웃었던 인디언 매부리코 등등.

그런데 들뢰즈와 가타리는 이런 역사에서조차 발견되지 않은 존재들에게 주목한다. 바로 유목민들이다. 대부분의 역사가들은 그들이 문명을 받아들이지 않고 진보를 거부한 방랑집단이라고 생각했다. 국경이나 영토도 없고, 식량을 축적할 수 있는 농사기술도 없다. 도시를 파괴할 줄만 알지 그곳을 점령해 다스릴 줄은 모른다. "문명에 대해서 진짜 위험한 '야만인들'은 거의 한 부류의 종족에 속했다. …… 사막과 스텝 지역의 유목민이 그 부류였다. 그리고 오직 구세계에만 이 특별한 부류의 사람들이 있었다." 페르낭 브로델, 『물질문명과 자본주의 1-1』, 주경철 옮김, 까치, 2012, 121쪽 변화를 거부하는 영원한 구세계 사람들!

역사가들의 생각이 아주 틀린 것은 아니다. 유목민들은 실제로 역사 바깥에 놓여 있기 때문이다. 역사책은 모두에게 공통적으로 적용되는 하나의 시간이 있다고 전제하고 이야기를 진행시킨다. 이 시간이 바로 '역사'인 것이다. 하지만 역사는 자연스러운 시간이 아니다. 이것은 분절되고 지층화된 특수한 시간이다. 역사는 픽션fiction과 팩트fact를 가르는 기준이다. 그리고 이 시간은 사람들에게 왜곡시켜서는 안 되는 불변의 기억으로 새겨진다. 이런 코드화되고 영토화된 공통기억을 탄생시키기 위해서는 국가의 강력한 중앙권력이 없으면 불가능하다. 나카자와 신이치中沢新一의 『곰에서 왕으로』를 보면 이 과정이 잘 나와 있다. 국가가 생기기 이전, 부족민들은 자연 속에서 순환하는 시간관을 발견했고 이를 따라 신화를 만들었다. 그러나 원시부족에서 추장이 사라지고 왕이 등장하면서부터 신화의 시간은 끝이 난다. 역사책을 쓰기 위한 고정된 영토와 행정체계, 그리고 기록할 주체가 마련된다. 즉, 역사는 왕의 시간이다. 역사는 처음부터 국가, 국가를 소유한 왕, 왕이 이룩한 국가적 업적에 대한 기록물로 출발했던 것이다.

그렇다면 유목민들이 역사를 모르는 것도 당연한 일이다. 유목민들에게는 국가가 없다. 그러나 이는 그들이 국가와 문명에 무지하기 때문이 아니다. 그들은 태생부터가 국가 외부에서 사는 반-국가주의자들이다.

유목민들은 사막에서 산다. 이 사막이라는 공간은 중요한 의미를 가진다. 사막은 고정하거나 분할할 수 있는 땅이 아니다. 내리쬐는 태양과 불어 닥치는 바람, 그 속에서 모래언덕은 쉴 새 없이 꿈적거리며 사막 전체의 모양새를 바꾼다. 사막은 육지 위의 바다와 같다. 파도처럼 철썩거리는 모래사막은 그 전체가 살아 있는 것 같다. 이곳은 공간 스스로 경계를 넘어가 버리는 열린 공간이다. 누가 이런 사막을 소유하거나 감시할 수 있을 것인가? 사막은 애초부터 영토화가 불가능한 곳이다. 그러니, 사막의 유목민들이 국가를 세우지 않는 것은 당연한 일이다. 유목민들은 정주민들처럼 땅에 말뚝을 박고 경계선을 그어서 공간을 장악하지 않는다. 유목민은 스스로를 사막의 일부로 던져, 공간을 가로지르는 동시에 공간을 새롭게 분배하는 방식으로만 사막을 점유한다. 즉, 달린다. 달리는 것은 그들의 존재방식이다. 유목하는 것도 '한곳'에서 '다른 곳'으로 이동하기 위해서가 아니라 이 사막 위에서 편안하게 살기 위해서다. 격렬하게 질주할 때 가장 평심에 이르며, 움직이지 않을 때조차 '0의 속도'에 잠시 머무를 뿐인 이 희한한 상태. 유목민은 땅을 소유할 줄 몰랐던 게 아니다. 탈영토화된 대지에서만 자기 영토를 발견했던 것이다. 정주민들에게 황무지가 버려진 땅이라면, 사막은 유목민들이 끊임없이 재발견하는 속도의 땅이다. "유목민이 사막에 의해 만들어졌듯이 사막 또한 이들에 의해 만들어진다고 할 수 있다." 「전쟁기계」, 733

정주민들은 분할선으로 고정점과 다른 고정점 사이를 잇는다. 유목민들은 그 반대다. 그들에게는 모든 점이 선과 선을 잠시 잇는 중계점이다. 이들에게는 문자도 없었고 토지 및 축적된 재물도 없었다. 관료적인 위계관계도 없었다. 그 대신 지형에 알맞게 그때그때 숫자로 조직되는 전사들이 있었다. 사막을 순식간에 가로지르는 속도와 공간을 탐색하는 예민한 촉각도 있었다. 공간을 따라가는 이런 유목민의 삶이 과거-현재-미래라는 분할선에 매일 리가 없다. 유목민들은 역사가 없었던 것이 아니라 다만 역사를 몰랐을 뿐이다.

국가 바깥을 질주했던 자들. 유목집단은 사막을 유랑한 것만이 아니라 걸림돌(도시국가)이 있을 때는 가차 없이 파괴하면서 사막을 넓히기도 했다. 그들이 서쪽 혹은 동쪽으로 말머리를 틀 때마다 숱한 도시국가들이 파괴되어야만 했다. 서방세계에서 우는 아이도 뚝 그치게 한다는 칸의 전설은 여기서 나왔다.

## 전쟁기계 : '강함'이 작동하는 방식

물론, 유목의 시대는 지나갔다. 지금은 유목민들이 위세를 떨치지 못할뿐더러, 그 숫자도 거의 남아 있지도 않다. 역사가들은 대포가 발명된 시점부터 유목민들의 세가 꺾였다고 말한다. 유목민들의 최대 무기는 속도였다. 그러나 말의 속도로는 도저히 대포의 속도를 따라

잡을 수 없었다. 결국 유목민들은 빼앗았던 드넓은 땅을 내어주고 원래의 사막으로 되돌아가야 했다. "자기 고향에 머무르게 된 유목민들은 곧 원래대로의 모습으로, 즉 자기 자리를 지키고 또 그것을 받아들이는 가난한 사람의 모습으로 되돌아갔다. 결국 그것은 …… 고작 탈선한 경우에 불과했다." 브로델, 『물질문명과 자본주의1-1』, 126쪽

하지만 유목민의 전성시대는 정말 역사의 탈선이었을까? 유목민들이 다시 사막으로 되돌아갔다고 해서, 이 귀향을 '문명에 대한 야만의 굴복'으로 이해하는 것은 적절하지 않다. 사실 이들은 패배해서 잃은 것이 없다. 애초에 영토국가를 갖고 있지도 않았고, 그것을 목표로 하지도 않았기 때문이다. (칸의 제국이야말로 유목민의 탈선이었다!) 질문을 거꾸로 돌려보자. 왜 문명국들은 대포가 발명되기 전까지는 유목민들에게 속수무책으로 당했을까? 물자로 보나 인구수로 보나 영토국가 쪽이 훨씬 더 우세했다. 그런데도 유목민들은 소수만으로 전투력을 최대치로 끌어올려 번번이 승전보를 올렸다. 가진 무기라고는 말과 활이 전부였다.

유목민이라는 이 불가해한 집단은 '강하다'는 게 무엇인지를 다시 생각하게 만든다. 강함의 정도는 대개 양적으로 측정된다. 무기수, 신무기의 비율, 병사 수, 군수자본 등등. (세계 최강국인 미국은 세계 최대의 군수산업을 가지고 있다!) 하지만 이 양적 계산법은 유목민에게는 통하지 않는다. 만약 전쟁의 승패가 물량에 달려 있다면 유목민은 일찌감치 절멸되어야 했을 것이다. 미군이 베트남전쟁에서 패했던 것이나 체 게바라의 게릴라군들이 쿠바의 수도를 점령했던 일,

칭기즈 칸의 기동대가 중국 대륙을 집어삼켜 버린 역사 또한 불가능했을 것이다. 모두 소수가 다수를 거짓말처럼 와해시켜 버린 경우들이기 때문이다. 여기서 강함을 두 종류로 구분할 수 있다. 물량전으로 밀어붙여 적군을 몰살시키는 국가의 강함. 또, 물량에 의존하지 않고 개개인의 역량을 최대한 끌어올려 공간을 장악해버리는 유목민(혹은 게릴라)의 강함.

그런데 들뢰즈와 가타리는 놀라운 말을 한다. 전쟁 역량 자체는 원래 유목민의 발명품이라는 것이다. 국가장치는 원래 전쟁을 수행할 수 있는 배치가 아니다. 물론, 지금은 전쟁을 일으키는 논리나 힘 모두가 국가에 속해 있다. 선한 국가의 어쩔 수 없는 살육과 악한 테러집단의 무자비한 살육, 이것이 우리가 알고 있는 전쟁의 밑그림이다. 하지만 엄밀히 말하면 이건 국가의 목적에 종속된 전쟁이지, 전쟁 자체의 모습은 아니다. 저자들은 말한다. 전쟁의 본질은 살육이 아니라 통제 불가능한 역량이다. 전쟁의 파괴력은 어떤 명령을 따르는 것도 거부하는 힘에서 나온다. 살육은 이 힘이 표현된 결과일 뿐이다. 이 역량을 극대화해서 끌어내는 배치가 바로 전쟁기계다. 유목민 전사 한 명과 병사 한 명을 대등하게 비교하는 것은 불가능하다. 병사의 힘은 윗선 장군에게 통제당하는 반면 사막을 질주하는 유목민들은 한 사람 한 사람 모두가 독자적으로 움직이는 전쟁기계이기 때문이다.

국가가 전쟁을 이용하기는 해도 전쟁기계가 될 수 없는 건 바로 이 힘 때문이다. 국가의 목적은 국가가 통제할 수 있는 역량의 지대 안에서 권력을 잘 보존하는 것이다. 점과 점 사이에 갇힌 견고한 선분이 우리가 다니는 길이라면, 국가는 우리가 지나다니는 길목에서 반드시 통과해야 하는 인터체인지가 되고 싶어 한다. 가족IC, 학벌IC, 성별IC, 노동IC······. 국가에게는 합리적인 헌법과 적절한 폭력을 활용해 이 홈 파인 고속도로를 관리해야 할 의무가 있다. 그래서 국가는 큰 소란을 싫어한다. 국가가 폭력을 쓸 때도 그건 어디까지나 국가장치를 보존하기 위해서다. 군대가 엄격해야 하는 것도 마찬가지의 이유에서다. 군대가 국가를 위해 복무할 때는 국가의 큰 힘이 되지만, 만약 칼을 거꾸로 잡는다면 그곳은 국가를 붕괴시키는 시한폭탄이 될 것이다. 군대는 국가장치가 제도를 통해 모방한 일종의 전쟁기계다. 하지만 국가는 전쟁 역량을 통제하기만 할 뿐, 이 역량을 키워 주지는 못한다.

전쟁기계, 전쟁을 수행하는 기계적인 배치. 그런데 이 기계는 국가장치의 "계약"과 "속박" 모두를 와해시켜 버릴 때에만 등장한다. 유목민들이 사막에서 자유자재로 살아갔던 힘은 '속도'에 있었다. 이 속도는 빨리 달리라는 상관의 명령을 수동적으로 따른다고 해서 만들어지는 게 아니다. 누구보다도 빨라야 상대방을 제압할 수 있기 때문이다. 개개인이 통제 불가능한 상태로 활짝 열리면서 공간을 점령하기 위해 전력 질주하는 것, 이것이 유목민들의 전술이었다. 전쟁기계는 애초부터 반-국가적으로 움직인다. 명령을 따라서는 움직이지 않는다.

이 "사이"가 설령 전광석화와 같은 순간, 덧없는 일순간에 지나지 않더라도 전쟁기계는 스스로의 환원 불가능성을 적극적으로 표출한다. 국가 자체는 전쟁기계를 갖고 있지 않다. 국가는 단지 군사 제도 형태로서만 전쟁기계를 전유할 수 있지만 이 전쟁기계는 끊임없이 국가에 문제를 제기한다. 「전쟁기계」, 678

강하다는 것은 무엇일까? 우리는 살육-기계가 된 사람이나 살육전에서 살아남는 사람을 강하다고 느끼지 않는다. 단지 두려워서 피하거나 운이 좋다고만 여길 뿐이다. 어떤 집단으로도 환원되지 않는 전사, 어느 실력에도 안주하지 않고 계속 수련하는 무사. 그들은 싸우지 않을 때조차 '강함'을 그대로 간직하고 있다. 유목민의 전쟁기계는 '뭔가를 위한' 강함이 아니라 강함의 역량 자체를 보여 준다. 평화를 위한 폭력, 합의를 위한 싸움? 전쟁기계는 이런 목적들을 모른다. 그 목적이 무엇이든, 힘을 다수의 목적에 종속시키는 순간 자신의 역량이 기껏해야 유기체의 기관 중 하나로 전락할 것을 알기 때문이다. 『배가본드』의 주인공 무사시는 당대 제일의 검객이다. 그는 떠돌이 생활을 하던 중 한 척박한 마을에 눌러앉아 농사를 배우려 한다. 어느 날 고쿠라 성의 주군이 그의 '스폰서'가 되어 주겠다고 연락한다. 그러나 그는 제안을 거절한다. 왜 검객이면서 노느냐고 묻자, 그는 이렇게 대꾸한다. "강해지고 싶다……가 아니라 강한 자이고 싶다고. '천하무적'이 어딘가에 있다는 생각에 쓰러뜨리러 가는 그런 여행은 그만 뒀소. 아무데도 가지 않겠소. 여기 있겠소." 다케히코 이노우

에, 『배가본드 35권』, 학산문화사, 2013, 222~224쪽

강해지는 게 아니라 강한 자이고 싶다! 이것이 전쟁기계의 태도다. 한 자리에 머물러 있지만 자기 역량을 어디에도 귀속시키지 않는다면 그 사람은 충분히 유목적인 전사가 아닐까. 반-국가주의는 단순히 국가를 혐오하는 태도가 아니다. 국가체제 바깥에서 다른 홈을 판다면 이건 또 하나의 국가를 건설하는 작업이 될 뿐이다. 반대로, 국가 안에 머무르면서 은밀하게 전쟁기계를 작동시키는 사람들도 있다. 국가장치의 최대의 적은 바로 그런 사람들이다.

전쟁기계가 좋은 것이고 국가장치가 나쁜 것이라고 단순히 말할 수는 없다. 이것들은 고정된 실체가 아니라 배치의 유형이기 때문이다. 배치들은 항상 서로 혼합되어 작동한다. 국가장치에 포섭된 부품이 어느 순간 전쟁기계로 변신할 때도 있었고, 반대로 탁월한 전쟁기계가 국가장치에 포섭되어 살육-기계로 이용되는 경우도 허다했다. 하지만 이 배치가 어떻게 움직이는지 살펴야 한다. 전쟁기계를 전유한 국가장치인가? 아니면 국가장치를 침범하는 전쟁기계인가? 전쟁의 성격은 이 배치에 따라 달라진다. 전쟁의 표면적인 명분이 전쟁 자체를 정당화할 수는 없는 것이다.

독자적으로 움직였던 전쟁기계들은 대부분 패배했다. 그런 경우조차도 전쟁기계는 국가장치로 환원되지 않았다. 19세기 초 아메리카의 인디언들은 유럽인들에게 절멸당하고 말았지만, 이들을 진정 치명적으로 죽음에 빠뜨렸던 것은 총이 아니라 더 이상 이 땅에서 달릴 수 없다는 절망이었다. "나는 한자리에 머물고 싶지 않다. 나는 초

원을 떠돌아다니고 싶다. 그곳에 있으면 나는 자유롭고 행복하다. 그러나 한자리에 있게 되면 우리는 창백해져 죽어 버린다."디 브라운, 『나를

운디드니에 묻어주오』, 최준석 옮김, 한겨레, 2012, 333쪽

## 속도와 수행

들뢰즈와 가타리가 역사에서 사라져버린 유목민들을 끄집어 내오는 것을 보면서 나는 무릎을 탁 쳤다. 내가 왜 판타지소설에, 그 중에서도 천하무적 주인공이 등장하는 이야기에 열광했는가! 이제야 알겠다. 전쟁기계는 국가장치만큼 잔인하다. 하지만 이 힘은 살육-기계와 다르게 우리를 매료시킨다. 여기에는 '존재의 변신'이라는 과정이 문턱이 있기 때문이다. 개중에는 조금씩 자기한계를 극복해 나가는 성장형도 있고 천생 싸움꾼으로 태어났지만 점차 도를 깨달아가는 천재형도 있고, 처음부터 인간이 아닌 동물의 신체로 등장하는 경우도 있다. 그러나 다들 외부수단에 의지하지 않고 스스로에게 오롯이 힘을 쏟는다. 애니메이션 「쿵푸 팬더」에서 주인공 판다는 무술에 전혀 적합하지 않은 신체다. 하지만 스승은 현명하게도 그를 음식으로 유인하는데, 그 덕분에 판다는 쿵푸를 마스터하게 된다. 코믹하긴 하지만, 이 판다 역시 국수집 알바생 판다에서 '다른 판다'로 변모했던 것이다.

그런데 우리는 어떻게 전사가 될 수 있을까? 당연한 이야기지만, 수행해야 한다. 수행은 전쟁기계의 핵심이다. '전사'를 목표로 삼

는 것과 전사-되기를 직접 체험하는 것은 전혀 다른 과정이다. 전쟁기계는 머릿속에서만 떠다니는 전쟁의 표상이 아니다. 유목민들은 사막 위를 질주하면서 직접 속도를 만들어 낸다. 우리가 전쟁기계가 되는 때도 이 속도감을 우리의 신체로 직접 구현해 내는 순간뿐이다. 속도를 만들어 내는 과정은 수행을 거치지 않으면 불가능하다. 어떻게 수행할 것이며 어떤 속도를 만들어 낼 것인가? 전쟁기계는 이념이나 명분을 모른다. 오직 이 구체적인 실천만 안다.

속도는 속력과 다르다. 자전거를 탈 때 우리는 온몸으로 속도감을 느낀다. 그러나 시속 100km의 속력으로 달리는 차 속에 앉아 있을 때는 별 느낌이 없다. 오히려 정지해 있는 느낌이다. 이 두 상황은 물리학적으로 다르다. 걷거나 달리거나 자전거를 탈 때 우리는 '힘들다.' 지구의 중력작용에 반하여 움직여야 하기 때문이다. 그런데 자살하는 사람이 아파트에서 뛰어내릴 때는 아무런 힘을 들이지 않는다. 중력에 자신을 완전히 맡겨 버리기 때문이다. 실제로 자유낙하운동의 실질속도는 '0'이다. 떨어지는 물체는 중력이 만들어 놓은 장場 안에서 완전히 정지한 상태나 다름없다. "당신의 몸이 아무런 저항 없이 중력에 의해 끌려 가고 있다면 …… 이것은 가속운동이 전혀 없는 상태이다. …… 아무런 힘도 느끼지 않는 관측자만이 자신이 정지상태에 있음을 주장할 수 있다." 브라이언 그린, 『우주의 구조』, 박병철 옮김, 승산, 2011, 120~121쪽 우리가 '속도감'을 실감하는 때는 우리 스스로 가속운동을 하거나 속력을 변화시킬 때, 혹은 방향을 틀 때다. 즉, 속도는 물체가 중력에서 비껴나가는 궤적을 그리려는 순간에 만들어진다. 물체의 빠르기를 균질한 척도로 분할한 것이 속력이라면, 속도는 여기에 벡터까지가 추가된 개념이다. 물체가 고유한 힘과 방향(벡터)을 표현하기 위해서는 중력에서 이탈할 수밖에 없다.

유목민들은 중력에 반하는 속도를 발명한 자들이다. 그들은 말을 보고서 '단백질 살코기'가 아닌 '모터'를 생각해 낸 최초의 사람들이 아닐까? 그러나 속도가 속력과 다른 것처럼, 말의 기동력은 자동차의 엔진과 다르다. 인간이 이 말-모터를 장착하기 위해서는 결코 쉽지 않은 과정을 거쳐야 한다. 말을 획득물(도구)처럼 다루어서는 안 되기 때문이다. 말을 죽이거나 애완동물로 길들인다면, 말은 자기만의 속도를 잃어버릴 것이다. 달리기 위해서는 말에게서 운동 에너지만을 남겨야 하고, 전사 자신은 말에게서 착안한 '모터'에 스스로 익숙해져야 한다. 속도는 그 사이에서만 나온다. 인간과 말 사이의 집합적 신체, 말-되기!

왜 전쟁기계는 어디에도 환원되지 않는가. 속도가 그 답이다. 전쟁기계를 추동하는 것은 파괴본능이 아니라 어느 장소에서나 속도를 일으키려는 힘이기 때문이다. 말과 혼연일체가 되어 달려가는 유목민의 기마술에 비하면 군대의 기동력은 아주 무겁다.

이렇듯, 속도와 신체수행은 서로 떼놓을 수 없는 관계다. 이것은 판타지소설에서조차 중요한 포인트이다. 주인공들이 얼마나 강한지를 과시하기만 할 뿐, 정작 그가 강해지기까지 견뎌야만 하는 수행과정을 생략해 버린다면 그 소설은 재미가 없어진다. 소설에서도 오직 강해지기 위해서 수행에 매달리는 캐릭터는 '하수'로 나온다. 강해져야겠다는 목적을 상정하는 순간 더 이상 수행 자체에 매진할 수 없게 되고, 그래서 한계에 부딪힌다. 강한 것과 파괴하는 것을 혼동한다면 문제는 더욱 심각해진다. 수행을 멈춘 전사가 자기를 증명할 수 있는 방법은 살육-기계가 되는 길밖에 없다. 들뢰즈와 가타리는 말한다. 검을 쓰는 법만큼이나 쓰지 않는 법도 익히는 자가 바로 전사라고. 수행이 길러내는 것은 역량이지, 단순한 파괴력이 아니다. 전사는 한 발짝씩 수행이 나아갈 때마다 새로운 신체 상태를 경험하게 된다. 굳이 달리지 않아도 스스로 '속도'를 느끼는 것이다. 유목민들이 최강의 전사인 것은 천성이 잔인해서가 아니다. 그들은 기마술을 익히면서 자기 존재를 하나의 무기처럼 갈고닦는다. 그 속도감 속에서 계속 존재하겠다는 의지가 전쟁으로 표현되는 것이다.

끊어질 것처럼 팽팽히 당겨진 힘줄, 그러나 결코 끊어지지는 않은 채 계속 이어지는 긴장상태. 이 속에서 신체는 가늠하기 어려운 속도 한복판으로 휩쓸려간다. 루쉰의 「복수」에는 이 속도감을 보여주는 두 전사가 등장한다. 이들은 광야에서 고요히 서로에게 비수를 겨눈다. 적막감이 감돈다. 그들 주위로 피 냄새를 맡은 군중들이 하나둘씩 모여든다. 그들은 모두 말초신경을 자극할 흥분거리에 목말라 있다.

그런데 놀라운 일이 벌어진다. 두 전사는 대치하기만 할 뿐, 끝내 싸우지 않는다.

그 둘은 그렇게 한없이 서 있다. 통통하던 몸집이 메말랐다. 그렇지만, 보듬을 생각도 죽일 생각도, 전혀 없어 보인다.

행인들은 이리하여 무료함을 느꼈다. 무료함이 털구멍을 파고드는 듯하였다. 무료함이 심장에서 털구멍을 뚫고 나와 광야를 가득 메운 채 기어가서 다른 사람들 털구멍을 파고드는 듯하였다. 이리하여 그들은 목구멍이 마르고 목이 뻐근한 감을 느꼈다. 마침내 서로들 마주보더니 서서히 흩어졌다. 메마른 나머지 흥미마저 잃었다.

그리하여, 광막한 광야만 남았다. 두 사람은 그 가운데에서, 온몸을 발가벗은 채 비수를 들고 메마르게 서 있다. 죽은 사람 같은 눈빛으로, 행인들의 메마름을 감상한다. 피가 없는 대살육. 그러나 생명 고양 극치의 큰 환희에 한없이 잠겨든다. 루쉰, 「들풀」, 『루쉰전집3』, 한병곤 옮김, 그린비, 2011, 38쪽

왜 이 둘은 아무것도 하지 않고 서 있기만 할까? 그러나 이 적막함 속에서 "무료함이 심장에서 털구멍을 뚫고 나오"는 것처럼 느끼는 사람은 전사가 아니라 군중이다. 군중이란 누구인가. 스스로 속도를 창출할 수 없는 존재들이다. 그래도 그들은 전사의 역량에 기생해서 어떻게든 생생한 감각을 느끼려 한다. 살아 있다는 긴장감, 혈관의 속도, 근육의 끈기, 머리털을 쭈뼛하게 만드는 살기……. 이 무기력한 신체들은 외친다. 나도 이 짜릿함을 느끼고 싶다! 패배자의 피를 제물로 삼자! 구경꾼들의 축제를 벌이자! 군중들은 전사의 고독을 살육-기계의 천박한 흥분으로 타락시키려 한다.

하지만 진정한 전사는 살육을 목적으로 하지 않는다. 전투를 구

경거리로 팔지도 않는다. 짐작컨대 두 전사는 상대방의 내공과 살기를 간파하면서 아주 팽팽한 신경전, 아니 '신체전'을 벌이고 있을 것이다. 그들은 싸우지 않는 게 아니라, 사람들이 가늠할 수 없을 만큼 '엄청난' 속도로 움직이고 있다. 군중들은 이 속도의 세계를 이해하지 못한다. 그들이 알고 있는 '강함'은 피와 살육으로 점철된 이미지일 뿐이다. 그들로서는 피 한방울 흘리지 않는 이 전사들의 싸움이 오히려 거짓된 쇼처럼 느껴질 것이다.

이렇게 전쟁기계는 또 하나의 안식처를 파괴한다. 두 사람은 칼한 번 뽑지 않고 군중들의 기대를 죽였다. "피가 없는 대살육"을 벌인 것이다.

## 내가 만난 전쟁기계 : 푸코와 루쉰

이번에도 멀리 돌아왔다. 판타지소설에서 시작해 역사로, 유목민으로, 그리고 속도를 자유자재로 구사하는 전사에까지 당도했다.

나는 어린 시절부터 판타지소설, 상업영화, 만화책 같은 이른바 하위문화에 곧잘 매료되곤 했다. 여기에는 앞서 말한 것처럼 힘과 폭력, 그리고 전사에 대한 동경이 깔려 있었다. 그런데 접하는 세계가 넓어질수록, 내 안의 '전사'에는 여러 가지 이미지가 중첩되었다. 만화책 『배가본드』를 읽으면서 수행하지 않는 무사는 무사일 수 없다는 것을 보았다. 역사를 공부하면서부터는 인디언들, 체 게바라의 게릴라, 춘추전국시대에 중국 대륙을 휘저었던 수많은 인간군상, 자기

발로 권력을 걷어차고 달아나는 몽타이유의 양치기들에게서도 나는 '전사'의 그림자를 보았다. 그리고 내가 사는 이 세상 속에서 진짜 전쟁을 일으키려고 애쓰는 철학-기계, 문학-기계, 노동-기계들도 알게 되었다.

이런 생각들은 중구난방으로 튀는 망상에 불과할까. 나는 그렇게 생각하지 않는다. 나는 십대 때 학교를 그만둔 후로 '남산강학원'에서 쭉 공부해 왔다. 어찌 보면 사회경험이 거의 없다시피 하다. 그러나 또 이런 조건에서만 겪을 수 있는 특이한 경험도 있다. 하루도 거르지 않고 읽고 쓰면서(이게 연구실의 '평범한' 일상이다. ^^), 나는 내 안에 뿌리내린 관념적인 망상을 끊임없이 들여다볼 기회를 얻었다. 지금까지 내가 믿어 온 것은 속도가 아닌 속력의 세계관이었다. 나 역시 '좋은 삶'을 보장해 주는 조건들이 있다고 생각했다. 좋은 삶에 대한 일반적인 기준에 동의하지는 않았지만, 지금보다 더 즐거운 미래를 가져다줄 방법들이 있을 거라고 막연히 생각했다. 그리고 나의 이런 생각을 산산조각 냈던 전쟁기계들이 있었다.

푸코는 내가 만난 첫번째 전쟁기계였다. 누구에게도 '나'에 대해서 '대신' 설명할 권위는 없다는 것, 그리고 만약 그런 말들이 있다면 절대로 그냥 놔두어서는 안 된다는 것을 그는 가르쳐 주었다. 나는 생물학적으로 여성의 신체를 타고났다. 하지만 이 사실이 '너는 여성이다'라는 말에 복종해야만 하는 것을 의미하지는 않는다. 남자냐 여자냐, 정신병자냐 정상인이냐, 무언가를 욕망하느냐 욕망하지 않느냐……. 이런 양자택일들은 왜 그렇게 중요하게 여겨지는 걸까? 왜 우리는 모든 곳에서 '보편적 정체성'이라는 홈 파인 공간으로 되돌려지는 걸까?

　우리는 미시권력의 장 속에서 '너는 이러저러한 사람이기 때문에 이러저러하게 행해야 한다'고 소리 없이 강요받는다. 푸코는 이런 것들을 진심으로 참을 수 없어 했다. 푸코가 활동했던 감옥정보그룹(GLP)의 첫번째 팸플릿에는 이렇게 쓰여 있다. "참을 수 없는 것 : 재판소, 경찰, 병원, 요양소, 학교, 군대, 신문, 텔레비전, 국가." 디디에 에리봉, 『미셸 푸코』, 박정자 옮김, 그린비, 2012, 370쪽 그리고 푸코는 광기, 인간, 성처럼 우리가 자기 자신과 동일시하는 여러 영역들이 결코 자명한 게 아니라는 사실을 샅샅이 파헤치는 작업에 착수했다. 가장 큰 착각은 나라는 내면성이 존재한다는 믿음 자체라는 것이다. 우리는 태어나는 순간부터 이미 체계적으로 꽉 짜인 담론 속에 던져진다. 이 담론체계가 내가 누구인지를 규정하고 있다. 만약 다른 내가 되고 싶다면, 이미 닦여진 담론들 한복판에서 한 땀 한 땀 새로운 길을 낼 수밖에 없다. 그렇게 푸코는 스스로 펜(무기)을 들지 않으면 안 된다는 것까지 가르쳐 주었다. "나는 이 외부, 내 삶에 그렇게나 무심하고 중립적인 외부, 내 삶과 죽음을 전혀 구별하지 않는 이 외부에서 모든 내면성을 없애 버린다." 폴 벤느, 『푸코, 사유와 인간』, 이상길 옮김, 산책자, 2010, 206쪽에서 재인용

　루쉰이라는 두번째 전쟁기계는 나를 더욱 격렬하게 몰아친다. 이 전쟁기계는 어딘가에 의존하고 싶어 하는 내 심약한 상태를 산산조각 냈다. 루쉰의 공포는 그가 어떤 구원도 바라지 않는 데에서 온다. 구원은커녕, 그는 네가 꿈꾸는 구원이야말로 남의 피를 빨아먹는

동냥에 다름 아니라고 호통 치며, 약자들에게 기꺼이 동냥해 주려는 강자들 역시 증오해 마지않는다. 신조차도 루쉰의 비웃음을 피해 가지 못한다.

지금 조물주는 비겁자이다. 그는 …… 날마다 단맛이 조금 나는 쓰디쓴 술을 한잔씩, 많지도 적지도 않게 살짝 취할 만큼만 따라주어, 마시는 사람으로 하여금 울게 또 노래하게 하고, 깨인 듯 또 취한 듯, 아는 듯 또 무지한 듯, 죽고 싶게 또한 살고 싶게 만든다. 그로서는 모든 것을 살고 싶어 하도록 만들어야 한다. 그에게는 인류를 멸절할 용기가 없다. 루쉰, '빛 바랜 핏자국 속에서', 「들풀」, 『루쉰전집3』, 한병곤 옮김, 그린비, 2011, 96쪽

루쉰은 말한다. 밖에서 오는 구원은 없다. 세상 모든 게 다 함께 '좋아'지거나 최소한 세상의 다른 것들이 가만히 있는 상태에서 나만 '더 나아진' 삶을 산다는 것은 말도 안 되는 꿈이다. 동냥이란 무엇인가. 타인이 나에게 혹은 내가 나 자신에게, 뭔가를 기대하거나 기대를 기대함으로써 하루하루 삶을 유지하는 것은 다 동냥이다. 설령 그것이 공명정대한 대의명분으로 내세워진다고 하더라도 동냥이다. 구원을, 혁명을, 피를, 내 삶과 꿈을 동냥하는 모습을 우리는 많이 보아왔다. 루쉰이 증오하던 거지아이처럼 때깔 좋은 옷을 입고 불행과 무지를 구걸했으며 어쩌다 주어진 위안을 구원의 증표처럼 여겼다.

푸코와 루쉰이라는 전쟁기계는 나를 막다른 길로 몰아세운다.

'나'라는 깨지지 않는 방공호야말로 가장 강력하고 병든 판타지가 아닐까? 내가 욕망했던 화려한 이미지들은 사실 내가 오늘 하루 시달리고 있는 권태를 반대로 뒤집은 것에 불과하지 않을까? 좋은 삶을 살고 싶다는 핑계로 오늘 하루 "살고 싶어 하도록 만들"어 줄 동냥거리를 찾고 있던 것은 아닐까?

공부하다 보면 갑자기 '삶'이라는 게 명료하게 느껴지는 순간이 있다. 세계적인 석학들은 내가 왜 이렇게 살 수밖에 없는지 그 조건을 탁월하게 분석해 준다. (아하! 내가 그래서 이 모양이군!) 하지만 이 앎은 거기까지, 조건을 보는 데에서 멈춰야 한다. 내가 삼포세대로 전락한 건 자본주의라는 시대적 조건 때문이다. 그렇다고 내 삶이 행복하지 않은 탓을 자본주의에게 돌릴 수는 없다. 결국 살아가는 건 내 몫이다. 이 몫은 누구에게도 전적으로 넘길 수 없다. 백수-고졸-여자로 규정되는 '나'라는 표상에게도 책임을 물을 수 없다.

한때 나는 나의 세대에 대해 이상한 피해의식이 있었다. 할 수 있는 논리가 '먹고 살게 해 달라'는 빈약한 동냥밖에는 없다는 것이 싫었고, 또 온갖 물질적 풍요를 다 누리고도 타자에 대해 가장 무감각하고 무능력한 '권태로운' 신체라는 것도 싫었다. 그러나 지금에야 생각한다. 내가 넘어서야 하는 것은 바깥의 장애물도 나의 세대도 아니었다. 그것은 내 안에 가득히 차 있는 '동냥치'들이었다. 일상이 권태롭다면, 그것은 세상 속에서 배제당했기 때문이 아니다. 오히려 수많은 망상을 끌어안고서 세상의 껍데기에서만 표류하고 있다는 증거다. 머리로는 가장 일반적인 망상을 쫓아가면서 실제 일상에서는 안 풀리는 일들을 남(혹은 내) 탓으로 돌리는 것. 이건 전사의 피를 찾아다니는 무료한 군중들과 다르지 않다. 그렇다면 군중이 되지 않는 길은 무엇일까? 나 스스로가 수행하는 것밖에는 없다. 서툴더라도 새 속도를 내는 수밖에 없다.

　이것도 정답은 아닐 것이다. 푸코나 루쉰은 대답할 수 없는 질문과 같다. 그런데 이 질문을 품고 가는 것만으로도 그동안 내 발목을 잡았던 환상들이 깨어진다. 무기처럼. "문제는 '장애물'이 아니라 장애물의 극복, 앞으로-던짐, 다시 말해 하나의 전쟁기계다."「전쟁기계」, 693 이들은 내 삶의 전쟁기계. 중력에 짓눌린다고 느낄 때마다, 내 안에 다시 화약 없는 전쟁을 일깨워 주는 전사들이다. 깨고, 깨고, 또 깨고! 전쟁기계는 자기가 선 자리에서 번번이 가늠할 수 없는 속도를 창출한다. 나는 이 속도감을 '살아 있음'을 느낀다고 표현한다. 살아 있는 속도는 '삶'의 표상 안에 갇히지 않는다. 우리는 '국가'나 '자본'이라는 거대표상뿐만 아니라 '꿈', '구원', '행복'이라는 유혹적인 표상에서도 달아나야 한다. 한 번이라도 속도를 느껴본 자라면 이 생명력을 이해할 것이다. 내가 변신하고 있다고 느끼는 순간은 어떤 표상으로 환원되지 않는다. 전쟁기계는 지금-여기서 살아 있고자 발버둥치는 순간이라면 모두 발동한다. 우리는 속도를 내고 있을 때에만 삶의 발목을 붙잡는 중력을 앞질러 갈 수 있다.

　망상이 깨진 자리에는 아무것도 없다. 되돌아와야 할 일상만 있다. 그러나 이곳에서 강요되는 속력에 끄달리고 있는지, 반대로 이곳을 고유한 속도로 채우고 있는지는 그 안에서 사는 사람이 안다.

## 무엇을 할 것인가

글쓰기는 "아무 짝에도 써 먹지 못하"는 무용한 일이 아닐까? 글이 잘 써지지 않는 날에는 할머니의 질문이 우울하게 떠오른다. 그리고 자신이 없어진다. 나는 왜 글을 쓰는가. 글쓰기가 무용하다면 과연 무엇을 해야 하는가?

할머니가 글이 쓸모없다고 말했던 건 글쓰기로는 돈을 벌 수 없다는 뜻이었다. 돈 벌기도 물론 중요하다. 하지만 나는 다른 맥락에서도 글쓰기가 무용하다고 느꼈다. 글을 쓰려고 노트북을 켰는데 인터넷에서 밀양 송전탑에 관한 뉴스가 떴다. 그 순간 내가 컴퓨터를 쓰는 동안 어느 지역은 전기에너지를 송신하기 위한 전자파로 고통받고 있겠다는 생각을 처음으로 해봤다. 그런 컴퓨터가 내게는 없어서는 안 될 물건이다. 글도 쓰고 쇼핑도 하고 드라마도 보면서, 내 생활은 이 컴퓨터 한 대로 움직이고 있다. 세계 곳곳에서 벌어지는 메가톤급 폭력사태를 보면 SNS에서 반대의견을 표시하는 글들은 티끌처럼 허무하게 느껴진다. 국가는 평화라는 이름으로 전쟁기계를 확실하게 복속시켰다. 강정마을에 해군기지를 세우는 것은 바다의 평화를 위해서이고, 땅과 농가들을 황폐하게 만드는 몬산토의 GMO종자는 세계 기아 문제를 해결하기 위해서란다. 가끔씩, 책상 위 노트북이 전부인 나의 일상과 저 바깥세상의 일이 완전히 딴 세상처럼 느껴져서 멍해진다.

그런데 '쓸모'를 논하는 것 자체가 전쟁기계에서 벗어나는 논리가 아닐까? 유목민들은 자신의 무기에 보석을 달았다고 한다. 적들을 향해 쏘는 화살촉에도 하나하나 보석을 달았다. 지금의 시선으로는 이 낭비를 이해할 수 없다. 무기의 쓸모는 살육이고, 보석의 쓸모는 돈 아닌가? 왜 이런 쓸모없는 일을 하는 걸까? 유목민들에게 무기는 도구가 아니었기 때문이다. 도구는 목적을 이루기 위한 수단이다. 우리는 그 물건이 수단인 한에서 '쓸모 있음'과 '쓸모 없음'을 따진다. 그러나 전쟁기계는 무기를 어떤 목적을 위해 사용하지 않는다. 무기는 전쟁기계의 가늠할 수 없는 속도를 만들어 낸다. 이 속도는 양적인 척도로 계산되지 않는다. 다만 표현될 뿐이다. 보석은 이 무기의 표현의 형식인 셈이다. 우리도 이 전쟁기계의 배치를 따라 해보자. 쓸모를 따져 묻기 이전에 나는 이미 살고 있고 늘 뭔가를 하고 있다. 일상은 어떤 목적이나 쓸모를 '위해' 움직이지 않는다. 하지만 그렇다고 우리가 아무것도 안 하고 사는 건 아니다. 글쓰기든 노동이든, 내가 하는 일들은 모두 나의 역량을 표현한다. 우리가 온 힘을 담아 표현하는 것들은 속도를 만들고, 공간을 점유하고, 신체를 바꾼다. 다만 이 은밀한 움직임이 하나의 쓸모로 포착되지 않을 뿐이다.

유목사회에서 야금술사는 세계의 비의를 밝게 비춰 주는 자였다고 한다. 그는 세계가 모두 광물로, 즉 금속으로 이루어져 있다는 사실을 알았다. 야금술은 무기제조가 아니라, 자연 속에 숨어 있는 "물질적인 생명성"을 이끌어 내는 작업이었다. 야금술사들은 물질의 흐름을 쫓아가면서 그곳에서 새로운 역량을 끌어내려 했다. 이 장인-되기야말로 우리에게 필요한 도주선이다. 무엇을 하느냐를 고민하기보다도, 무슨 일을 하든 그 일을 통해 나의 역량을 끌어내야 한다. 글쓰기가 무엇을 할 수 있을까? 나는 무사가 될 수는 없어도 무사가 칼을 다루는 태도로 글을 쓸 수는 있다. 유목민들이 말을 타기 위해 자기 신체를 변용하는 것처럼 글로 새 '모터'를 발견할 수도 있다. 수행하는 전사처럼 글 쓰고, 현장에 충실한 노동자처럼 강의하고, 축제를 준비하는 밴드처럼 즐겁게 공부하기. 내 안에서 이런 힘들이 커질수록 내가 살고 싶은 속도에 한 뼘이라도 가까워질 것이라고 생각한다. 이것 역시 내 나름의 '쓸모'다. 쓸모는 어떤 역량을 끌어내느냐에 따라 늘 다시 발명된다.

> 전사는 부활한다. 폭력의 무익함을 알면서도 재창조되어야 할 전쟁기계, 능동적이고 혁명적인 반격기계에 인접해 있는 사람들이 바로 그들이다. 직공들 역시 부활한다. 노동을 믿지는 않지만 재창조되어야 할 노동기계, 능동적인 저항과 기술의 해방을 이룩할 수 있는 기계에 인접해 있는 사람이 바로 이들이다. …… 무기와 도구가 공유하는 도주선……."「전쟁기계」774~775

괴로운 일이 닥쳐도 어쨌든 밥 한끼를 먹어야 하는 것처럼, 노동이 체제 안에서 숱하게 왜곡될지라도 우리는 노동하고 사랑하며 살아간다. (이게 우리의 저력이다!) 그러니 전쟁기계는 내가 사는 이곳에서 작동할 수밖에 없다. 노동을 거부하는 게 아니라 노동을 수행과 속도로 변모시키는 내공이 필요하다. 자, 심플해지자. 고민할 것은 많지 않다. 어떻게 우리의 속도로 먹고 살 것인가! 이 고민을 실천하고 있다면 분명 또 다른 전쟁기계들과 만나게 될 것이다. 글쓰기가 아무 짝에도 쓸모없는 것이 아니라, 나 자신과 함께 사는 사람들에게 조금이라도 쓸모 있는 방식으로 글을 '제작하는' 문제가 남는다. 홈 파인 공간을 깨부술 새로운 판타지. 우리들의 SF.

"따라서 투쟁은 정말 다양한 형태를 취할 수 있다." 「전쟁기계」 775

# ꙮ잉여사회에서 잉여인간으로 사는 길
## — 포획장치

## 백수의 질문

내가 있는 '남산강학원'은 공부공동체다. 예전에는 '지식인공동체'라는 표어도 썼었지만, 현재 연구원들의 신원정보를 확인해 보면 '공부하는 백수공동체' 쪽에 더 가깝다. 대학 갈 생각이 없는 중졸·고졸들, 연고 없는 백수청년들, 대학 강의를 나가기는 하지만 정규직은 아닌 삼사십대들이 모여 있기 때문이다. 주방과 카페를 공동으로 운영하면서 생활의 많은 부분을 함께 해결한다. 누구든 마음만 있다면 얼마든지 함께 생활하고 공부할 수 있다. 공부에 힘이 붙으면 '백수'에서 졸업해 책을 쓰고 강의를 하고 연구실을 꾸리는 '프리랜서'가 된다. 처음 연구실에 왔을 때 나는 십대였다. 연구실의 낯설고도 '후리'(?)한 분위기에 크게 자극을 받아 나도 스스로 중졸백수라는 이름을 내걸었다. 학교를 그만뒀으나 취직할 계획도 없는 이 애매모호한 상태를 있는 그대로 긍정해 보겠다는 나름의 포부였다.

그런데 시간이 흐르면서, 연구실의 풍경이 과연 그렇게 특이한 현상인 건가라는 의문이 들었다. 나는 연구실에서 이십대가 되었고, 연구실을 찾아온 다른 여러 이십대들과도 만나게 되었다. 그들도 학교에서 중도하차했거나 졸업하고도 구직활동을 시작하지 않은 상태였다. 돈이 한 푼도 없는 경우는 다반사였고 학자금 대출 때문에 시작부터 마이너스인 사람도 드물지 않았다. 희한했다. 다들 직장을 가지고 싶어도 가질 수 없거나 아예 포기한 상태였다. 그런 상태에서 아르바이트를 뛰고 그 외 여러 가지 활동들을 병행하고 있었다. 연구실에서 공부를 하거나, 다른 취미활동을 배우러 다니거나, 여행을 가거나, 자격증 공부를 하면서 구직활동에 전념했다. 백수처럼 바쁘고 번잡스러운 직업도 없을 것이다! 이것이 현재 사회적 문제로 대두되고 있는 청년백수들이란 말인가. 아르바이트를 뛰고 그 외의 일들까지 하면서도 '백수?' 물론, 백수를 단순히 노동하지 않는 사람이라고 생각하는 사람은 이제 더 이상 많지 않다. 비정규직과 파견자, 실업자, 노숙자 등을 총칭하는 프레카리아트(Precarious Proletariat의 약어)나 일명 알바족인 프리터Free Arbeiter라는 표현도 이미 보편화되었다. 백수는 사회의 일반조류 중 하나가 되어 버린 것이다. 그렇다면 백수와 정규직을 서로 반대항으로 볼 것이 아니라 모두를 같은 배치 위에서 조망해야 하는 것이 아닐까. 멋모르고 백수선언을 해버린 나나 의지와 무관하게 백수가 된 친구들, 그리고 언제 잘려도 이상하지 않는 비정규직 모두가 같은 흐름에 놓여 있는 게 아닐까.

시대의 아이콘 청년백수, 남녀노소 모두 안정된 자리를 잃고 있는 일반백수. 그런 백수로 산 지 5년이 지났다. 이제는 이런 의문이 든다.

**질문 하나.** 일반적으로 생각하는 '잘 사는 삶'이란 좋은 대학 졸업해서 회사 취직하고 결혼해서 가정을 꾸려 사는 안정된 삶이다. 어쩌면 그 반대일 수도 있다. 회사, 가정, 자격증 없이도 제약 없이 살 수 있을 만큼 돈이 많은 (재벌 3세의?) 삶. 어느 쪽을 바라보든 사람들은 잘 살기 위해서 어릴 때부터 준비를 한다. 십대는 입시준비로, 이십대는 취업준비로, 직장생활은 결혼자금, 집값, 자녀교육비, 노후대책 마련으로 채워진다. 한 코스는 다음 코스를 위해 대기한다. 단계별로 유예되는 과정인 것이다. 그런데 재미있는 건, 정규직과 프레카리아트 모두가 똑같이 이 코스를 거친다는 것이다. 대학이 일단 각종 '준비상품'들을 팔면, 우리는 내 노동력이 회사에 팔릴 것인지 아닌지 모른 채 일단 상품을 구매한다. 팔리면 그 다음 코스로 진입하고 안 팔리면 그냥 백수가 된다.

그렇다면 백수 역시 이 사회적 코스의 일부분이 아닐까? '백수'란 제도권에서 벗어나 버린 자들이 아니라, 사회가 그 다음 기회를 주지 않고 영원히 유예상태로 이동시켜 버린 자들을 지칭하는 게 아닐까?

**질문 둘.** 나는 백수다. 하지만 주민등록증도 있고 주민세도 나간다. 헌법상 대한민국 국민이기 때문이다. 그런데 국가는 대학등록금 때문에 빚을 지거나 취업에서 미끄러지는 것과 같은 일생일대의 문제들은 도와주지 않는다. 생계를 꾸리는 일은 사적 영역의 일로 치부되는 것이다. 국가의 역할은 그 밖의 공적영역을 담당하는 것이다. 공공사업을 벌여서 경제성장률에 기여하거나, 북한이 침략하지 못하도록 감시하고 국토를 보호하는 일 등등이다.

이 분할은 과연 자명한 것일까? 정치체제는 민주주의, 경제체제는 자본주의에 맡기는 이 따로국밥 시스템은 과연 괜찮은 걸까. 아니, 이렇게 거창하게 물을 생각이 아니었다. 내가 궁금한 건 나의 사회적인 위치다. 민주주의와 자본주의가 동시에 가동되고 있는 이 공간에서, 백수이면서 동시에 국민이라는 건 대체 뭘까? 나는 내 자리를 어디서 찾아야 하는 걸까?


## 진격의 국가

네 능력껏 네 밥그릇 챙겨가는 게 '공정'이라고 말하는 사회. 그러나 이곳은 신분상승을 꿈꿀 만큼 풍요로워 보이지 않는다. 당장 눈앞에 보이는 모습은 많은 사람들이 반*홈리스가 되어 가는 실정이다. 기댈 수 있는 관계망은 점점 줄어드는 상황에서 네 능력대로 살라고 말한다면 이 말은 살아남아야 한다는 공포가 될 뿐이다.

만화책 『진격의 거인』은 '생존의 위기'라는 소재를 독특한 세계관을 통해 극대화한 작품이다. 인간을 잡아먹는 거인이 출몰하면서 이야기는 시작된다. 이 거인은 배고픔도 모르고 지능도 없는 미지의 생명체로, 인간을 '씹어 먹는' 것밖에는 할 줄 아는 일이 없다. 거인들이 나타나자, 인간들은 거인보다 더 큰 장벽을 몇 겹으로 둘러 쌓고는 그 안으로 숨어 버린다. 그렇게 장벽 안쪽에서 평화를 누린 지 어언 백 년. 어느 날 갑자기 장벽보다 거대한 초대형 거인이 나타나서 장벽을 부숴 버리는 참사가 일어난다. 이때부터 상황은 아수라장이 된다. 장벽 외부에는 거인들이 있다. 장벽 내부에서는 안전하게 보호받는 왕족들과 거인들 앞에서 먹혀야 하는 일반사람들이 분리된다. 여주인공 미카사의 비관적인 독백은 이 작품의 세계관을 잘 요약한다. 그녀는 어린 시절 강도가 침입해 부모님을 죽이자 이렇게 말한다. "내가 지금 경험하고 있는 비정한 사건은 이제까지 수없이, 봐온 것이다. …… 이 세계는 잔혹하다." 하지메 이사야마, 『진격의 거인 2』, 학산문화사, 2013, 59쪽

그런데 여기에는 반전이 있다. 거인의 정체를 밝힐 실마리가 장벽 내부에서 발견되기 시작한 것이다. 거인으로 변신하는 인간과 인간들 사이에 숨어 있었던 거인이 등장했고, 심지어는 장벽도 거인의 몸을 재료삼아 만들어졌다는 게 밝혀진다. 새로운 사실이 드러날 때마다 주인공들은 자신이 세상을 잘못 인식하고 있었던 게 아닐까라고 의심하게 된다. 바로 여기에 이 작품의 묘미가 있다. 그들은 처음에는 거인의 폭력 앞에 무조건 분노했었다. 하지만 그 다음에는 '폭력' 자체에 대해 질문하기 시작한다. 장벽 안에 숨어 있었던 지난 100년은 정녕 평화로웠을까? 혹시 '거인이 없는 상태'가 곧 '평화'라고 믿은 것 자체가 함정은 아니었을까? 거인의 출현은 도대체 뭘 의미하는 걸까?(아직 완결이 나지 않은 작품이라 나도 결말이 어떻게 날지는

모른다. 속편을 기대하시라!)

『진격의 거인』에서 거인들은 사람들의 팔다리와 몸통을 뚝뚝 뜯어먹는다. 그러나 이 만화보다 훨씬 으스스하고 리얼한 스토리가 있다. 우리가 사는 진짜 세상이다. 지금도 전쟁터와 공장과 고속도로 위에서 수많은 사람들이 몸이 으스러지거나 팔다리를 절단당하고 있다. 전쟁은 물자전으로 바뀌어 이제는 버튼 몇 개를 조작해도 수만 명은 간단히 몰살시킬 수 있게 되었고, 공장에서는 이주노동자의 손가락들이 다반사로 기계에 끼어 잘려나간다. 후쿠시마 원전사고가 일어난 직후, 한 영국 언론은 앞으로 후쿠시마의 방사능 여파로 발생하게 될 사망자 수가 100만 명까지 될 것이라고 예측했다. 여기에 '사고'라고 불리는 참사까지 더해 보자. 비행기, 자동차, 송전탑, 폭탄테러……『진격의 거인』보다 더하면 더했지 덜하지는 않다.

"이것은 필연적으로 점점 완벽하게 되어 가는 기술과 그에 대한 도취에서 일어나는 것이 아닐까? 인류가 태초부터 전쟁을 해왔다지만, 『일리아스』에 관한 기억을 아무리 더듬어 보아도 팔과 다리를 없애 버리는 예는 하나도 찾을 수 없었다. …… 일종의 원근법적 착시 때문에 우리는 절단에 의한 이러한 불구를 우연한 사고 탓으로 돌린다. 하지만 실제로 이러한 사고들은 이미 우리들의 세계가 맹아기에 있을 때 발생한 절단의 결과이며, 점점 증가하는 절단 횟수는 해부도의 도덕이 승리하고 있음을 보여 주는 징후이기도 하다."

Ernst Jünger, *Abeilles de verre*, Bourgois, p.182, 「포획장치」, 819에서 재인용

만화 속 주인공들처럼 물어보자. 이 폭력의 정체는 무엇일까? 단지 과학발달로 인해 불가피하게 초래되는 문명의 그림자인 걸까? 폭력의 원흉을 찾기보다는, 이 폭력을 작동시키는 배치를 해명해야 한다. 배치가 달라지면 폭력의 본성도 달라지기 때문이다. 앞의 인용문에서 에른스트 융거도 말하고 있다. 인류는 까마득한 고대부터 전쟁을 해왔지만 이렇게 불구자를 많이 양성해 내는 사회는 없었다고.

고대 그리스인들에게 전쟁은 명예와 용기를 발휘할 수 있는 절호의 기회였다. 그래서 레오니다스와 스파르타 전사들은 300명의 인원으로 300만 명의 페르시아 군대와 맞서는 '미친' 짓도 감행할 수 있었다. 그들은 달밤에 머리를 정성스레 빗으며 전투를 준비했고, 해가 뜨면서 전멸했다. 유목민에게 전쟁이란 곧 속도의 구현이었다. 그래서 칭키즈 칸은 적군을 살육하기보다는 그 사이를 쏜살같이 가로질러 단숨에 제압해 버리는 쪽을 택했다. 엄청난 속도로 적진 한가운데를 곧장 뚫고 들어가면, 적군의 사기는 이미 꺾여 버리고 만다. 물론 이들의 폭력이 거대기계의 폭력보다 더 낫다고 말하려는 게 아니다. 어느 쪽에서든 신체는 끔찍하게 훼손된다. 하지만 최소한 이들에게는 전쟁에 참여하지도 않은 사람들이 일상에서 불구자가 되는 불상사는 없었다.

힘이냐 평화냐. 이 이분법은 너무 관념적이다. 힘이 완전히 거세된 평화상태가 과연 가능할까. 오히려 폭력 없는 순수평화가 존재한다는 믿음이 더 폭력적인 것은 아닐까? 평화를 원하는 마음은 특수한 방식으로 폭력을 행한다. 힘이 세면 셀수록, '외부세력의 폭력'을 퇴치하여 '우리의 평화'를 더욱 잘 지킬 수 있다는 논리가 성립된다. "사회를 보호해야 한다!"

하지만 저자들은 말한다. 불구자를 만들어 내는 폭력과 평화를 지키기 위한 폭력의 근원은 동일하다고. 그것은 바로 국가장치라는 뿌리다. 국가장치는 전쟁기계의 역량을 점유한 후, 국가(평화)유지라는 하나의 목적에 종속시킨다. 경제성장률의 저하를 막기 위해 운하를 파라. 전국적 블랙아웃을 막기 위해 핵발전소를 지어라. 회사의 파산을 막기 위해 노동자의 파업을 분쇄해라. 위기를 막는 이 사업들은 모두 공공公共이라는 이름으로 불린다. 이 공공사업은 만인의 평화를 유지하기 위해 개인의 신체를 흡수해 버린다.

그러나 전쟁을 공공사업으로 승화시키는 이 폭력을 긍정해야 할까? 이 폭력 아래에서 '지켜지는' 사람들은 정말 비폭력적인가? 단 하나의 명분을 위해 작동하는 기계. 이 모습은 오직 인간을-먹는-기계로밖에는 작동할 줄 모르는 거인을 떠올리게 한다!

## 국가의 지상명령 : 잉여를 포획하라

진격의 거인들은 인간을 먹지 않는다. 거인들은 영양섭취가 전혀 필요 없는 좀비 같은 신체, 아니 시체다. 거인의 입 속으로 들어간 인간들은 나중에 죄다 토해진다. 거인의 위장을 한 번 통과했다가 나온 사람들은 더 이상 인간이라고 할 수 없다. 형체를 알아볼 수 없는 토사물에 불과하다.

왕은 사회 속에 상주하는 '식인'입니다. 이 새로운 유형의 '식인'에게 잡아먹힌 사람은 스스로는 이해할 수도 제어할 수도 없는 힘에 의해 나라의 일원으로 변신합니다. …… 이 새로운 '식인'은 일단 나라의 일원이 된 인간은 절대로 자기 밖으로 토해내려고 하지 않습니다. 나카자와 신이치, 『곰에서 왕으로』, 김옥희 옮김, 동아시아, 2005, 222쪽

나카자와 신이치는 원시부족에서 왕(국가)이 등장한 사건을 '식인'의 신화를 빌려서 설명한다. 자연에 대한 통찰이 아직 인간 삶에 녹아 있었던 대칭성 사회, 이곳에서 먹는다는 것은 한 신체가 다른 신체와 서로 섞이는 활동이었다. 내 생명은 다른 생명을 통해서 유지된다. 그들에게는 이 감각이 생생히 살아 있었던 것이다. 그래서 대칭성 사회는 샤먼을 '식인'이라고 불렀다. 샤먼은 겨울 제의祭儀 때마다 부족원들을 자연의 힘과 연결시켜 주면서 '변신'을 체험할 수 있도록 도와주었다. 사람들은 이것이 인간을 삼켰다가 새로운 존재로 뱉어내는 일종의 식인활동이라고 생각했던 것이다.

그런데 어느 날 신종식인이 출현한다. 원래 부족사회에서는 변신을 꾀하는 샤먼의 기능과 일상을 통솔하는 수장의 기능이 확실하게 구별되었다. 이 두 가지 기능이 한 사람에게 통합되는 그 순간, 왕이라는 존재가 생긴다. 왕은 자연과 소통하는 힘과 공동체 내부 현장을 장악하는 힘을 모두 독점해 버린다. 이제 사람들은 왕을 매개하지 않고서는 더 이상 어떤 관계도 맺을 수 없다. "관계들은 금지하고, 억제하고, 관리되어지는 것이다. 국가 자체가 하나의 회로를 갖고 있더

라도 그것은 우선 공명을 위한 내부 회로일 뿐이다."「포획장치」, 833 이렇게 왕-식인에게 잡아먹힌 사람들은 '백성'이라는 균질한 정체성으로 포획된다.

이 식인신화는 국가가 어떤 폭력에서 시작하는지를 명료하게 보여 주고 있다. 불구자의 신체 이야기로 되돌아가 보자. 들뢰즈와 가타리는 국가장치에서 인간이 선천적으로 "불구로서 또 좀비로 태어난"「포획장치」, 818다고 말한다. 이때의 불구자는 단순히 신체가 망가져 버린 사람만을 의미하지 않는다. 노동자들은 왜 신체를 훼손당하는가. 신체 훼손을 감수하면서까지 노동력을 팔지 않으면 살 수 없는 배치 위에 그들이 서 있기 때문이다. 신체가 망가졌든 망가지지 않았든, 그들은 이미 '불구'가 잠재되어 있는 영역에서 살아간다. 불구자란 자신의 역량을 국가에게 담보 잡힌 상태에서 시작할 수밖에 없는 존재들이다.

샤먼과 수장은 부족사회에서 대칭성을 이뤘다. 하지만 국가장치는 이들을 왜곡해서 이중적인 방식으로 '선천적 불구자들'을 탄생시킨다. 한쪽에는 포획하고 속박하는 마법적인 힘이 있다. 또 다른 쪽에는 계약과 맹약을 진행시키면서 상황을 해석해 주는 합리적인 이성이 있다. 전자는 전제군주적 국가의 모습이고 후자는 자유로운 공화국의 특징이다. 그러나 부각되는 측면이 달라서 그렇지, 모든 국가장치는 이 두 극을 기본으로 삼고 있다. 합법적 폭력과 불법적 폭력을 구별하는 것, 다시 말하면 '포획'을 '합법적으로' 할 수 있는 권리를 제정하는 것이야말로 국가의 본질적인 폭력이다. 한편에서 나는 살아남기 위한 생존의 길로 내몰리고 다른 한편에서는 왜 이렇게 살아야 하는지 합리적으로 설명해 주는 친절한 목소리를 듣는다. 이 이중분절이 나를 지층 안으로 처박는다. 고약하게도, 이 포획상태는 안전하고 안정된 평화로 포장된다. 그러나 가족 대대로 살던 땅을 빼앗은 후 그곳에 왜 군기지가 들어서야만 하는지 친절하게 설명해 준다고 해서 그것이 어떻게 합리적일 수 있는가.

폭력과 평화는 서로 대치하지 않는다. 국가의 합리적 폭력과 그 밖의 모든 불법폭력이 대치하고 있을 뿐이다. "국가 경찰 또는 법의 폭력은 …… 포획하고 장악하는 동시에 포획할 수 있는 권리를 제정하는 폭력이다."「포획장치」, 860 이 앞에서 우리가 선택할 수 있는 길은 두 가지뿐이다. 국가장치의 권유를 따라서 지층에 안착하거나, 아니면 국가의 눈 밖에 나서 지층에서 추방되거나. 그러나 어느 쪽이든 나는 변함없이 '신민'의 신분에 포획되어 있다.

이 이중분절은 우리가 관계 맺는 곳곳마다 자리 잡고 있다. 학교, 군대, 병원, 공장, 감옥, 회사. 이 영역들을 통과할 때마다 나는 '학생'에서 '군인'으로, '환자'에서 '노동자'로 포획된다. 쇼핑몰, 데이트 코스, 대학입시설명회 앞에서 나는 자발적으로 '쇼퍼홀릭', '뜨거운 연인', '똑똑한 엄마'로 포획된다. 국가는 어디에나 있다!

국가는 대체 무엇인가? 그러나 들뢰즈와 가타리라면 이렇게 질문하지 않을 것이다. 국가를 정의한다고 해서 어떤 문제가 해결되는 건 아니다. 중요한 건 국가가 어떻게 작동하는가를 아는 것이다. 국가장치는 우리를 포획한다. 들뢰즈와 가타리는 '국가'를 국가라는 추상적인 기계와 국가장치라는 구체적인 배치로 나눈다. 추상기계는 앞서 말한 마법적 포획과 합리적 계약을 이중분절 하는 하나의 모델이다. 그리고 국가장치는 이 모델을 현실 속에서 구체적으로 실현시키는 기계적 과정들이다. (앞에서 언급한 학교, 군대, 병원 등이 이에 해당된다.) 그런데 추상기계와는 달리, 국가장치가 작동하는 현장에서는 반드시 변수가 끼어들게 된다. 바로 앞장에서 살펴봤던 유목사회의 전쟁기계만 해도 이미 국가장치와 혼합해서 작동하고 있다. 국가장치는 고정된 사회체가 아니라 계속 움직이고 있는 배치이기 때문이다.

들뢰즈와 가타리는 명쾌하게 말한다. 국가란 포획장치다. '국가'는 새로운 배치로 달아나려는 흐름들을 끊임없이 포획할 때만 존속한다. 그런데 무엇이 흐르고 또 포획되는가. 그것은 기관 없는 신체를 흐르는 우리의 욕망이다. 욕망은 끊임없이 차이를 만들어 내는 생명의 에너지다. 밥 먹는 일은 매일 해도 질리지 않고, 똑같은 하늘을 날마다 봐도 질리지 않는다. 지구는 차이를 계속 '차이화'하면서 움직이는 절대적인 고른판이기 때문이다. 나는 지구라는 이 거대한 CsO의 일부다. 이 차이생성을 무기로 삼게 될 때, 우리는 전쟁기계가 된다. 오래된 습관을 뿌리 뽑을 만큼 전면적으로 연애하는 사랑-기계. 과거의 사유들을 지금의 활력으로 전환시키는 공부-기계. 상식을 파괴시키는 글을 쓰는 문학-기계. 그런데 국가는 바로 이 변신 역량을 포획한다. 포획은 무조건 금지시키는 억압과는 다르다. 사랑하라, 내달려라, 소유해라, 단 국가가 깔아 놓은 조직의 판 위에서만 그렇게 하라. 이것이 포획장치의 명령어다.

포획장치는 일단 수많은 욕망들이 하나의 공명점을 통과해 흐르게 한다. 그후에는 이 역량들을 직접 비교한다. '차이'를 상대적으로 나누면서 균질화시키는 '척도'를 발명하는 것이다. 이것은 실로 교묘한 전략이다. 이제 공부의 역량은 성적순으로, 행동의 역량은 연봉액수로, 사랑은 선물가격으로 치환된다. 하지만 우리는 처음부터 이런 것을 원한 게 아니다. 이런 방식으로밖에는 자신의 욕망을 표현할 수 없게 되었을 뿐이다. 나라는 존재의 '차이'를 드러내려면 척도를 사용할 수밖에 없게 될 때, 그 순간 우리는 '포획된다.'

> 포획은 두 집합, 즉 집합 B와 집합 B′ 간의 역량의 차이를 표현한다. 결국 신비로운 것은 하나도 없다. 포획의 메커니즘은 처음부터 포획이 실행되는 집합의 일부를 구성하고 있는 것이다. 「포획장치」, 857

여기서 우리는 중요한 사실을 알게 된다. 국가 입장에서는 숨기고 싶은 사실일 것이다. 국가는 우리에게 아무것도 제공해 주지 않는다. 아무것도 생산하지 않기 때문이다. 국가는 우리를 보호해 주지 않는다. 국가에게는 애당초 전쟁을 치를 만한 역량이 없기 때문이다. 생산은 지구와 사람들이 함께 기관 없는 신체를 구성할 때 이루어진다. 국가는 이 생산력에 기생할 때만 운영된다. "본래의 공동체들은 인간과 자연의 생산적 관계였다. …… 자본주의는 비(전)자본주의에 기생하면서 발전해 왔다. 혹은 게젤샤프트<sup>Gesellshcaft</sup>(사회)는 게마인

샤프트$^{Gemeinschaft}$(공동체)에 의존해서 발전해 왔다." 조정환, 『인지자본주의』, 갈무리, 2011, 335쪽 그러나 포획장치는 상황을 전도시킨다. 포획장치는 이 생성의 힘을 생산-비생산이라는 척도로 분할한다. 그러면서 힘을 독점해 버린다. 원래부터 생산적 노동이 따로 구별되었던 게 아니었다. '노동'은 우리의 자유로운 행동이 '잉여노동'이라고 비난받을 때에만 성립하는 개념이다. 자본가들은 자유로운 행동역량을 잉여로 치환하면서 사람들을 노동이라는 홈 파인 공간으로 몰아넣는다. 마찬가지로, '평화'는 전쟁기계가 국가에게 종속되어서 살육-기계로 변모하면서부터 만들어진 개념이다. 국가는 군인과 전쟁무기라는 전쟁기계를 끌어내 독점했다. 살육-기계가 어떤 신체들을 으스러뜨리는 동안 다른 신체들은 일시적 평화 상태에 놓인다.

이 차이가 전유되고 비교되면서 차곡차곡 쌓일 수 있게 될 때, 비로소 축적도 가능해진다. 포획장치에서는 우리 자신이 축적된 존재가 된다. "노동 자체가 축적된 인간 활동이다." 『포획장치』, 849 포획된 '차이'를 욕망하는 것은 결국 스스로를 표현할 수 있는 능력을 빼앗기는 것이다. 내용은 균등해지고 표현은 전유 형식밖에는 남지 않는다. 포획장치는 당신을 포획한 후, 너는 원래 그런 사람으로 태어났다고 가르칠 것이다.

한때 '잉여'라는 표현이 백수들을 희화화하는 유행어처럼 사용되었다. 스스로가 있어도 그만, 없어도 그만인 잉여처럼 느껴질 때 '나는 잉여인간이야'라고 자조적으로 말하는 것이다. 그런데 국가야말로 잉여사회가 아닐까? 국가 담론은 이 사회가 과거(지금의 제3세계)에 비해 얼마나 부를 많이 축적했는지 강조한다. 하지만 이것은 전도된 논리다. 국가는 잉여를 생산하지 않는다. 국가의 덩치가 커졌다면 그건 그만큼 세상의 잉여를 먹어치웠기 때문이다. 똑같은 논리가 우리에게도 고스란히 돌아온다. 임금은 '노동'했기 때문에 주어지는 대가다, 전쟁과 군대는 '평화'를 지키기 위해 필요하다, 결혼제도는 사람들의 '오이디푸스 콤플렉스'를 위해 보호되어야 한다, 상품들은 모두 우리의 '소비욕구'를 충족시켜 주기 위한 것들이다……. 결국 "너는 원래부터 '무엇(포획장치)'을 욕망하고 있었다"라는 말 아닌가. 하지만 이 논리들은 우리를 꼼짝달싹 못하게 만들기 위한 기만일 뿐이다.

아우슈비츠의 입구에는 '노동이 너희를 자유케 하리라'라는 경구가 적혀 있었다. 이곳에서도 이중분절은 일어나나 보다. 수용소의 처참한 노동 강도가 포로들의 신체를 망가뜨렸다면, 이 기만적인 문구는 포로들의 정신 상태를 피폭했다. 포획장치는 우리가 원해서 자발적으로 포획된 것 같은 환상을 조장한다. 하지만 우리가 국가에 의존하지 않는 삶을 상상할 수 없게 된 것은 우리 탓이 아니다. 자발적으로 바란 결과도 아니다. "노예화는 '강제되는 것'이 아니듯 '자발적인 것'도 아니다."「포획장치」, 883 국가인이 되는 것. 이는 말 그대로 포획이다. 날아가는 새가 그물망에 잡혀서 새장 속에서의 날갯짓밖에는 못하게 되듯, 우리 역시 철장의 존재를 자각하지 못한 채 그 안에서의 삶의 양식을 체득한다.

## 자본의 지상명령 : 잉여는 공리(公理)다

포획의 본질은 변신역량을 '잉여'로 바꾸는 것이다. 그런데 잉여는 포획되기 전까지는 탈영토화하고 탈코드화하는 자유로운 흐름이었다. 잉여란 초과된 생산량이 아니라 포획되어 버린 운동인 것이다. 흐름에서 어떻게 잉여를 포획할 것인가? 이것이 포획장치의 고민이다. 포획장치의 여러 유형들을 살펴보면 자본주의와 국가장치의 관계를 알 수 있다.

황제에게 모든 권력이 집중되었던 고대 제국에서는 공동체들의 코드를 무력화시키고 사람들을 그들의 영토에서 내쫓았다. 될 수 있는 한 많은 개체들을 '국가'라는 하나의 코드로 덧코드화시키기 위해서였다. '국가'는 초코드화의 한 점이 되고, 신민들은 이 거대기계의 부품으로 끼워지는 노예가 된다.

제국의 변두리에서 형성된 소규모 국가들은 이것보다는 더 유연한 속박방식을 택한다. 이 국가들은 거대한 제국에서 달아나는 탈코드화의 운동 속에서 세워졌다. 여기에는 무소불위의 권력을 휘두르는 황제가 없다. 그래서 강력한 덧코드화의 통일점보다는 탈코드화의 흐름을 접합접속시킬 여러 중심점들이 필요했다. 이곳에서 사람들은 기계적인 노예가 되지는 않았지만, 여러 가지 신분조건 속에서 사회적으로 예속되었다. 봉건제, 군주제, 자치 도시, 그 외 다양한 국가 형식이 여기에 해당한다. 각 경우마다 약간씩 차이가 있기는 하지만, 국가장치는 기본적으로 코드화와 영토화를 통해 작동한다. 잉여를 지층 속에 고정시키는 전략을 펼치는 것이다.

그런데 자본주의는 국가장치와 정반대의 방향으로 움직인다. 들뢰즈와 가타리는 자본주의가 탈코드화의 흐름이 너무나 강력해져서 더 이상 국가장치로는 규제할 수 없는 시점에 출현했다고 말한다. 이것은 근본적으로 새로운 통치전략이다. 자본의 핵심은 어떤 지층이라도 뛰어넘어 침투해 들어가는 기동력이다. 국가장치가 오직 국가로 초코드화하기 위해서 탈코드화를 실시했다면(가령 기존의 지역공동체의 코드를 파괴한 후 국가의 행정구역의 코드를 다시 부여하는 작업), 자본주의는 탈코드화 자체를 일상화시킨다. 가능한 모든 대상들을 원래 놓여 있던 영토와 코드에서 빼내 화폐라는 형태로 치환하는 것이다. 일단 화폐라는 공통언어에 편승하면, 언제 어디서나 자본이라는 탈코드화의 흐름에 경계 없이 편입될 수 있다. 이 전략은 잉여를 고착화하지 않는다. 그 대신 일상생활의 모든 요소들을 잠재적 잉여상태로 전환시켜 버린다. 국가장치보다 더욱 은밀하고 광대해진, 그래서 더 무서운 포획이다!

자본의 포획은 국가장치보다 훨씬 유연하다. 욕망을 고착화시킬 뿐만 아니라 자본의 흐름에 따라 유혹하기도 한다. 제도를 통하지 않고 우리의 욕망을 직접 공략하는 것이다. 19세기 프롤레타리아는 노동력이라는 상품이 되어 부르주아에게 몸을 팔았다. 그러나 현재 우리는 나도 모르는 사이에 이미 '잠재적 상품'으로 포획되기 일쑤다. 포획은 고용-피고용 관계에서만 일어나지 않는다. 스마트폰은 사적 물건이지만, 이 스마트폰들끼리 구축한 엄청난 네트워크는 기업들에게 수많은 정보들을 제공하고 있다. 포획. 취업준비생들이 공들여 작성한 수백만 건의 지원서 및 창의적 입사시험은 대가 없이 기업의 아이템으로 이용된다. 포획. 신상 가전제품을 보면 사고 싶다. 그러나 TV를 사는 순간, 우리는 자본이 TV를 통과해 흘러가게 될 회로의 "'입구'와 '출구', 피드백 또는 순환으로서의 내재적인 부품이 된"「포획장치」, 879다. 포획! 우리는 의식하지 못한 채 자본-기계의 부품으로 끼워진다. 그러나 이때 이 포획을 추동하는 것은 역시 우리의 욕망이다.

백수란 일하지 않는 자가 아니다. 노동현장 바깥에서 포획되고 착취 받는 사람들이다. 자본을 위한 잠재적 잉여 상태 그 자체. 진정한 잉여인간! 경제성장이 이루어지면 백수도 취직될 수 있다는 믿음은 너무 순진하다. 자본주의에게는 사람들의 안정적인 재생산을 보장해 줘야 할 이유가 없다. 지금은 잉여를 포획할 수만 있다면 사람도 버리는 판국이다. 사회가 불안한 상태로 빨리 회전할수록, 오히려 잉여를 포획하기에는 유리하다.

국가가 공공公共의 영역을 부지런히 창출해서 잉여를 포획한다면, 자본은 아예 잉여의 포획 자체를 공리公理로 만들어 버린다. "돈만 있으면 뭐든 가능해!" 아침드라마에서 나올 것 같은 이 유치한 대사가 자본주의 사회의 공리인 것이다. 그러나 이 공리 속에서 정말로 자유롭고 유연하게 움직이는 것은 자본뿐이다. 자본은 세계 시장 어느 곳이든 갈 수 있다. 하지만 자본의 흐름을 따라서 국경을 넘나드는 사람들은 불법이민자가 된다. 용산 참사 당시, 망루에서 대치한 것은 경찰과 철거민들이었지만 이 모든 상황을 연출한 것은 재개발을 하려는 자본이었다. 오늘날의 국가는 자본주의 공리계를 원활하게 돌아가게끔 해주는 관리인이다. 국가가 추진하는 공공사업 이면에도 자본의 논리가 깔려 있다. 한쪽에서는 자본주의에 조종되면서 다른 쪽에서는 '민주주의'의 이념으로 이 모든 상황을 합리화하는 국가. 이 짬뽕체제가 원칙적으로 지향하는 것은 "노동과 자본이 자유롭게 순환하는, 즉 자본의 등질성과 경쟁이 원칙적으로는 외부와 아무런 방해도 없이 실현되는 생산자 집단"「포획장치」,873이다. 즉, 자본주의라는 순수공리계다. 이처럼, 자본과 국가는 연합해서 새로운 탈영토화의 문턱을 이루고 있다. 국가를 거점 삼아 자본은 홈파기를 전 세계적으로 확장시킨다.

자본주의가 전례 없을 정도로 완벽하게 밀고 나간 홈 파기의 결과, 유통되는 자본은 인간의 운명을 좌우하게 되는 일종의 매끈한 공간을 필연적으로 재창조하고 재구축하는 것처럼 보인다.「매끈한 것」,937

과거에 비해 얼마나 살기 좋은 세상이 되었느냐는 진부한 말들. 우리 할머니의 시선에서 보면 이 말은 진실이다. 물자는 풍족해졌고 배곯는 사람들도 줄어들었다. 그러나 포획장치는 사라지지 않았다. 오히려 거듭 진화하고 있다. 사람들은 한편으로는 공리계 속에서 출현하는 거대기계의 부품으로 끼워지고, 다른 한편으로는 여전히 스스로의 삶을 책임져야 하는 국가의 주체로 훈육된다. 나는 빈털터리 백수이기 이전에, 이 포획장치에 붙들려 있다.

## 인생은 부채가 아니다

두 가지 물음에서 출발했다. 첫째, 백수란 사회적 코스에서 도태된 자들일까, 아니면 그 코스의 결과물일까. 둘째, 국가는 과연 이 백수들을 보호할 생각이 있는가 없는가. 주민등록 13자리 번호만 가지고서 자기 자리 없이 떠돌아다니는 사람들은 대체 어디에서 자기 자리를 찾으면 되는 걸까. '포획'이 바로 그 답이다. 아무 곳에도 속해 있지 않을 때조차 우리는 포획상태로 살아간다.

포획은 일상에서 어떤 모습으로 출현할까? 바로 '부채'다. 백수들은 처음부터 빚에서 출발할 수밖에 없다. 부모님이 날 키우는 데는 돈이 든다. 내가 취직을 해서 가계를 재생산하려면 일단 고등교육을 거쳐야 하는데, 여기에도 상당히 많은 돈이 깨진다. 이 돈은 모두 부모님 주머니에서 나온다. 물론 부모님에게 지는 빚은 빚이 아니라고 할 수도 있다. 하지만 정확하게 말하면 나는 부모님'에게' 빚을 진 게 아니다. 나는 부모님을 '매개로' 자본에게 빚을 지고 있는 것이다. 이 빚은 정신적인 부채감으로도 작동한다. 성인이 되어서도 부모님에게 돈을 받으면서 살고 있다는 건, 왠지 쓸모없는 인간이라는 증거 같다. (물론 이 정신적인 부채감이 아예 없이 없혀산다고 해도 문제다. 그건 '포획상태'를 지나치게 내면화해 버린 상태이기 때문이다.)

백수들은 이 물리적·심적 부채감 때문에 백수생활 중에도 쉴 수가 없다. 취업을 할 수 없다면 취업준비라도 해라. 대입ㅊㅅ할 수 없다면 다른 자격증이라도 준비해라. 나의 잉여를 '쓸모없는 상태'로 내 버려 두지 말고 열심히 계발해야 나중에라도 부채를 갚을 가능성이 생긴다. 그러나 이 조언은 과연 유효한가. 빚지는 게 정말 내 탓인가? 근본적인 문제는, 우리가 처음부터 빚을 질 수밖에 없는 조건에서 시작한다는 것이다.

백수들에게는 두 가지 종류의 노동이 있다. 하나는 당장의 용돈을 충당하는 아르바이트, '임금노동'이다. 또 하나는 정규직이라는 유예된 미래를 위해 해야 하는 '유예노동'이다. 입시 공부, 자격증 공부, 스펙을 위한 활동 등등이 여기에 포함된다. 그런데 이 둘 사이에는 이상한 관계가 설정되어 있다. 유예노동은 대가가 없을 뿐만 아니라, 심지어 대가를 지불해야 한다. 아르바이트 해서 버는 시급은 5천 원인데 토플 시험 응시료는 20만 원이다. 백수는 아르바이트밖에는 할 수 있는 노동이 없지만 토플 시험에도 응시해야 한다. 백수의 라이프 스타일 자체가 이미 '부채'를 양산하고 있는 셈이다. 버는 돈은 한 시간에 5천 원인데 쓰는 돈은 한 시간에 2만 원! 대학생, 휴학생, 취업 준비생이라는 유예 노동을 하는 신종 노동자(?)와 그들이 시급 마이너스 15,000원으로 굴려지는 거대한 시장이 출현했다!

하지만 이 이중노동이 우리를 부채 상태에서 벗어나게 해줄까? 유예노동은 우리에게 유예된 '무언가'를 정말 되돌려줄까?

냉정하게 말하면, 아무것도 없다. 취업은 보장되지 않는다. 그 정도가 아니라 거의 불가능하다고 해도 과언이 아니다. 우리가 12년을 공부했든 16년을 공부했든 자본주의가 우리를 책임져 줄 의무는 없다. …… 그 미래가 오지 않는다면 어떻게 되는 것인가. 우리를 기다리는 것이 정규직의 안정된 월급이 아니라 쌓아놓은 빚이라면 말이다. 생각하긴 싫지만 그 답은 신용불량자, 노숙자, 결혼도 뭣도 할 수 없는 인생루저다. 그리고 현재 우리가 인생루저가 아닌 이유는 빚을 질 수 있는 권리를 아직까지는 박탈당하지 않았기 때문이다. 2012년 '남산강학원' 청년대중지성에서 발표한 「유예상태를 거부한다! : 찌질한 알바인생에 대한 유쾌한(?) 성찰」(오진성, 김해완, 이문정, 백요선, 이선민)에서 인용

빚으로 시작해서 빚을 늘려가는 게 당연한 시대. 이런 배치에서 우리에게 어른이 된다는 것은 남에게 빚지지 않는 상태에 도달한다는 것이었다. 내가 독립하고 싶다고 말할 때는 '나의 수입이 나의 소비를 충분히 상쇄할 만큼'의 넉넉한 돈을 소유하는 것을 의미했다. 그러나 정작 문제는 다른 곳에 있었다. 부채는 단순히 액수의 문제가 아니었다. 자본주의는 나의 인생 자체를 '부채'로 개념화(!)하고 있다. 여기서 아주 희한한 논리가 만들어진다. 나는 존재 자체가 무한한 부채다, 그러니 이 부채를 갚기(취직하기) 위해서는 다시 부채를 져야(유예노동을 해야) 한다……. 하지만 냉정하게 보자. 빚을 진다는 것은 미래를 위해 현재를 희생하는 것이 아니다. 거꾸로다. 미래라는 잠재적인 역량을 포획당한 채 현재를 사는 것이다. 현재의 너를 담보로 미래를 예약 구매하라는 말, 이것은 미래라는 판타지로 연막을 친 후 현재의 잉여를 포획하려는 전략이다.

이 전략에 속지 않기 위해서는 나 자신을 '부채'로 느끼는 감부

터 버려야 한다. 내가 여기까지 올 수 있었던 게 다 부채 덕분이라고? 그렇지 않다. 부채가 나를 포획해서 하필이면 이 사회적 코스를 걷게 만들었을 뿐이다. 다른 길을 택하려 하는 순간에 지금까지 짊어지고 온 '부채'가 나를 방해할 수는 없다. 그것은 내 소유가 아니다. 내 인생은 부채가 아니다. 삶은 포획되기 전에도 이미 그 자체로 충만하다.

　포획장치는 비겁하게도 이중플레이를 벌인다. 뒤쪽으로는 "더욱 넓고 깊게 네트워크화 된 이 전 지구적 수준의 사회적 노동을 착취"조정환, 『인지자본주의』, 갈무리, 2011, 330쪽하면서, 앞쪽으로는 멀쩡한 국민이 되라고 요구한다. 일을 하느냐 안 하느냐, 사회적으로 어떤 위치를 차지하느냐를 두고 끊임없이 잔소리한다. 하지만 이런 말에 귀기울일 필요는 없다. 나는 국가나 자본에게 하등 빚진 게 없기 때문이다. 부채를 왜 반드시 갚아야 하는가? 우리가 자본주의에게 증여한 것들을 다시 토해내라고 해도 부족할 판이다. 반값 등록금 '해준다고' 우리가 혜택을 누리는 것처럼 말하지 말라. 대학등록금은 당연히 무료여야 한다. 어차피 기업이 착취하게 될 예비노동자를 키우는 곳이 대학인데 왜 우리가 빚 져가면서 돈까지 '발라야' 하는가. 대학이 이 사회에 그렇게 필요하면 기업이 등록금을 대라! 만국의 백수들 부채탕감부터 해라!

## 불가능한 현실, 그것의 생산

『진격의 거인』의 거인들은 목숨이 끊어지는 순간 녹아서 기화되어

버린다. 정체를 알 수 없게 되는 것이다. 자본주의는 이 모습과 닮았다. 무시무시한 위력을 발휘하지만, 마치 공기처럼 가볍게 움직인다. 지금의 자본주의는 전쟁으로 물자를 빠르게 돌리는 전쟁 경제 시스템이다. 정말 무시무시한 포획이다. 그러나 이 전쟁은 '평화'라는 이름 뒤에 거의 모습을 드러내지 않는다. 이 포획의 피 냄새는 백수상태를 전전하는 내 일상의 공기에서도 떠돌고 있을 것이다. 내가 충분히 실감하지 못할 뿐이다.

들뢰즈와 가타리가 함께 쓴 또 다른 책 『앙띠 오이디푸스』에는 "the impossible real and its production"이라는 표현이 나온다. 직역해 보면 "불가능한 현실, 그리고 그것의 생산"이다. 하지만 이건 불가능한 현실을 실현시키라는 선동언구가 아니다. 오히려 공리계에서는 '불가능'으로 이해되는 그런 현실을 자꾸만 상상하고 떠들어 보라는 뜻이다. '포획된 잉여'를 더 많이 요구하는 것으로는 상황을 바꿀 수 없다. 여전히 자본주의 공리계 내부에 있기 때문이다.

"불가능한 현실"을 생산하라는 이 주문을 나는 간단하게 이해한다. 일단, 우리는 돈을 벌어야 한다. 삶을 유예시키는 유예노동을 하는 것보다는 당장 내 삶을 책임지는 임금노동이 훨씬 낫다. 자본에는 빚지지 않으면 않을수록 훨씬 좋기 때문이다. 일상관계에서도 마찬가지다. 내 힘으로 해낼 수 있는 일은 내 선에서 책임지고 감당해야 한다. 이 정도 체력은 되어야 포획장치와 맞짱을 뜰 수 있다. 부채는 일상적인 관계조차 포획하려 한다. 이 빚을 없앤 후에야 우리는 부채관계에서 자유로워질 수 있다. 그 다음 부채관계 및 교환관계로 환원되지 않는 새로운 인간관계와 접속하자! 바로 이 관계망이 포획장치를 고장낸다. 진정한 '잉여관계'를 창출하기 때문이다. 우리는 포획장치와 만나기 전부터 관계 속에서 이미 '잉여인간'으로 살아왔다. 내가 이렇게 살아 있는 건 수많은 존재들이 여러 선물을 무조건 베풀어준 덕분이다. 이것들까지 모두 부채로 계산해야 한다면? 내 존재는 무한대의 부채가 될 것이다. 이건 애초에 갚을 수 있는 빚이 아니다. 나 역시 다른 사람들에게 선물하는 사람이 될 때에만 이 빚이 의미가 있다. 부채로 관계를 확장시키는 전략! "생산을 생산하고 생산하는 일을 생산되는 것에 접목시킨다고 하는 규칙이야말로 욕망하는 기계들……의 특성이다." 들뢰즈·가타리, 『앙띠 오이디푸스』, 22쪽

내가 지금 생활하고 있는 남산강학원이 바로 이런 관계망이다. 우리는 친구도 가족도 아닌데 그렇다고 교환관계나 부채관계도 아니다. 일상을 꾸릴 때나 공부할 때나, 각자가 포획되지 않는 변신역량을 발현할 수 있도록 서로를 자극한다(!). 공부는 이 새로운 관계를 만들어 내는 데 좋은 방법이다. 일상에서 기관 없는 신체를 구성해 보기. 전쟁기계를 작동시켜서 나의 속도를 만들어 보기. 도주선 위에서 이 포획 상태를 '도주시켜' 보기. 이것들 모두가 공부의 일환이다.

유쾌한 백수생활을 하고 싶은 사람이라면 이런 프로젝트에 꼭 참여해야 한다. 도주하지 않는 백수는 포획당한 잉여상태일 뿐이기 때문이다. 어디서나 머물 수 있지만 어디에도 '포획되지' 않는 백수가 되기 위해서, 은밀하게 스며오는 '진격의 포획' 앞에 당당해지기 위해서. "불가능한 현실, 그것을 생산"하라!

# ✎ 패치워크로 기워가는 세상
## — 홈 파인 공간과 매끈한 공간

### 모래알의 노래를 들어라

나는 여기서 살고 있다.

살아간다는 말은 다양한 방식으로 이해해 볼 수 있다. 나는 집에서 살고 서울에서 살고 학교에서 산다. 이 각각의 이동점들 사이를 왔다 갔다 하면서 하루를 보낸다. 공간은 삶이 놓여 있는 물리적인 영역이 다. 그런데 공간에는 이런 '이동경로'의 의미밖에는 없는 것일까?

의역학에서는 음양오행의 개념으로 나의 상태와 자연의 상태를 동시에 설명한다. 화火기운이 충만한 정사월丁巳月을 맞이하여 갑자기 몸 상태가 변했다거나, 이 집은 지형적으로 수水기운이 넘쳐서 잠이 잘 온다거나……. 이런 사유는 인간과 자연을 분리시키지 않는다. 환경 속의 인간과 인간이 살아가는 환경 사이에 근본적인 단절이 없다고 보는 것이다.

그런데 이 생각은 의역학뿐만 아니라 과학적으로 봐도 옳은 말이다. 내 몸을 이루는 탄소는 지구 바깥의 별들도 이루고 있고, 박테리아들은 몸 안팎 구별 없이 자유롭게 서식한다. 문제는, 우리가 실제로도 공간을 나의 일부로 감각할 수 있느냐는 것이다. 실생활에서 나와 생활공간이 존재론적으로(!) 일체되는 경우는 참 드물다. 집을 부동산으로 생각한다거나, 비싼 인테리어만 마음에 찬다거나, 옷은 잘 차려입으면서 그 옷이 걸려 있는 방은 쓰레기장처럼 더럽다거나 (이건 내 개인적인 경험담이다) 기타 등등. 이런 생활습관은 공간을 나 자신과 철저히 분리시켜서 인식하지 않으면 불가능하다. 공간은 사람 뒤에 병풍처럼 세워져 있는 풍경이다. 원래부터 거기에 놓여 있었던 배경이다. 인간은 이 무대에서 활동하는 주연배우다. 그런데 이런 공간감각은 17세기 뉴턴이 고안했던 절대시공간의 개념과 똑같다. 이 얼마나 낡은 감각인가. 20세기 초, 상대성이론과 양자역학은 이 오래된 개념을 산산조각내면서 새로운 공간의 길을 열었다!

하지만, 왜 굳이 인식을 바꿔야 한단 말인가?

열네번째 장 「1440년—매끈한 것과 홈이 파인 것」에는 홈 파인 공간과 매끈한 공간이 등장한다. 홈 파인 공간은 국가장치가 만든 공간이다. 국가는 말 그대로 '홈'을 판다. 산과 들판을 정면으로 뚫고 가는 고속도로, 달동네를 철거구역으로 지정해 밀어붙이는 재개발 사업, 일상의 이동궤적을 지배하고 있는 쇼핑센터, 학교, 병원, 기타 등등. 홈 파인 공간은 견고한 분할선으로 공간을 닫아 버린다. 그 홈을 따라 운동도 욕망도 통제된다. 반면, 매끈한 공간은 전쟁기계가 전개해 나가는 공간이다. 이곳은 홈 파인 공간을 탈출하는 '속도'로만 점령할 수 있다. 혹은, 홈에 갇히지 않고 역동적으로 서로를 넘나드는 관계망이 이곳을 점유하게 된다. 그런데 홈 파인 공간에나 매끄러운 공간에는 모두 주소지가 없다. 한 지역이 어떤 배치에 놓이느냐에 따라서 매끈한 공간이 되기도, 홈 파인 공간이 되기도 한다. 게다가 실제 현장에서는 이 두 공간이 늘 혼합되어있다.

이 공간들이 영토에 고정되어 있지 않다고 해서 추상적인 관념이라고 치부해서는 안 된다. 공간을 어떻게 분할하든 모든 공간은 결국 지구라는 기관 없는 신체의 일부다. 지구에 영원한 소유권이나 이름표를 못 박는 것이 가능할까? 태초의 지구는 생명이 살 수 있는 환경이 아니었다고 한다. 이곳에 생명이 자랄 수 있는 토양을 형성했던 것은 바로 생명 자체였다. 박테리아들의 토사물들이 쌓여서 살기에 적절한 환경을 이룬 것이다. 거꾸로, 지구 곳곳에 홈을 파는 최근의 도시화과정은 전 지구를 죽음의 방향으로 이끌어 가고 있다. 지금도 지구는 계속 그 모습을 바꿔 가고 있다. 공간과 개체가 따로 있는 게 아니다. 어떤 개체가 공간 속에 자리 잡는 것과 공간이 개체를 통해서 특수하게 '공간화'되는 것, 이 과정은 늘 동시에 벌어진다.

유목민들은 사막-되기의 방식으로만 사막에 산다. 사막은 애초에 분할선을 그을 수 없는 땅이다. 수평선, 수직선, 교차로와 번지수, 미터법 같은 척도들은 무용지물이 된다. 그 대신 내가 있고, 나를 통과하면서 펼쳐지는 강도들이 있고, 또 이 강도들이 차지하는 만큼 만들어지는 공간이 있다. 만약 우리가 유목민들처럼 예민한 신체를 가져서 피부를 파고드는 강렬도만으로 공간을 감각할 수 있다면, 모든 곳이 공간의 중심이 되어 결국 공간의 중심점은 사라지지 않겠는가. 한 걸음 내딛을 때마다 공간은 다른 소리와 질감으로 새롭게 채워지지 않겠는가.

사막, 스텝, 빙원에서처럼 매끈한 공간을 강렬함들, 바람과 소음, 힘이나 촉각적·음향적 질이 차지하고 있는 것은 바로 이 때문이다. 얼음이 깨지는 소리나 모래알들의 노래.「매끈한 것」, 915

유목민들은 공간의 존재양식과 인간의 존재양식이 일체된 경지를 보여 준다. 홈 파인 공간은 그 공간의 경계선이 한눈에 들어온다. 하지만 이런 가시적인 척도로는 이 시공간을 채우고 있는 질감들과 소리들을 발견할 수 없을 것이다. 인식을 바꿔야 할 이유는 없다, 다만 인식 너머에 새로운 공간이 있을 뿐이다…….

매끈한 공간과 홈 파인 공간은 공간에 대한 존재방식이다. 홈 파인 공간은 땅에 분할선을 긋는다. 하지만 그게 이 세계의 전부는 아니다. 홈을 만듦으로써 여기가 '홈 파인 공간'이 되는 것이지, 그 공간이 원래부터 홈 파인 공간으로 존재했던 것은 아니다. 홈 파인 공간을 벗어나는 나의 발걸음 하나가 매끈한 공간을 끌어들일 수도 있고, 아니면 반대로 매끈한 공간을 홈 파인 공간으로 이끌지도 모른다. 귀를 기울이면 홈 사이에서도 '모래알의 노래'가 들릴지도 모른다. 내가 사는 이곳은 홈 파인 공간과 매끈한 공간 사이 어딘가다.

## 밀양 송전탑 : 지구에 홈을 파라

홈 파인 공간과 매끈한 공간 사이의 얽히고설킨 관계는 당장 현실적인 문제와 직결된다. 밀양에서 송전탑 건설을 두고 벌어지는 공방전도 이에 해당된다.

2004년, 한전은 계속 늘어날 수도권의 전기수요량에 맞추기 위해서 밀양에 765kV 송전탑을 짓기로 계획했다. 그러나 이 공사는 착수하자마자 마을주민들의 거센 반대에 부딪혔고 밀양에서는 아직까지도 한전과 마을주민 사이에 투쟁이 벌어지고 있다. 2012년 1월에 마을주민인 이치우 할아버지는 "오늘 내가 죽어야 이 공사가 끝나겠다"며 분신자살을 했다. 그러나 상황이 크게 호전되지는 않았다. 그 다음해에는 할머니들이 알몸시위에 나서야 했다.

공사가 자꾸 지연되자 한전은 밀양의 주민들을 이기심을 앞세운 님비NIMBY로 규정하기 시작했다. 언론 역시 송전탑 건설이 실패한다면 사상 초유의 블랙아웃 사태가 일어날 수도 있다고 경고했다. 그러나 이런 담론들은 땅을 뺏기느냐 지키느냐, 혹은 송전탑을 세우느냐 세울 수 없느냐라는 양자택일로 문제를 환원시킨다. 밀양이라는 공간을 소유권과 이익(명분)이라는 범주로만 부각시키는 것이다. 이 과정에서 송전탑 앞에 맨몸으로 서 있는 밀양 주민들의 절박함은 사라져 버린다. 이 '홈 파인 범주'를 넘어서야지만 '알몸과 분신'이 발산하는 그 강렬함을 포착할 수 있다. 공간의 관점에서 보았을 때, 밀양 땅에 사람이 아닌 송전탑이 들어선다는 것은 대체 무슨 사건일까?

송전탑 공사는 땅 위에 홈을 판다. 송전탑과 송전선은 신고리 핵 발전소에서 수도권까지 연결하는 홈이다. 그런데 이 홈이 지나가는 곳마다 생명체가 살아갈 수 없는 장소로 변해 버린다. 765kV의 전자파의 위력은 상상초월이다. 나는 새도 방향을 잃고 짐승도 새끼를 못 낳는다. 154kV의 전자파만으로도 몇 년 안에 암이 유발될 수 있다니, 밀양의 피해가 어느 정도가 될지는 짐작되고도 남는다. 결국 "중요한 것은 에너지의 많고 적음이 아니라, 에너지가 어떤 과정을 거치면서 생산되는가, 그리고 그 과정에서 어떻게 지구를 변용시키고 있느냐" 여기서 밀양 송전탑 문제에 대한 내용은 청년대중지성에서 발표한 「환영, 송전탑 아웃과 블랙 아웃 : 밀양 송전탑 건설에 반대하며」(박규창, 조희주, 강병철, 김해완)에서 발췌 및 참고다. 핵 발전, 송전탑, 그리고 최종적으로 에너지를 소비하는 도시. 나란히 늘어선 이 연결점들이 지구 위에 죽음의 선을 긋고 있다.

그런데 송전탑의 홈 파인 공간은 도시라는 거대한 홈의 일부일 뿐이다. 도시공간에는 거의 모든 출입구마다 홈이 파여 있다. 바둑판 모양으로 도심을 가로지르는 대로들, 중심부에 높이 솟아 있는 화려한 건물들, 친구들과 만나기 위해서는 반드시 거쳐 갈 수밖에 없는 숍shop들이 모두 홈이 된다. 송전된 전기는 이 홈을 따라 흐른다. 밀양 송전탑 건설은 누구를 위한 송전일까? 전기는 도시주민들을 위해 쓰이는 게 아니다. 장식용 전구를 밝히고, 에어컨을 돌리고, 하루 종일 BGM을 틀기 위해 송전된다. 우리는 친구 한 명을 만나려고 해도 이 모든 에너지를 소비당해야 한다. 정작 전기가 필요한 달동네에는 전기가 가닿지 않는다. 소비할 역량이 없는 사람들은 홈의 끄트머리로 밀려나기 때문이다.

홈 파인 공간이 사람들의 관계를 파괴하면서 팽창하는 것. 이와 사부로 코소는 이 현상을 "죽음을 향해 가는 도시"라고 부른다. "메트로폴리스 중심부에 세워진 수많은 '누각'들은 사용가치를 박탈당한 무인공간이 되었고, '거리'는 점점 더 중심에서 멀어져 변두리로 이동"이와사부로 코소, 『죽음의 도시, 생명의 거리』, 서울리다리티 옮김, 갈무리, 2013, 33쪽하고 있다는 것이다. 거리와 누각은 코소가 만든 개념이다. 거리가 사람들끼리의 관계가 활성화된 장소라면, 누각은 대규모 편의시설들의 기반을 뜻한다. 누각과 거리의 혼합상태가 깨지고 분리된다는 것. 이것은 도시에 사는 사람들과 사람들로 북적대야 할 도시 모두가 죽음과도 같은 정적에 휩싸인다는 것이다.

이러한 상황에서 점점 더 확고해지는 감각이 있다. 그것은 점점 더 작아지는 공간 속에서 점점 더 그 숫자가 많아지고 있는 타자들과 어떻게든 공생해야만 하는 상황이 우리에게 강요되고 있다는 것이다. …… 우리들이 지금껏 사회적으로 존재하기 위해 의지해 온 모든 것, 대부분 의지하고 있다는 의식조차 없이 존재를 기대 온 모체인 '공통적인 것'이 ── 요컨대 공유지, 자원, 집합신체로서의 지구 자체가 ── 위기에 직면해 있으며, 마침내는 그 위기를 스스로 역설적인 방식으로 말하기 시작한 것은 아닐까?코소, 『죽음의 도시, 생명의 거리』, 217~218쪽 밀양과 서울. 송전탑을 분기점으로 갈라지는 이 두 지역은 착취하고 착취당하는 식민관계에 놓여 있다. 하지만 렌즈의 줌을 쭉 끌어당겨 보면, 서울과 밀양은 모두 지구의 일부다. 지구라는 환경 안에 포함되지 않는 것은 없다. 지구에는 밀양과 서울, 후쿠시마와 체르노빌이 함께 있다. 지구가 파괴되는 것과 밀양이 파괴되는 것, 그리고 도시가 운동하는 것은 결국 한 공간에서 벌어지고 있는 일들이다. 환경의 영역과 개발의 영역을 구분하고 또 이 둘을 영영 화해 불가능한 딜레마로 몰고 가는 담론에 속지 말자. 이것은 자본주의가 저지르고 있는 만행을 감추기 위한 논리일 뿐이다. 환경파괴는 환경을 미워하는 악덕기업의 소행도 아니고 개발을 위해서 불가피하게 치러야 할 희생도 아니다. 이것은 지구라는 기관 없는 신체 위에 홈을 파는 작업이다.

## 우리는 한 공간에 있다

밀양사태를 보니 청년백수인 내 처지가 새삼스럽게 떠올랐다. 내 방 한칸 갖지 못한 채 이곳저곳 밀려다니는 우리들 역시 공간에서 이미 소외된 것이 아닐까. 이 도시공간에 마음 놓고 있을 장소라고는 없다. 카페에서 카페로, 학교에서 술집으로, 고시촌에서 아르바이트 직장으로, 우리는 매 시간 홈을 따라 이동한다. 아메리카노 한 잔이라도 사야 엉덩이 붙이고 대화할 수 있는 이 각박한 세상! 밀양 송전탑이 주민들의 터전을 뿌리째 흔들고 있다면, 서울의 수많은 홈들은 이미 뿌리 뽑힌 사람들을 이리저리 굴리고 있다!

그런데 이 생각이 틀린 게 아니었다. 내가 도움의 손길을 내밀기도 전에 오히려 할머니들이 나서서 나와 연대해 주고 있었다. 밀양 할머니 중 한 분은 이렇게 말씀하셨다. "이제는 송전탑이 우리 마을 피해 딴 데로 간다고 해도 싫다. 사람은 그래 사는 게 아이다. 나 혼자 살 수는 없는 기다……." 「나눔문화가 만난 밀양 할머니들」, 『전기는 눈물을 타고 흐른다』, 나눔문화

여기에는 깊은 통찰이 깔려 있다. 지금 밀양은 책임여부, 지대소유권, 이익-불이익, 내것-네것의 모든 범주들을 넘어선 지점에서 호소하고 있다. 반면, 자본주의의 공간논리는 이런 범주들을 홈그라운드로 삼는다. 공간을 소유할 수 있고 계산할 수 있는 양적 실체로 보는 것이다. 하지만 순서가 틀렸다. 공간을 소유하기 위해서는 먼저 공간에 홈을 파야 한다. 소유란 홈 파는 작업이 없으면 불가능한 개념이다. 홈을 경계로, 홈 바깥에서 움직이는 사람들은 '불법이민자'가 되고 또 거주하는 사람들은 '님비'가 된다. 하지만 공간에 홈을 파는 작업은 왜 용인되어야 하는가? 왜 이 폭력은 합법인가? 더욱 심각한 것은, 사람들은 홈 파인 공간에 갇히는 반면, 자본만은 이 홈을 가로지르며 얼마든지 매끄러운 공간을 만든다는 것이다. 매끄러운 공간은 자본에게만 허용된다! 그러나 자본이 머무는 자리마다 방사능이 바다에 누출되고 동식물이 격감한다. 지구 전체가 점점 견딜 수 없는 상태로 내몰린다. 환경파괴는 그 땅을 소유한 사람의 문제가 아니라, 우리가 공통적으로 처한 삶의 조건의 문제인 것이다. 밀양의 맨몸은

이 보편적인 고통에 대한 호소다.

　나는 여기에 산다. 그런데 '여기'에는 나만 살고 있는 게 아니다. 홈 파인 공간에서 살다 보면, 당장 내가 속해 있는 이 홈 바깥의 사람들과는 같이 사는 게 아닌 것처럼 느끼게 된다. 한국인과 중국인을 가르는 국경, 밀양 주민과 서울 주민을 가르는 송전탑, 내 가족과 남의 가족을 가르는 아파트 등등. 하지만 이 경계는 홈 파인 공간이 만들어 낸 결과일 뿐이다.

　몇몇을 제외한다면 이미 대다수의 사람들이 같은 공간에서 살고 있다. 홈 파인 공간 끝으로 밀려난 변두리에서 말이다! 학교-카페-집을 오고가는 이동궤적 사이에는 홈리스들, 철거구역 주민들, 데이트를 위해서 홈 파인 공간을 이리저리 밀려다니는 커플들이 함께 있다. 한 카페를 나서면 다음 앉을 자리를 찾아 배회해야 하는 나 같은 사람도 이 행렬에 끼어 있다. 사회적 소수자들과 연대해야 한다고들 말한다. 그런데 연대해야 할 이유는 결코 관념적이지 않다. 오히려 물리적(!)이다. 우리는 이미 같이 살고 있기 때문이다. 홈 파인 공간에서 밀려나는 소수자들은 벌써 같은 공간에 함께 놓여 있다. 송전탑 사태만 해도 밀양과 서울의 소수자들이 송전送電의 흐름 속에서 분리되지 않는다는 것을 보여 준다.

　코소는 메가슬럼과 같은 변두리에서 새로운 네트워크가 구성되어서 새 매끈한 공간이 출현하기를 기대한다. 만약 사람들이 홈 파인 공간이 버려 버린 황무지를 매끈한 사막으로 변모시킬 수 있다면 그곳은 '홈'에 개의치 않는 새로운 자유의 공간이 될 것이다.

사실, 나는 거기까지 자신 있게 예측하지는 못하겠다. 그런 운동에 직접 참여하거나 공부해 본 적이 없기 때문이다. 그러나 마쓰모토 하지메가 『가난뱅이의 역습』에서 왜 놀려면 아지트가 반드시 필요하다고 강조했는지, 그리고 왜 자기 친구들과 자발적으로 꾸린 재활용가게를 그토록 자랑했는지 이제야 좀 감이 온다. 관념적으로 연대해서는 아무것도 할 수 없다. 특히 홈 파인 공간이 이렇게 뿌리 깊은 곳에서는. 먹고, 떠들고, 싸우고, 일상을 함께 공유하는 공간이 꼭 필요하다. 하다못해 사이버상에서 블로그라도 만들어 공간을 점유해야 한다. 그런데 공간은 어떻게 점유되는가? 바로 관계를 통해서다. 하지메와 친구들이 지하철역 앞에서 찌개를 끓였더니 그 순간 광장은 갑자기 공공 파티장으로 전환되었다. 남산강학원에는 주방과 카페가 똑같은 홀에 있다. 이 홀은 사람들이 함께 밥을 먹느냐 커피를 마시느냐에 따라서 주방이 되기도, 카페가 되기도 한다. 그래서 어떤 공간에서 살고 싶은가라는 고민은 누구와 어떻게 함께 살고 싶은가라는 고민과 뗄 수 없다. 우리들이 바로 이곳의 모래알들의 노래인 셈이다.

지금 매끈한 공간은 도시를 벗어나고 있다. 그것은 이미 세계적 조직화의 매끈한 공간일 뿐만 아니라 매끈한 것과 구멍 뚫린 것들을 조합시켜 도시를 향해 반격을 해오는 매끈한 공간이기도 하다. 즉, 움직이는 거대 빈민가, 임시 거주자, 유목민과 헐거민, 금속과 천 찌꺼기, 패치워크 등. …… 응축된 힘, 역습의 잠재력?「매끈한 것」919

알폰소 링기스는 정부나 기업이 '공공'의 이름으로 내세우는 합리성을 비판한다. 그것은 결국 공공사업에 반대하는 사람들의 목소리를 '잡음'으로 치부하는 합리성일 뿐이라는 것이다. "보편적이고 추상적이며 객관적이고 과학적인 담론은 일반화된 것이라서 여느 누구에게나 통용된다는 것은 정말 진실일까?" "[합리적 공동체의 입장에서] 우리가 원해야 하는 공동체는 비인간적인 사물들의 방언을 듣기를 원하지 않아야 하고, 서로에게 말하는 더듬거리며 떨리고 질질 늘어지는 목소리들을 원하지 않아야 하면서도, 우주공간의 위성들이 중계하는 수학을 듣는 데 완벽히 적응한 청각행위를 원해야 하는 공동체이다." 알폰소 링기스 『아무것도 공유하지 않는 자들의 공동체』, 김성균 옮김, 바다출판사, 2013, 130, 134쪽

자본은 완벽하게 '홈 파인 공동체'를 원할 것이다. 그러나 자본의 논리가 도시공간을 아무리 합리적으로 설계하고 포장하더라도, 이 잡음들 자체가 사라지지는 않는다. 유목민들은 사막에서 모래알의 노래를 듣는다. 모래의 음향과 촉각이 사막이라는 공간을 채운다. 그런데 유목민이 되기 위해서 꼭 사막으로 가야 하는 것은 아니다. 들뢰즈와 가타리가 유목주의를 강조하는 것도 다들 각자가 살고 있는 장소에서 전쟁기계를 작동시키라는 소리이지, 사막을 여행하라는 소리가 아니다. 도시공간에도 "얼음이 깨지는 소리나 모래알들의 노래"가 있다. 밀양의 알몸, 용산의 참사, 그리고 우리들의 일상은 홈 파인 도시에 갇히지 않는 매끈한 도시의 숨소리다. 도시유목민이 되는 길은 이 소리를 느끼는 데에서부터 출발한다.

## 공간의 생성, 한 조각마다 달라지는 전체

공간은 끊임없이 이분할되어 왔다. 선진국과 후진국, 도시와 시골, 네 땅과 내 땅, 비싼 집과 값싼 전셋집, 고급 레스토랑과 분식집 등등. 그러나 어디서나 홈 파인 공간과 매끈한 공간은 함께 있다. 우리는 이 사이에서는 양자택일할 수 없다. 소유할 수도, 머물 수도 없는 공간들이기 때문이다. 게다가 홈 파인 공간이 모두 제거된 매끈한 공간이나 그 반대 경우도 불가능하다. 이 두 공간은 늘 상대편의 공간 속에서만 자기 공간을 펼쳐 보이기 때문이다. 그렇다면 질문은 달라진다. 나는 어디서 살고 싶은가, 가 아니라 이 혼합공간 속에서 나는 어떤 벡터로 달리고 싶은가로. 나는 유명명소를 옮겨 다니는 관광을 하고 있을까? 아니면 움직이지 않아도 늘 속도를 내는 유목을 하고 있을까? "매끈한 공간이 홈이 파인 공간에 포획되어 감싸이는가 아니면 홈이 파인 공간이 매끈한 공간 속으로 융해되어 매끈한 공간을 펼치도록 해주는가?"「매끈한 것」, 907 어떻게 함께 살아갈 것인가라는 고민은, 우리가 이 공간을 어떤 식으로 함께 공간을 점령할 것인가라는 문제로 수렴된다.

사막이나 스텝, 바다에서도 얼마든지 홈을 파고 살 수 있다. 도시에서조차 매끄럽게 된 채로 살 수 있고, 도시의 유목민이 될 수 있다.
「매끈한 것」, 920

도시에서 유목민으로 살아가기! 이 전략은 마치 '패치워크'를 닮았다. 뜨개질은 앞면과 뒷면, 시작과 끝이 미리 결정되어 있는 작업이다. 패치워크 작업은 이것과 전혀 다르다. 여기에는 정해진 방향이나 패턴, 중심점이 없다. "크기, 형태, 색상이 서로 다른 천 조각을 이리저리 이어서 하나의 직물의 짜임texture을 만들어 내는 조각보 패치워크 crazy patchwork……."「매끈한 것」, 910 이렇게 완성된 작업 결과물들은 각각 비교할 수가 없다. 어떤 짜임새도 다른 짜임새로 대체할 수 없기 때문이다. 뜨개질에서의 한 코는 여러 코들 중 하나일 뿐이지만, 패치워크에서 조각보 귀퉁이 하나는 다른 귀퉁이로 바꿔치기할 수 없다. 조각보가 그것을 둘러싸고 있는 다른 조각보들과 맺는 관계는 한 귀퉁이에서 다른 귀퉁이로 이동하는 순간 완전히 달라진다. 같은 빨간색이라도 옆에 파란색이 놓일 때와 하얀색이 놓일 때 느낌이 달라진다. 마찬가지로, 조각보 하나도 옆에 어떤 조각보가 놓이느냐에 따라 전혀 다른 힘을 표현한다. 경우의 수가 무한한 것이다. 뜨개질이 미리 계획된 '전체'를 향해 단계별로 나아간다면, 패치워크에서는 한 조각씩 덧붙이면서 전체를 매번 다르게 탈바꿈시킨다.

공간을 생성하기. 이것은 공간을 소유하는 것과는 별개의 문제다. 패치워크의 매력은 여러 조각보를 조직하는 방법이 아니라 한 조각보에서 다음 조각보로 잇는 그 사이의 가능성에 있다. 무에서 유를 창출하는 것, 혹은 낡은 조각을 새로운 조각을 대체하는 것으로 생성의 문제를 상상하면 일이 피곤해진다. 어떻게 홈 파인 공간을 통째로 갈아엎을 수 있겠는가? (상상조차 안 된다!) 하지만 홈 파인 공간의 일부에 낯선 조각보를 꾸준히 이어붙인다고 생각해 보자. 거기에서 질적인 변화가 일어날 것이다. 그 약간의 변화에서 매끈한 공간이 출현하지 않을까.

실제로, 누각들이 도심을 점령해 가는 것과 발맞춰서 사람들이 자율적으로 활동을 구성해보는 공간들도 여럿 출몰하고 있다. 청년들의 문화아지트부터 시작해서 다양한 생활협동조합까지, 생각보다 그 개수가 아주 많아서 깜짝 놀란다. 현재 내가 속해 있는 '남산강학원'도 그 중 하나다. 이곳에서는 인문학 공부를 하고 싶다는 마음으로 뭉친 사람들이 함께 생활하고 있다. 그런데 강학원은 여러 조각보들 사이에 있는 조각보 중 하나다. 같은 동네에는 "글쓰기로 수련하기"를 모토로 인문의역학을 공부하는 '감이당'이 있고, 고전 비평 공간 '규문'도 생겼다. 용인 수지에는 공부하는 마을공동체 '문탁 네트워크'가 있다. 이 조각보들은 또 비물질적인 네트워크로까지 확장된다. 강학원 홈페이지에서 꾸준히 활동하고 있는 웹진, 감이당 및 강학원과 함께 책을 만드는 북드라망 출판사 블로그, '움직인다, 본다, 묻는다'라는 정체불명(?)의 모토로 개설된 초절정 B급 지향 블로그 MVQ^Moving Vision Quest……. 이 사이에서 생겨나는 여러 가지 활동들이 공간을 살아 숨쉬게 하고 있다. 우리는 지금 가지고 있는 조각보들에서 당장 시작할 수 있다. 어떤 공간을 가져야 한다고 미리 결정할 필요는 없다. 여유 공간이 조금이라도 있다면 그곳에서 바로 시작하면 된다. 공간을 얻을 수 없다면 무형의 네트워크를 활용하면 된다. 여기서 벌어지는 활동들이 또 공간을 새롭게 만들어 갈 것이다.

물론 이 일은 쉽지 않다. 공간 유지비를 감당하는 것도 물론 힘이 들지만, 무엇보다도 이 가격을 상쇄할 만큼의 활동을 끌어내는 게 어렵다. 월가 시위 당시 사람들은 주코티공원에 모여 그곳을 토론장으로 바꾸어 놓았다. 반대로, 시위가 한창인 광화문광장에서 특정 정당이 연설을 하자 시위의 열기는 식어 버렸다. 아무리 좋은 조건이 갖춰져 있어도 활동이 죽는 순간 공간도 함께 죽어 버린다는 것을 보여주는 단적인 예시들이다. 중요한 건 어느 곳을 점유하든 그 자리에서 새로운 공간과 새로운 활동으로 계속 패치워크를 자아내는 일이다. 그래야 하나의 장소가 생명력을 가진다. '누각'을 가로지르는 '거리'가 필요한 것이다.

공간에 대한 상상력을 넓혀 보자. 들뢰즈와 가타리는 열네번째 장 「1440년—매끈한 것과 홈 파인 것」에서 한 번도 물리적인 공간을 언급하지 않는다. 그 대신 기술 모델, 음악 모델, 수학 모델 등등을 거치면서 물체적인 공간과 비물체적인 공간을 자유롭게 횡단한다. 공간은 물질과 비물질을 횡단하는 여러 선들로 짜인 패치워크이기 때문이다. 물질적 조건과 비물질적 활동을 분리시키는 것이 오히려 홈에 갇힌 사유가 아닐까? 홈에서 벗어나고 싶다는 욕망은 나를 또 다른 홈으로 데려다 줄 뿐이다. 매끈한 공간을 생성하는 사람은 오히려 홈 내부에서 새로운 관계를 펼친다. 홈 파인 공간이 아무리 강력하더라도 그 속에서 "증식, 확장, 굴절, 갱신, 돌출의 환경"「매끈한 것」, 927을 만들어 보인다.

낸터컷 사람들만이 '배를 바다에 띄우고' 바다를 자신의 농장처럼 경작한다. '그곳'에 그들의 집이 있고, '그곳'에 그들의 일터가 있다. 중국에서 노아의 홍수가 일어나 수백만 명을 집어삼킨다 해도 그들의 사업을 방해하지는 못할 것이다. …… 그들의 베개 바로 밑을 바다코끼리와 고래가 떼를 지어 지나간다. 허먼 멜빌, 『모비딕』, 김석희 옮김, 작가정신, 2012, 103~104쪽

『모비딕』의 주인공은 말한다. 바다를 약탈의 장소나 이동 경로로만 이용하는 사람은 진정한 뱃사람이 아니라고. 낸터컷 뱃사람들은 바다 위에서 자신이 이동하고 있다고 느끼지 않는다. 바다로 나가는 순간 마치 방 안에 들어앉은 것처럼 편안해지기 때문이다. 바다가 나인지 내가 바다인지 구별할 수도, 구별할 필요도 없는 이 놀라운 경지! 도시유목민에게 필요한 것도 바로 이런 감성과 스킬이다.

## 세상을 더듬는 눈

나는 여기서 살고 있다. 하지만 이곳은 더 이상 우거진 녹음도, 견고한 홈 파인 공간도 아니다. 정주민이 의지할 나무들이 다 베어졌고 우리는 허허벌판에 맨몸으로 서 있다. 이곳은 새로운 종류의 공간일까? 들뢰즈와 가타리는 무시무시한 새 매끈한 공간이 출현하고 있다고 경고한다. 모든 곳에(!) 무한히 홈을 파 버리면 오히려 공간이 매끈해진다는 것이다. 인터넷 뉴스나 SNS의 보편화가 과연 우리를 더

자유롭게 해줄 것인지는 생각해 봐야 할 문제다. 정보가 늘어나면 선택의 자유도 넓어질 것 같다. 그러나 실상은 거꾸로다. 우리는 오히려 관심 밖의 분야들과 접촉할 수 있는 기회를 차단당하고 있다. 최근, 내가 자주 가는 포털사이트의 뉴스 메인 화면이 바뀌었다. 그 전까지는 여러 신문사의 기사들이 구별 없이 함께 떴었다. 그런데 이제는 자기가 구독하고 싶은 뉴스를 선택해야만 기사가 보인다. '선택해야만' 하는 것이다. 여기에 함정이 있다. 우리는 습관적으로 익숙한 것을 선택하기 때문이다. 밀양에서 시위를 하다가 큰 사고가 났다고 해도, 우리는 원하기만 하면 그 뉴스를 듣지 않을 수 있다. 서울의 재개발지역이 폭력적으로 철거된다고 해도 그쪽으로 발걸음을 돌리지 않으면 그만이다.

이런 매끈한 공간은 전혀 건강하지 않다! 홈을 개의치 않고 가로지를 수 있는 능력과 수천 개의 홈에 갇혀서 홈 파인 공간을 아예 보지 못하는 무능력은 다르지 않은가. 『장자』에는 구만리 하늘을 날아갔다는 붕새의 이야기가 나온다. 그런데 이 붕새는 원래 구만리 깊은 해저에서 헤엄쳤던 물고기 곤이었다. 하늘을 날게 된 붕새는 알게 된다. 곤이었을 때는 하늘이 파랬는데, 붕이 되니 저 땅이 파랗다. 그렇다면 원래부터 파랗거나 파랗지 않은 것이 따로 있는가? 붕새의 거대한 시야에서는 홈 파인 공간이 아무 장애물도 되지 않는다. 어떤 홈으로도 그의 시야를 가둘 수 없기 때문이다. 우리에게 필요한 건 바로 이 새로운 시야다. 그 질감을 더듬을 수 있을 만큼 공간을 다르게 '보는' 촉각적인 시각이다. 이 촉각은 나의 닫힌 공간에서는 느낄 수 없었던 낯선 타자들의 웅성거림이다. 이 틈새 속에서만 우리는 홈 파인 공간에 갇히지 않는 생생함을 느낀다.

문제는 결국 내가 발 딛고 선 이 장소를 떠나지 않은 채 어떻게 생생한 선을 그을 것인가이다. 자본과 함께하는 스마트한 커뮤니케이션은 신체감각을 마비시켜 세상을 매끈하게 느끼도록 한다. 그러나 내 몸이 생생함을 느끼는 장소는, 자본 앞에서 모두가 무장해제되어버린 평등한 상태가 아니라, 모래알갱이의 낯선 소리를 더듬는 여정 위에서 나 스스로 한 스텝 한 스텝 다져나가는 그 끈질긴 공간이다. 각자가 각자의 사막을 만드는 데 착수해야 한다. 그렇지 않으면 매끈한 표면 아래에서 숨 막혀 죽을지 모른다. 괜찮은 척하거나 아무것도 하고 싶지 않다는 무기력한 몽중방황夢中彷徨의 상태는 이제 충분하다. 충분하지 않은 것은 다만 행동이다. 답답한 홈 파인 공간과 무서운 매끈한 공간에서 탈출하는 사유, 감각, 강렬함이다.

우리를 구원하기 위해서 하나의 매끈한 공간만으로도 충분하다고 절대로 믿지 말아라.「매끈한 것」, 953

# ✎나, 여기에 서다
## ─ 되기, 되기, 그리고…

### 어느 도시 아이의 회상

부모님이 회상하시길, 내가 점점 도시 아이의 전형으로 커가는 것을 보고 속상했단다. (도시에서 살면서 어떻게 도시 아이가 '되지 않을 수' 있는지는 모르겠지만!) 도시 아이의 전형이란 어떤 것일까? 한마디로 이기적이라는 소리다. 자기밖에 모르는 마인드, 주위에 대한 무관심, 사회의 부조리에 대한 불감증 등등. 이 진단에 동의하느냐 동의하지 않느냐는 별로 중요하지 않다. 이것들은 '도시 아이'라는 미스터리한 정체성을 이해하는 데 도움을 주는 실마리다.

　　세상에 관심이 없다는 것. 그런데 이 힐난(?)에는 이미 세상이란 '무엇'이라는 전제가 깔려 있다. 내가 보고 있는 세상의 모습에 상대방이 공감해 주지 않을 때, 그때 나는 상대가 '세상'에 관심이 없다고 느낀다. 하지만 생각해 보라. 살아가고 있는데 어떻게 내가 사는 환경에 관심이 없을 수 있겠는가. 심지어 세상에 최대한 무관심하려는 노력 또한 세상을 대하는 하나의 태도다. 우리는 각자의 세계 속에서 나름대로 뭔가에 관심을 가지고 살고 있다. '도시 아이'도 느끼고 있는 세계가 분명히 있다.

여기서 좀더 근본적인 질문이 생긴다. 느낀다는 것은 무엇일까? 타인에 좀더 민감해지라고 할 때, 그것은 단순히 상대방에 대해 일부러 호감을 가지거나 연민하라는 말일까? 느낀다는 건 이것보다 좀더 객관적인 차원이다. 클래식 음악이 흐르는 '자동차' 안에서 여인이 와인을 마시는 광고가 있다고 치자. 텔레비전의 광고는 기호들을 방출한다. 클래식, 여인, 와인······이라는 기호는 코드화된 감각을 유도하고, 이 장면을 본 사람은 유도된 감각대로 그 차가 '고급스럽다'고 느낀다. 우리가 느끼기 전에 '어떻게 느끼라'고 명령하는 집합적 배치가 먼저 있다. 사람마다 세상을 다르게 느끼는 것도 각각 다른 배치에 서 있기 때문이다.

그런데 이 차이가 고려되지 않을 때 진정한 무관심이 발생한다. 자기 전제로 타인을 재단한 후, 그 판단이 절대적으로 옳다고 생각해 결국 원래의 감각만 견고하게 만들기 때문이다. 흠 파인 감각! 전국의 대학에서 사학과가 폐지되고 있는 세태는 생각하지도 않고 젊은 이들의 역사의식 결여를 통탄하는 교수들은 자기 학생들에게 얼마나 무관심한가. 사건이 터질 때마다 무조건 진보/보수 편 가르기를 하는 사람들은 사건 자체에 대해서는 완전히 무관심한 것이다. 그렇다면 관심이 '있느냐/없느냐', '무엇'에 관심을 갖느냐는 문제가 아니다. 다양한 감각들을 하나의 기호체제로 흡수해 버리는 배치, 이것이 문제다.

아니다, 우리가 정말 세상을 똑같이 느끼는 것은 아니다. 기호가 모든 것을 포획하지는 못한다. 페이스북에 셀카와 함께 '외로운 오후, 다크초콜릿 먹으면서 힐링 중……'이라고 올릴 때, 나는 '초콜릿'이라는 상품과 '힐링'으로 기호화된다(초콜릿회사와 힐링 담론이 순식간에 이 기호를 낚아채 갈 것이다). 하지만 여기에 포획되지 않는 것도 분명 있다. 오후 3시, 방, 반쯤 들어온 햇빛, 습도, 초콜릿의 끈적거림, 사람과 사람 사이의 기묘한 공기, 선풍기 소리, 나도 알 수 없는 이상한 내 상태. 이 순간을 통과하고 있는 신체는 기호화되지 않는다.

도시 아이가 사회적 문제에 반응하지 않는다면 그건 무감각해서가 아니다. 피상적인 기호-이미지들에 둘러싸여, 아직은 그 틈새를 비집고 들어갈 기회를 발견하지 못했기 때문이다. 직접 공부하기 시작하면 그 문제들이 다르게 느껴지지 않을 리 없다.

## 어느 야초의 회상

'다른 감각'은 직접적으로 연관이 없는 지평에서 불현듯 덮친다. 예상한 지점에서 예상한 방식으로 가해지는 감각은 원래 있었던 감정 회로만 재가동시킬 뿐이다. 이제껏 경험해 보지 못한 '낯섦'과 마주칠 때에야, 감정이 회로를 이탈하고 기호-언어가 길을 아예 잃어버린다. 이 감각은 감정과 다르다. 감정이란 주체가 외부적 충격을 자아의 영역으로 재영토화하는 방식이다. 우리에게는 '기쁘다' '슬프다' '외롭다' 등등 몇 가지 익숙한 코드가 이미 깔려 있다. 반면, 낯섦은 나라는 인격 자체를 와해시켜 버린다. 기존의 이미지로는 이 순간의 충격을 붙들 수가 없다! 들뢰즈와 가타리는 이 힘을 "비인격적 변용"이라고 부른다.

이 강렬한 충격을 선사하는 존재들은 제도권 바깥에서 온다. 하지만 이 충격이 약자에 대한 연민인 것은 아니다. 이 바깥의 존재들이 사회적 약자라는 것도 정확한 표현이 아니다. 예부터 백성들을 보고 민초民草라고 했다. 그런데 여기에는 두 가지 의미가 담긴다. 짓밟힌다는 것, 하지만 그래도 계속 증식한다는 것. "들풀은 뿌리가 깊지 않고 꽃도 잎도 아름답지 않다. 그렇지만 이슬과 물, 오래된 주검의 피와 살을 빨아들여 제각기 자신의 삶을 쟁취한다. 살아 있는 동안에도 짓밟히고 베일 것이다. 죽어서 썩을 때까지." 루쉰, '제목에 붙여', 「들풀」, 『루쉰전집3』, 23쪽

풀의 힘은 어디서든, 어느 조건에서든 자랄 수 있다는 데에 있다. 이 힘은 대단한 것을 넘어서 무섭기까지 하다. 우리는 '생명력'을 여자와 남자, 암컷과 수컷, 암술과 수술이 결실을 맺는 조화로운 이미지로 상상한다. 그러나 풀의 생명력은 이 생식에 기인하지 않는다. 스스로를 전염시키듯, 이용할 수 있는 모든 틈새로 범람하는 것이 풀이 보여 주는 풀만의 생명력이다. 이 과정에서는 생식의 이원성(남-녀)을 뛰어넘어 수많은 것들이 공생하게 된다. 풀은 환경을 고르지 않는다. 오히려 살아갈 환경을 직접 생성한다. 풀이 지나간 장소

는 모두 풀의 무리가 된다. 풀이 방향을 바꾸면 전체 지형도 바뀐다. 심지어 풀 밑에서 썩어 가는 시체, 풀을 짓밟는 발까지도 풀밭인 것이다. 이 처절한 현장에 연민이 개입하는 것은 오히려 부자연스럽다. 물론, 이건 힘이 약한 생명체가 죽지 않기 위해 택한 전략이다. 하지만 영토에 안착해 살아가는 존재들에게는 없는 생성의 힘이다.

풀이 보여 주는 이 힘은 뭘까? 바로 다양체를 만들어 내는 역량이다. 한 다양체와 또 다른 다양체가 서로 매혹될 때, 그 사이에서 갑자기 새로운 개체군이 형성된다. 이것이 무리다. 무리는 특이한 조직형태다. 처음부터 조직관계를 상정하고 시작하는 게 아니라, 서로를 전염시키고 또 전염되면서 '전체'도 함께 증식하기 때문이다. 들뢰즈와 가타리가 제도권 바깥에서 찾으려는 것도 바로 이 변용능력이다. 제도권의 중심으로 들어가면 들어갈수록 이 힘은 약해진다. 지층에 포획되기 때문이다.

그렇다고 '무리'가 무조건 제도권 바깥에 있다고 생각해서는 안 된다. 무리는 미리 결속되어 있지 않다. 무리의 역량은 평소 잠재해 있다. 그러다가 특수한 도주선과 결연관계를 맺는 순간에 폭발적으로 터져 나온다. 앞서 '여러 가지 선들'에 대한 장에서 보았듯, 랑그독 지방의 몽타이유는 평범한 농촌마을이었다. 어느 날 이단 카타르파라는 도주선이 이 마을을 가로지르게 된다. 이단 카타르파에 '전염되고' 난 후, 몽타이유는 농민도 사제도 아닌 정체불명의 반항집단으로 변모해 버렸다. 지금까지 묻혀 있었던 수많은 욕망들이 견고한 분할선에 맞서 벌떼처럼 들고 일어난 것이다. "나는 한 고개에서 주교와 만날 약속을 하겠다. 우리는 목양 십일조 문제를 갖고 싸워야 한다. 나는 그 주교의 뚱뚱한 뱃속에 무엇이 들어 있는지 똑똑히 보고 싶다!" 라뒤리, 『몽타이유』, 444쪽

『몽타이유』에는 몽타이유라는 마을이 없다. 그 대신 '몽타이유'의 이름을 통과하면서 웅성거리는 말, 욕망, 몸짓이 있다. 몽타이유의 '풀', 아니 그 풀을 뜯고 방목하는 '양 무리들'이 있다. 『몽타이유』는 이 마을에서 이 발칙한 '무리'가 형성되는 순간을 생생하게 포착하고 있다.

무리 및 패거리들은 국가에 비하면 오합지졸처럼 보인다. 몽타이유와 카타르파의 연합체제는 왕권과 교권 앞에서 한순간에 무너졌다. 그러나 국가가 결과적으로 무리를 제압했다고 해서 무리보다 역량이 더 뛰어난 것은 아니다. 국가는 영토에 붙들려 있는 인간만을 대변한다. 그래서 '보편인간'의 권리는 보장해도 동물의 권리는 보장하지 못한다. 지구에 대해서도 말할 수 없다. '타인 일반'이 아니라 구체적인 타자성에 대해서는 이해하지 못한다. 국가의 휴머니즘은 사실 무감각과 무능력의 극치인 것이다! 송전탑 앞을 맨몸으로 가로막은 밀양의 할머니 할아버지의 호소는 왜 이렇게 강렬한가. 그 호소가 책임여부, 지대소유권, 이익과 불이익과 같은 모든 범주들을 넘어서기 때문이다. '내 편'과 '네 편'의 경계를 뛰어넘는 보편적 고통, 경계선을 범람하여 지구로 퍼지는 야초의 고통을 대변하고 있기 때문이다. 마음속에 국가를 세우고 사는 사람은 이런 생생한 움직임들을 느끼지 못할 것이다.

학창 시절, 사회적 소수자들에 대한 다큐멘터리를 볼 때마다 나는 그들의 고통에 별로 공감하지 못했다. 이게 늘 고민이었다. 머리로는 그들을 지지했지만 마음까지는 움직이지 않았던 것이다(마음만은 '차도녀'?!). 하지만 타자에게 공감할 수 없는 건 내가 그에게 관심이 '없어서'가 아니다. 그건 내가 '무리'를 이루는 데 실패했기 때문이다. 나도 드물게 소수자들과 무리를 이룰 때가 있었다. 책『몽타이유』도 그 중 하나다. 그런데 나는 몽타이유 사람들이 약자이기 때문에 관심을 가진 게 아니다. 이 사람들은 내가 이제껏 알지 못했던 새로운 파워를 보여 주었다. 딱히 지적이지 않아도, 일상의 힘만으로도 얼마든지 불온해질 수 있다는 것! 밀양 송전탑 사건도 마찬가지다. 맨 처음 나에게 이 사건은 '개인 vs 사회'의 대립의 구도로만 보였다. 하지만 밀양의 할머니는 그보다 더 먼 시선으로 지구와 생명까지 보고 있었다. 이 거대한 스케일에 나는 또 한 번 충격을 받았다.

서로를 낯선 무리 속으로 전염시키는 힘. 들뢰즈와 가타리는 이 힘을 '되기'라고 말한다. 지층 바깥엔 여러 경계와 문턱들이 있다. 이 문턱들마다 지층에 갇히지 않은 낯선 힘들이 흐른다. 몽타이유와 밀양이 내 마음을 끌어당긴 것은 그들만의 양-되기와 지구-되기였다.

그런데 우리는 어떻게 외부자에게 매혹될 수 있을까? 그건 우리 존재가 이미 다양체이기 때문이다. 스스로를 하나의 다양체로 열어두는 사람만이 낯선 힘에 전염된다. 외부와 접속하는 순간, 내 안에서는 "자아를 고무하고 동요시키는 무리의 역량"「되기」, 457이 일어난다. '다른 감각'은 밖에서 오면서 동시에 나에게서도 끌어올려지는 것이다. 내가 느끼고 있는 자아는 '내'가 아니다. 그것은 안쪽의 다양체와 바깥쪽의 다양체가 연결된 그 사이지대다. 우리는 빈 터를 가득 메운 '야초들'을 통과하고 있다!

무리에 대한, 다양체에 대한 매혹이 없다면 우리는 동물이 되지 못한다. 바깥의 매혹일까? 아니면 우리를 매혹시키는 다양체가 우리 안쪽에 머물고 있는 하나의 다양체와 이미 관련을 맺고 있는 것일까?「되기」455

## 어느 원소의 회상

들뢰즈와 가타리는 말한다. 존재는 Being이 아니라 Becoming이다. 즉, '되기'다. 그러나 되기란 무엇일까?

되기는 자기 나름의 고름을 갖고 있는 하나의 동사이다. 그것은 "……처럼 보이다", "……이다", "……와 마찬가지이다", "생산하다" 등으로 귀착되지 않으며 우리를 그리로 귀착시키지도 않는다.「되기」454

저자들은 '되기'를 있는 그대로 하나의 동사로 이해하라고 말한다. 하지만 쉽지 않다. 늑대-되기는 늑대'처럼' 구는 것인가? 늑대'와' 친해지는 것인가? 현실세계에서 인간이 진짜 늑대가 되는 건 마법이 아니고서는 불가능하다!

되기가 마법처럼 느껴진다면 그건 '되기'의 탓이 아니다. 우리가 처음부터 되기를 불가능하게 만드는 특수한 판 위에서 살기 때문이다. 이 판에는 몇 가지 법칙들이 미리 깔려 있다. 나와 너는 구분되어야 한다. 각자가 놓인 위치는 고정되어야 한다. 이야기는 차례차례 순서대로 전개되어야 한다. 이 법칙을 따르자면, 이곳에서 나는 오직 '나'가 되어야지 다른 것이 될 수는 없다. 그건 규칙 위반이다! 이 판은 명확한 테두리를 가진 '주체'만을 허락한다. 주체는 변치 않는 자신을 유지해야 한다. 그래서 주체에게 되기는 'Be동사' 이상이 될 수 없다. "I am ____."

그런데 들뢰즈와 가타리는 완전히 다른 개체화를 생각해 낸다. 분할선이 아니라 정도degree를 통해 개체화를 하는 것이다. 정도는 변한다. 물의 온도가 차가운 상태였다가 뜨거운 상태가 되고, 그 정도에 따라 얼음에서 수증기로 변화하는 것처럼. 또, 정도들은 서로 합성된다. 뜨거운 한낮에 연구실로 향하는 나. 이 순간 '나'라는 신체는 아스팔트에서 피어오르는 아지랑이와 하얗게 작렬하는 정오의 햇빛, 후덥지근하게 불어오는 바람과 분리될 수 없다. 내가 이 각각의 정도들로 합성되는 것이다. "어느 시각, 어느 계절, 어느 분위기, 어느 공기, 어느 삶과 분리되지 않는 배치물들 속에서 주체이기를 그치고 사건이 되는 것…."「되기」, 497 저자들은 이 낯선 개체화를 '이것임'이라고 명명한다. '이것임'에는 법칙이 없다. 이것은 오히려 사건이 솟아오르는 빈 공간과도 같다. 우리는 매 순간 다른 정도들이 마주치는 사건의 장인 것이다. 초월적인 판이 '주체'를 고정시킨다면 '이것임'은 고른판 위를 흘러 다니는 강도들이다. 되기가 있는 그대로 받아들여지는 쪽은 물론, 후자다.

'이것임'은 할 것이냐 말 것이냐 선택의 문제가 아니다. 우리 몸은 살아가기 위해서 반드시 합성되어야 한다. 그 대표적인 예시가 바로 먹는 것이다. 삼겹살을 보면 아무 생각 없이 군침부터 돌지만, 엄밀히 말하면 이것은 살아 있었던 돼지의 시체상태다. 하지만 삼겹살이 시체처럼 음산(?)하지 않은 이유는 내가 먹고 있기 때문이다. 내 생명이 돼지의 생명을 받아들이고 있는 것이다. 원시부족들이 사냥당한 동물에게 꼭 제사를 지내준 것도 바로 이 때문이었다. 생$^{生}$을 사$^{死}$로 사를 생으로 전환시키는 이 '먹기'의 위대함을 잊지 않기 위해서. 여기서 중요한 것은 돼지의 살이 내 살로 옮겨가는 물질적인 합체가 아니다. 삼겹살 앞에서 군침 흐르는 입과 입 안에서 분해되고 흩어지는 삼겹살, 이 사이에서 벌어지는 움직임들 자체가 내 신체가 된다. 그래서 들뢰즈와 가타리는 신체를 '속도'와 '변용태'로 이해한다.

속도와 변용태. 이것은 내 신체를 일종의 '복합신체'로 이해하는 개념이다. 신체는 다른 신체와 관계 맺을 때에만 속도와 변용이 일어나기 때문이다. 링기스도 『아무것도 공유하지 않은 공동체』에서 이와 비슷한 말을 한다. 그는 인간을 탈개인화된 원소들이 통합된 상태로 본다. 그런데 개인 스스로는 이 통합을 주도할 수 없다. 주체는 원소를 마음대로 소유할 수도 없고 조립할 수도 없다. 수많은 원소들이 통과해 가는 그 사이에 서 있을 뿐!

인간은 사물들의 한가운데서 자신을 확인하고 자신의 정체성을 유지한다. 회복될 수 있는 어떤 직립체로도 변하지 않는 객체들의 어떤 지평도 확대하지 않는 원소는 쉽게 독점되지 않는 것이다. 인간은 스스로를 분리된 어떤 것으로 만들지 못하고, 아무리 빛을 독점해도, 개인 재산을 조성하고 타자들로부터 공기를 박탈해도, 온기를 독점해도, 저마다 의지하는 땅 위에 분포된 사물들을 독점해도 스스로를 통합하지는 못한다. 링기스, 『아무것도 공유하지 않는 자들의 공동체』, 186쪽

되기는 마법의 개념이 아니다. 되기는 다른 개체들 사이에서 내 신체의 속도와 변용태를 조성하는 일이고, 그렇게 공생하는 일이다. 이게 참 재미있다. 우리는 모두 '이것임'이다. 그래서 일상에서는 항상 신체적인 사건이 끊이질 않는다. 어떤 사람과는 아무리 오래 같이 있어도 그 속도가 거의 생기지 않는데, 어떤 사람은 짧은 순간에도 아주 빠른 속도로 나를 휘몰아친다. (따라서 인간관계가 다이내믹한 건 필연이다!) 이 강렬함은 상대가 내게 의도적으로 발산하는 감정이 아니다. 상대의 (그 자신도 모르고 있을) 속도 속으로 내 속도가 휘감겨 들어가고 있다는 신호다. 되기는 상대방을 모방하는 것이 아니다. 상대가 나에게서 '체험되는' 일이다. 연극하는 배우들을 보라. 그들은 정말 온몸으로 그 배역이 되려고 노력한다. 늑대를 연기하려면 늑대를 모방해서는 안 된다. 늑대가 발산하는 감응을 붙잡아야 하고, 몸이 그 속도와 합성해서 정말 변용될 때까지 연습해야 한다.

나도 글쓰기를 할 때 이와 비슷한 체험을 했다. 풀에 대해서 글을 써야 한다고 치자. 그런데 풀에 대한 정보를 기술하거나, 혹은 풀에게 사적으로 느꼈던 감상만 풀어놓아서는 좋은 글이 나오지 않는다. 글에는 풀에 대한 피상적인 이미지만 난무하게 된다. 글쓰기는 나와 상대의 '관계'를 보여 줘야 한다. 더 정확히 말하면, 배치를 재구성해야 한다. 배치는 되기가 벌어지는 객관적인 조건인 것이다.

나는 인간이다. 여성이고, 딸이고, 백수다. 나를 규정할 수 있는 무수한 주체화의 점이 있다. 이 점은 힘겹게 다른 점으로 건너가지만, 쉽지 않다. 인간-동물이나 남성-여성처럼 거대한 이분법 속에서는 이동조차 금지당한다. 그런데 나는 그것과 다른 판에서도 살아간다. 내가 '무엇'이라고 규정당하는 것과 실제 일상을 지속적으로 살아가는 것은 별개다. 일상의 고른판 위에서 우리는 계속 서로에게 침투한다. 서로를 수많은 정도들로 합성시키면서, 또 스스로 새롭게 합성되면서. "하나의 신체는 신체들의 통일체다. …… 신체는 자신의 본성을 보존하면서도 수많은 방식으로 변용될 수 있다." 수아미, 『스피노자의 동물우화』, 62쪽

## 어느 손녀의 회상

나는 어렸을 때부터 양가 할머니들 손에서 자랐다. 원래 노인과 아이는 신체적으로 궁합이 잘 맞는다고 한다. 내가 그 덕을 많이 보았다. 부모님의 잔소리는 없는 대신 할머니들의 사랑은 넘쳤으니! 그러나

할머니들이 내게 주신 것은 보살핌만이 아니었다. 할머니들은 어디서도 경험하기 힘든 것을 느끼게 해주었다. 바로 늙음이라는 시간이었다.

늙어간다는 것은 무엇일까? 할머니와 함께 있으면 시간이 경화硬化되었다는 게 느껴진다. 앞으로 남은 기회는 점점 없어지는데 지금까지 반복된 습관은 더욱 굳어지는 것이다. 할머니의 삶에는 구시대적인 가치관이 단단히 뿌리내리고 있다. 하지만 할머니의 시간에서는 이 가치관이 여전히 현실적으로 느껴질 것이다. 어쨌든 대학은 좋은 데를 나와야 하고 여자라면 사회에서 제구실하는 남자와 결혼해야 한다……. (써놓고 보니 구세대적 가치도 아닌 것 같지만!) 이 경화된 시간은 할머니의 존재 자체. 나는 돈이 전부가 아니라고 믿는다. 그러나 할머니는 그렇다고 믿고 수십 년을 살았다. 이 차이는 존재론적인(!) 것이다. 할머니가 그 긴 시간 동안 이 믿음을 똑같이 반복해왔다고 생각하니, 조금 아찔하다! 하지만 나라고 다르겠는가. 나역시 늙을 것이다. 그리고 내 시간도 하나의 고정관념 속에 묶일 것이다.

그러나 할머니에게 그것과 '다른' 시간이 가능했을까? 이미 지나온 시간을 돌아보며 왜 인생을 더 유연하게 즐기지 못했느냐고 묻는건 이상하지 않은가? 이렇게 해서는 늙음을 부정적으로만 이해하게된다. 중요한 것은 늙음의 시간과 젊음의 시간을 구분하는 게 아니다. 노인을 정말로 '늙게' 만드는 그 원리를 발견해야 한다. 사실 우리도매 순간 늙고 경화되고 있다. 세상을 받아들이는 방식이 패턴화될수록 삶에도 생동감이 사라진다. 삶에서 변화할 여지들이 점점 없어지기 때문이다. 이 '노화'는 신체 나이와 상관없다. 모두에게 해당된다.

들뢰즈와 가타리는 두 가지 시간을 이야기한다. 하나는 크로노스의 시간이고, 또 하나는 아이온의 시간이다. 크로노스는 축적되고 쌓이는 시간이다. 햇수, 날짜, 나이를 세고 있다면 이 크로노스의 시간을 쫓는 것이다. 이 시간은 초월적인 판에 속해 있다. 주체는 크로노스를 따라 차례차례 삶을 전개해 나간다. 여기서 우리는 시간의 주인이면서 동시에 노예가 된다. 지나가 버린 시간은 돌아오지 않기 때문이다. 우리는 과거를 기억으로 간직하지만 결과적으로 그 기억에 매이게 되고, 항상 새로운 아침을 맞이하지만 그럴수록 죽음과 가까워진다. 크로노스는 이미 결정되어 있는 박자와 같다. 우리보다 초월적인 힘으로 우리의 삶을 이끌어 간다.

하지만 또 다른 시간이 있다. 아이온의 시간이다. 이것은 크로노스에 균열을 내면서 갑자기 솟아오르는 시간이다. 이때 우리는 '되기'를 경험한다. 과거-현재-미래가 구축해 놓은 '나'라는 이미지가 깨지고, 그 대신 지금-여기에서 내 신체를 육박해 오는 속도와 변용태를 느끼게 된다. 우리는 이 순간을 사건이라고 부른다.

이 두 가지 시간은 내 안에서 공존한다. 나이를 먹고 육체가 낡아가는 것, 학교-직장-노후로 점점이 이어지는 시간은 크로노스의 시간이다. 하지만 나에게 이런 시간만 있는 건 아니다. 삶에는 잊을 수 없는 강렬한 순간들이 있다. 내가 변했던 순간들이다. 그때, 나는 내가 알고 있던 '나'가 사라지는 것을 느낀다. 그리고 알게 된다. 나는 과거-현재-미래로 결정되어 있는 경화된 시간을 살아온 게 아니었다. 그건 '삶'이 아니라 시간의 관념일 뿐이다. 실제 일상에서 나는 항상 여러 힘들이 좌충우돌하면서 부딪히는 '이것임' 속에 머물러 왔다. 나는 혼자 사는 것도 아니었다. 바깥의 힘들은 내가 모르고 있을 때조차 나라는 다양체를 구성하고 있었다. 이 강렬함은 과거에 묶여 있는 내 기억마저도 변화시킨다. 기억은 항상 인과관계가 고정된 서사를 짠다. '누가' '무엇을' '했다'고……. 하지만 도대체 누가 이런 상황을 연출했단 말인가? 왜 그때 나는 하필이면 그렇게 행동했던 걸까? 원인은 없다. 그 당시 나는 여러 속도들과 합성되면서, 다른 '이것임'으로 이동했다. 내가 기억하고 있는 과거는 단지 그때 내 신체를 가로질렀던 속도다. 이 차이가 나를 시간 속에서 살아 있게 한다. 나는 시간을 견뎌야 할 필요가 없다. 사람들은 서로를 변화시키면서 서로의 시간을 흐르게 한다. 변하는 게 시간이고, 이 시간이 바로 나다.

> 시간이 추상적으로 균등하다고 해도, 하나의 생의 개체화는 이러한 생을 살아가거나 견뎌 나가는 주체의 개체화와 동일한 것이 아니다. …… 단순한 타협은 피해야 할 것이다. 왜냐하면 당신이 '이것임'의 존재를 인정하게 되면, 당신은 자신이 '이것임'이고 그 이외의 어떤 것도 아니라는 것을 알아채게 될 것이기 때문이다.「되기」, 496~497

할머니의 늙음과 나의 젊음은 반대가 아니다. 반대되는 것은 크로노스의 시간과 아이온의 시간이다. 우리는 결국 어떻게 크로노스의 시간을 해방시킬 것인가라는 문제로 되돌아오게 된다. 해방의 순간은 되기의 순간이다. 되기의 힘은 나를 영토에서 멀리 끌어내 무리 속에서 증식시킨다. 증식하기 때문에 삶은 생생해진다. 이 생생함은 신체 나이가 무조건 젊다고 해서 만들어지는 게 아니다. 늙고 약한 몸이더라도 자기를 통과해 가는 속도는 충분히 느낄 수 있기 때문이다. 『잃어버린 시간을 찾아서』의 저자 프루스트는 심한 천식 때문에 평생 침대 바깥을 나서지 못했다. 그러나 그렇다고 그의 삶이 병들지는 않았다. (시간이 병들었다면 그런 대작을 쓸 수도 없었을 것이다.) "그는 계획은 시간을 되찾는 것도, 기억을 지배하는 것도 아니고, 단지 자신의 천식의 리듬에 맞춰 속도의 지배자가 되는 것이었다. 그것은 소멸에 맞서는 것이었다." 『되기』, 516

　때때로 나는 젊음이라는 감각을 강요받고 있다는 느낌을 받는다. 이미 그 자체로 젊은 상태인데 또 다시 '젊음'이라는 코드에 갇혀야 한다는 건 정말 이상하지 않은가? 나는 내가 아니다. 나는 항상 어느 순간의 '이것임'이다. 그렇다면, 지금 이 순간에 집중하는 것으로 충분하다. 과거의 패턴이나 미래의 계획에 기대지 않고서 삶과 만나기! 크로노스의 시간이 깨지고 아이온이 솟아오를 때, 우리는 짧은 시간에 모든 것을 얻으려는 조급함과 과거에 뿌리박혀 있는 권태로움에서 동시에 벗어난다. 이 시간 안에서 나와 할머니는 같은 순간에 있다.

## 살아감이라는 간주곡

기호와 표상에 매이지 말고, 되기를 하라. 표상이란 굳어 버린 기억일 뿐이며, 그 기억이 삶을 박자에 묶어 놓는다. 가만 보면『천 개의 고원』은 단순한 이야기를 하고 있다. 공생하라는 것이다. 공생은 너라는 개체와 나라는 개체가 동거하는 문제가 아니다. 공생이란 평형상태가 아니라, 내가 너에게로 가고 네가 나에게로 오는 이 각각의 속도속에서 벌어지는 사건이다. 시간은 이 가운데에서 리듬을 탄다. 그리고 우리의 일상에는 이 '사이'의 공생지대가 드넓게 펼쳐져 있다.

> 이원론을 빠져나가는 유일한 방법은 사이에-존재하기etere-entre, 사이를 지나가기, 간주곡이기이다.「되기」, 525

살아감이라는 간주곡, 바로 이 이야기를 하고 싶었다. 어휘가 모자라서 '일상'이나 '삶'이라는 단어로밖에는 표현할 수가 없었다. 수많은 곳에서 사용되면서 이미 진부해져 버린 언어-기호들이다. (누구든 'ㅅㅏㄹㅁ'이라는 자판을 조합할 수는 있다!) 그러나 삶에는 미리 정해진 실체가 없다. 표상도 이미지도 없다. 실체 없음, 들뢰즈와 가타리는 단지 말을 하기 위해『천 개의 고원』이라는 책을 써야 했는지 모른다. 리듬을 타고 속도를 통과하는 시간이 있거나 혹은 지층에 붙들려 박자에 맞춰 나아가는 시간이 있을 뿐이다. 우리는 이 사이를 왔다갔다 하면서 진동한다. 음파처럼. 지층은 몇 개의 말뚝을 박고 이 사이에서 왕복운동을 만든다. 이 홈 파인 공간 끝자락에는 먹고, 늙고, 섹스하고, 부대끼는 중심 없는 지대가 있다. 그리고 이 한복판에서 아이-되기, 동물-되기, 지구-되기의 생성하는 힘들이 가로지르고 있다. 살아감은 이 모든 것이다. 생$^生$보다 중요한 게 있다고 떠드는 말들은 모두 고약한 거짓말이다. 모든 생명은 애쓰지 않아도 '살아진다.' 그러니 이 한몸 살아남기 위해 애쓰기보다는 내 시간을 풍요롭게 하는 수많은 몸들 사이에 서는 것이 좋다. 훨씬 좋다. 이렇게 힘껏 살아 있으라고 말하는 책도 드물 것이다.

되기. 이것은 주체의 해체가 결코 무$^無$와 미분화상태로 퇴행하는 것이 아니라는 선언이다. 내가 나라는 특권을 버릴 때, 나는 비로소 이질적인 공생이라는 신천지와 만난다. 내가 나를 고집할 때 얻을 수 있는 건 '나'라는 표상뿐이다. 그런데 이 '나'의 가장자리로 나가 보면 거기에는 타자의 표상이 없다. 대신 나를 다른 신체로 변용시킬 무수한 힘들이 꿈틀거리고 있다. 얼마나 많은 힘들 한가운데에 있는지, 지금 서 있는 그 자리에서 감각해 보라. 가슴이 뻐근해질 때까지 세계가 발바닥에서부터 차오르는 느낌. 되기.

# ✐ℰ '살아감'이라는 간주곡
## — 리토르넬로

### 휴전

자신이 자유롭다는 느낌, 인간들 속에 인간으로 있는 느낌, 살아 있다는 느낌, 이런 느낌들의 따뜻한 파도가 나에게서 멀어져 가는 것을 느꼈다. 갑자기 나 자신이 늙어 버리고, 창백해지고, 인간의 척도로는 가늠할 수 없을 만큼 피로해지는 것을 느꼈다. 전쟁은 끝나지 않은 것이다. 전쟁은 늘 있는 것이다. 내 청중들은 하나둘 가버렸다. 그들도 그 사실을 이해했음에 틀림없었다. 나는 이와 비슷한 무언가에 대한 꿈을 꾼 적이 있었다. 아우슈비츠에서 보는 밤들 동안, 우리 모두가 꾸었다. 말을 하지만 들어주지 않는, 자유를 되찾았지만 외톨이로 남는 꿈들을. 프리모 레비, 『휴전』, 이소영 옮김, 돌베개, 2010, 83쪽

세계이차대전이 끝났다. 러시아군은 아우슈비츠를 해방시켰고,

그곳에 수감되어 있었던 프리모 레비는 갑자기 자유의 몸이 된다. 자기 자신도 예상치 못했던 생존자가 된 것이다. 그는 엉겁결에 러시아로 가는 수송열차에 몸을 싣는다.

그런데 한 기차역에서 레비는 충격적인 사실을 알게 된다. 바깥 사람들은 아우슈비츠라는 존재를 알지도, 이해하지도 못했다. 사람들은 단지 전쟁이 또 일어나지 않기만 바라며 노심초사하고 있을 뿐이다. 하지만 전쟁은 정말 끝난 걸까? 레비는 '스위트홈'에도 파시즘의 그림자가 도사리고 있다는 사실을 불길하게 예감한다. 아우슈비츠가 끔찍했던 건 그곳의 배치 때문이었다. 이 배치는 수용소라는 공간을 떠나서도 얼마든지 재출현할 수 있다. 사람들이 아우슈비츠를 정확하게 알지 못한다면 이 참사는 반복될 것이다. 기차는 레비를 싣고 그의 고향으로, 또 다른 전쟁터로 달려간다. 『휴전』이라는 이 책의 의미는 바로 이것이다. 전쟁과 전쟁 사이. 하나의 전쟁이 끝난 후 또 다른 전쟁을 준비하는 시간.

이 책을 처음 읽었을 때, 나는 레비의 이 말을 어떻게 받아들여야 할지 알 수가 없었다. 내가 감당하기에는 그의 고백이 너무 '셌다.' 아우슈비츠가 인류 역사가 저지른 한순간의 실수였다면 아무것도 문제될 것이 없다. 레비는 재수없게 똥을 밟았지만 무사히 발 닦은 셈이 된다. 하지만 아우슈비츠 바깥에서 레비가 본 것은 해방구가 아니라 '반복'이었다. 아우슈비츠는 반복될 것이다. 전쟁도 반복될 것이다. 게다가 이 '수용소-전쟁'은 보이지 않는 일상에서 전방위적으로 벌어질 것이다. 레비가 받았을 충격은 쉽게 추측해 볼 수 있다. 방금

막 제대한 남자에게 넌 다시 군대로 돌아가야 한다고 말하면 어떤 기분이겠는가. 지금이 단지 며칠의 휴가일 뿐이라고 덧붙인다면 말이다. 누구에게나 다시는 돌아가고 싶지 않은 시절이 있다. 만약 이 '흑역사'가 아직 끝난 게 아니고 영원히 반복된다고 한다면, 우리는 앞으로 살아갈 의욕마저 꺾여 버릴 것이다. 심지어 레비의 악몽은 개인적인 것도 아니다. 전 인류적 차원에서 반복되는 거대참사의 레퍼토리다.

그런데 놀랍게도 레비는 절망하지 않는다. 그는 정말로 기쁘게 이 잠깐의 '휴전'을 받아들인다. 『휴전』에는 전쟁이 끝난 후에도 여전히 일상을 살아 보려는 사람들이 생생한 필치로 그려진다. 레비는 저 받아들이기 힘든 진실을 어떻게 소화한 걸까? 레비가 보여 주는 이 불가사의한 생生의 힘은 도대체 무엇일까?

## 무감각한 시간

이 책을 쓰면서 나는 '살아 있음'이라는 순간에 대해 생각해 보려고 했다. 표상이나 이미지에 갇히지 않을 때 삶이 얼마나 생생해질 수 있는지. 시시하다고 치부해 버리는 일상이 실제로는 얼마나 강렬한 욕망들로 채워져 있는지. 그러나 마지막 장에서는 조금 차분해지려고 한다. '살아 있음'의 순간에 대해 거의 생각하지 않고 대충대충(?) 사는 겉보기의 일상으로 돌아가려는 것이다.

『휴전』을 읽으면서 저런 질문을 갖게 된 것은 내 개인적인 상황과 무관하지 않다. 십대 후반에 학교를 자퇴한 후로, 나는 5년째 연구실에서 생활하고 있다. 일과는 단순하다. 연구실에서 밥 먹고, 세미나 하고, 산책 가고, 밥 하고, 청소하고, 공부하고…… 친구들은 이런 내 생활에 대해 '연구실 냄새(?!) 난다' '출가했냐' 등등 다양한 반응을 보였다. 글쎄, 지난 5년이 결코 지루하지는 않았다. 인간관계는 좁은데 사건은 수두룩 터지니, 하루도 바람 잘 날이 없었다. 그러나 공동체는 특성상 관계 맺는 범위는 제한되지만 공간은 항상 지켜야 한다. 이 속에서 나는 바깥과의 소통구가 점점 차단되고 있다고 느꼈다. 일상이 좁아지면서 짐처럼 느껴졌던 것이다. 하지만 이것은 단순히 외부활동을 하지 못하는 문제는 아니었다. 평범한 대학생들처럼 소개팅도 하고 클럽도 다니면 일상이 다시 '넓어'질까? 맨 처음 연구실에 왔을 때는 오히려 이런 코스를 전전하지 않아도 된다는 사실에 더 해방감을 느끼지 않았나? 문제는 나에게 있었다. 무슨 일을 하든 반복으로만 다가왔다. 책을 읽는 것도 일상을 챙기는 것도 반복의 연속이었다. 심지어는 사람들이 싸우고 갈라지는 레퍼토리까지도 반복되었다!

어느 물리학자는 시간에 대해 이렇게 말했다. "모든 만물들은 싫어도 시간을 따라 가차 없이 '이동당하고' 있다" 브라이언 그린, 『우주의 구조』, 박병철 옮김, 승산, 2011, 90쪽고. 정말 맞는 말이다. 십대 때는 시간이 흐른다는 사실이 무서웠다. 어른이 되어야 하고 삶을 책임져야 한다는 것, 앞으로 나에게 무슨 일이 닥칠지 예측할 수 없다는 것을 생각하면 괜히 마음만 조급해졌다. 하지만 실제 삶에서 나를 정말 힘들게 하는 건 시간의 '변화'가 아니다. 오히려 그 반대다. 변화 없는 생활이 똑같이 반복될 때, 나는 시간이 흐르지 않는 것처럼 느끼게 된다. 이렇게 시간이 패턴화되는 순간, 존재 전체는 폐쇄회로 속으로 끌려 들어간다. 내가 지금 어디서 뭘 하고 있는지 잊어버린 채 기능적으로 읽고, 쓰고, 먹고, 잔다. 한마디로 총체적인 '무감각 상태'에 빠지는 것이다. 이 무감각은 오랫동안 내 화두가 되었다. 연구실에서의 일상이 무거운 짐짝처럼 느껴질 때도 책이 있어서 버틸 수는 있었다. (다행히 읽어야 할 책은 매번 달랐다!) 하지만 책에서 아무리 감명을 받아도, 다시 책장을 덮고 나면 똑같은 일상이 펼쳐져 있다. 상황이 이러한데 어떻게 앎과 삶의 일치를 말할 수 있겠는가. 게다가 내게는 이 무관심이 단지 일상생활에만 국한되는 것처럼 보이지 않았다. 일상이 단조로워질수록 바깥 세상에 대한 관심도 줄어든다. 사회적인 사건과 내 일상 사이의 연결고리를 느낄 수 없기 때문이다.

레비가 아우슈비츠에서 발견한 것도 이 지독한 무감각이었다. 아우슈비츠는 애초에 포로들이 생활하기 위한 목적으로 지어진 공간이 아니었다. 그래서 이곳에서는 공간규칙을 열심히 지킬수록 오히려 더 빨리 죽는 역설에 처한다. 죽음의 징후는 동일성이다. 포로들은 외모와 표정, 악몽의 내용까지 비슷비슷해진다. 이 상태가 끝까지 진행되면 결국 아무것도 느끼지 못하는 텅 빈 신체가 되는데, 수용소 안에서는 이들을 '무젤만'이라고 불렀다. 살아 있는 채로 죽어버린 신체. 오늘 하루와 내일 하루의 경계선을 잊어버린 좀비. 이들은 수용소의 90퍼센트를 차지했다.

끊임없이 교체되면서도 늘 똑같은, 침묵 속에 행진하고 힘들게 노동하는 익명의 군중·비인간들이. …… 그들을 살아 있다고 부르기가 망설여진다. 죽음을 이해하기에는 너무 지쳐 있기 때문에 죽음을 두려워하지 않는 그들 앞에서, 그들의 죽음을 죽음이라고 부르기조차 망설여진다. 레비, 『이것이 인간인가』, 136쪽

권태로움을 느꼈다고 해서 나를 그들에 비유하려는 건 아니다. 그건 좀 심하다. 연구실이 아우슈비츠인 것도 아니다!(아감벤의 '호모 사케르' 개념에는 동감하지 않는다!) 하지만 레비가 보여 준 통찰력은 내게 충분히 의의가 있다. 삶의 상태와 죽음의 상태가 따로 나뉘는 게 아니라는 것. 어디서 무엇을 하게 되든 간에, 나는 내가 그 순간에 '살아 있음'을 느끼고 있는지, 그리고 이것을 느끼기 위해 무엇을 하고 있는지를 계속 물어야 한다.

## 카오스 : 우주적 시간

열한번째 장 「1837년 ― 리토르넬로에 대해」는 시간에 대한 이야기다. 여기서 들뢰즈와 가타리는 시간을 곧 '반복'으로 이해한다. 그러나 시간에는 두 가지 반복이 있다. 차이를 만들어 내는 반복과 동일성을 만들어 내는 반복. 리드미컬하게 걸어가는 아이의 반복과, 미리 재단되어 있는 차이를 왕복운동 하는 시계바늘의 반복.

이 장은 컴컴한 어둠속에서 두려움을 이기기 위해 노래 부르는

아이의 모습으로 시작된다. 왜 아이는 두려움을 느끼지 않게 되었을까? 노래를 부르고 있기 때문이다. 다시 말하면, 스스로 리듬을 만들어 내고 있기 때문이다.

여기서의 어둠은 카오스다. 카오스는 방향을 잃어버린 상태가 아니다. 오히려 아무것도 결정되지 않았기 때문에 모든 방향으로 움직일 수 있는 "모든 환경 중의 환경"「리토르넬로」, 594이다. 이 카오스 속에서 처음부터 환경이 주어지지는 않는다. 특수한 시공간-블록이 형성되기 위해서는 주기적인 반복이 필요하다. 이 반복이 바로 코드화다. 코드를 통해서 새로운 환경이 형성되기도 하고, 여러 환경들이 서로 상호소통하면서 이동하기도 한다. (생물체만 한 환경에서 다음 환경으로 건너가는 것이 아니다!) 그런데 이 과정에서 환경을 해체하려는 카오스의 운동과 동일한 상태를 유지하려는 환경의 운동이 서로 교차하게 된다. 여기서 리듬이 발생한다. 리듬은 한 환경이 이전의 방향에서 새로운 방향으로 전환하기를 반복할 때 만들어진다. 카오스 속에서 한 번의 죽음과 한 번의 탄생이 반복되면 환경은 달라진다. 차이가 생성된 것이다. 환경과 환경 사이, 카오스가 리듬으로 바뀌는 이 카오스-리듬은 '차이 나는 반복'이다.

차이 나는 반복, 이것이 리토르넬로다. 리토르넬로는 원래 17~18세기에 교향곡에서 사용된 음악형식으로, 독주 사이 사이에 반복해서 등장하는 후렴구를 지칭했다. 이 후렴구는 등장할 때마다 약간씩 차이를 줬다고 한다(A—B—A′—C—A″).

리듬은 박자와 다르다. 박자는 척도에 맞춰 딱딱 재단되는 간격이다. 이 차이 없는 반복은 전혀 리드미컬하지 않다. (리듬은 일단 다른 사람들도 함께 춤을 추고 싶게 만드는 환경이어야 한다.) 그런데 자연의 시간은 기본적으로 리듬을 탄다. 자연에서는 낯선 것과 익숙한 것이 계속 교차한다. 왜 낮과 밤은 아무리 반복되어도 질리지 않을까? 낮과 밤 사이에는 '낮'과 '밤'이라는 고정상태로 설명될 수 없는 무수한 환경들이 가로지르고 있기 때문이다. 일일의 리듬이 계절의 리듬과 교차하기 때문에 겨울의 밤과 여름의 밤은 똑같지 않다. 이 계절의 리듬 역시 해◆와 해 사이의 리듬과 만난다. 그렇게 작년의 여름과 올해의 여름에 차이가 생긴다. 사주팔자는 육십 년마다 계속 되돌아오지만, 우리는 똑같은 사주를 가졌어도 똑같은 인생을 살지는 않는다. 각각이 처해 있는 환경 조건이 다 다르기 때문이다.

이 차이 나는 반복이 우리를 살게 한다. 일상이 리듬이 아닌 박자로만 이루어졌다면 얼마나 지겹겠는가. 하지만 다행히 우리는 지난 끼니에 먹었던 밥맛을 잊어버린다. 그리고 다음번 식사 때는 다른 사람들, 다른 반찬과 함께 새로운 리듬을 탄다. 늙는다는 것은 신체가 점점 더 많은 리듬을 체험해 볼 기회가 주어진다는 것이다. 인간 또한 '박테리아'와 앞으로 '도래할 무엇' 사이에 낀 하나의 리듬이 아닐까? 인류가 멸망하더라도 이 우주적 리듬은 계속된다!


아이는 노래를 부르는 동시에 어딘가로 도약하거나 걸음걸이를 잰 걸음으로 했다가 느린 걸음으로 바꾸거나 할지도 모른다. 하지만 다름 아니라 이 노래 자체가 하나의 도약이다.「리토르넬로」, 589

개체가 만들어 내는 리듬은 다시 자연의 리듬으로 순환한다. 개체가 환경을 선택하는 것도 아니고, 환경이 개체를 배제하는 것도 아니다. 나는 몸 안의 사이-환경과 몸 밖의 사이-환경에서 동시에 진동한다. 이 개체들의 진동이 없다면 시공간은 죽어 버릴 것이다. 어둠속에는 길이 없다. 하지만 내가 발을 떼서 리듬을 만들기 시작하는 순간 그 발자국이 길이 된다. 우주는 스스로 변하면서 스스로를 형성하는 카오스-리듬인 것이다.

## 영토 : 여백의 자유

코드를 독해할 수 있는 자. 그리고 그 사이에서 건강한 리듬을 만들 줄 아는 자. 이런 사람은 삶에 지혜로워진다. 시간의 성질을 이해하기 때문이다. 이듬해 봄이 온다는 사실을 모른다면 겨울을 맞닥뜨렸을 때 얼마나 두렵겠는가. 하지만 지금이 겨울과 봄 '사이'라는 것을 안다면 묵묵히 이듬해 봄을 기다릴 수 있다. 일상도 마찬가지다. 컨디션이 갑자기 꺾이더라도 지금 내가 어떤 리듬을 타고 있는지 객관적으로 파악할 수만 있다면 크게 문제되지 않는다. 또, 지혜로운 자는 차서次序를 안다. 그래서 사람들의 마음을 불편하게 하지 않고 리듬을 잘 탄다. 반면 사람간의 감정코드를 잘 읽지 못하는 사람은 동료의 마음을 상하게 만든다.

그런데 사회에는 코드를 이행하는 리듬만이 아니라 영토를 형성하는 운동도 있다. 이때 영토는 고정된 토지를 뜻하지 않는다. 동물이 차지하고 있는 구역, 일명 '나와바리'라는 의미에 더 가깝다. 개체가 자연의 리듬을 따라가기를 멈추고 스스로를 표현하기 시작할 때 영토가 만들어진다. 개는 전봇대에 오줌을 싸서 자기 구역을 표시하고, 야생늑대는 자신의 똥을 묻혀 영역 표시를 한다. 『천 개의 고원』에는 스케노포이에테스 덴티로스트리스Scenopoietes dentirostris라는 피리새가 나오는데, 이 새는 아침만 되면 나뭇잎을 땅으로 떨어뜨려서 나뭇잎의 뒷면이 땅 위로 보이게끔 뒤집는다. 자신이 노래할 무대를 마련하기 위해서다. 영토를 만들기 위해서는 일단 자연에서 색, 냄새, 소리, 실루엣 등등 구체적인 질료를 획득해야 한다. 그리고 '여기는 내 영토다'라고 선언하기 위해서 이 요소들을 반복적으로 표시해야 한다. 반복! 그렇다면 이 운동 또한 리토르넬로다. 동물들은 각자가 만나고 있는 세계를 영토의 내부적 리토르넬로로 표현하고 있다.

표현한다는 것은 무엇일까? 들뢰즈와 가타리는 이 행위를 재미있게 정의한다. 그것은 일차적으로 자기 구역에 '깃발을 꽂는 것'이다. 예술가가 작품을 만든 후 사인하는 것은 동물들이 영역 표시하는 것과 똑같다는 것이다. "예술가는 경계표를 세우거나 지표를 만드는 최초의 인간"「리토르넬로」, 600이다. 동물들은 자연환경에서 표현의 질료를 얻는다. 인간 또한 마찬가지다. 예술가는 물감, 붓, 악기, 컴퓨터라는 기성품ready-made을 지표로 삼는다. 재료라면 지구에 이미 다 준비되어 있다! 예술가의 임무는 무에서 유를 창조하는 게 아니다. 기존 환경에서 어떤 것이든 절단·채취해서 표현적 질을 부여하는 게 그들의 일이다. 화가나 작가는 붓과 문자를 '소유한' 사람들이 아니다. 그들은 기존의 코드를 탈출해서 스스로 표현의 질을 획득할 때만 예술가가 될 수 있다. 화가는 화학용품을 가지고 자기만의 '빨간색'이라는 영토를 만들어야 하고, 작가는 0과 1밖에는 없는 디지털세계에 '무의식'의 경계를 입력해야 한다. 그때 빨간 색소 물감은 강렬하게 꿈틀대는 핏빛이 되고 인쇄용지는 가슴을 후려치는 문장이 된다. 이처럼, 표현은 작가의 주관적인 감정을 배설하는 작업이 아니다. 표현의 지표가 "자기-운동을 일으키"는 "객체적 운동"에 돌입할 때, 그 속에서 끄집어지는 하나의 영토다. 내부 환경에서는 충동을 끌어오고 외부 환경에서는 상황을 끌어온다. 그리고 이 요소들을 원래의 환경에서 탈각시킨 후에 독립적인 관계로 이끌어 낸다. 이 표현활동에서 '모티프'와 '대위법'을 능숙하게 다룰 정도가 되면 이 반복 작업은 하나의 스타일을 갖게 된다.

개는 전봇대마다 오줌을 싸고, 새는 아침마다 나뭇잎을 뒤집고, 인간은 노트북 앞 글자에 매달려서 끙끙댄다. 그것도 늘 반복해서 하고 있다. 도대체 왜 이런 짓을 하는 걸까? 자연의 코드는 이런 반복을 명령한 적이 없다. 하지만 여기에도 이유가 있다. 우리가 코드뿐만 아니라 코드의 여백에서도 살기 때문이다. 기본적으로 자연의 리듬을 따라가지만, 존재의 모든 부분에서 그렇게 하지는 않기 때문이다. 환경 속에서 우리는 바람, 소리, 욕망, 밤……의 리듬을 느낀다. 그러면 이것들을 탈코드화하여 하나의 영토로 집결시키고 싶은 욕구가 든다. 영토란 시공간의 표현이다. 우주의 리듬을 따라가기를 멈추고 내 영토 위에서 내 식대로 우주를 다시 그리는 것이다. 탈코드화의 역량과 여백이라는 자유. 이 자유 덕분에 우리는 '나의 집'이라는 익숙한 공간을 확보한다.

> 음악에 소질이 있는 새는 해가 뜨면 노래를 부르기 위해서건 아니면 스스로를 위험에 노출시키면서까지 노래를 부르기 위해서건 아니면 다른 새보다 멋지게 노래부르기 위해서건 슬픔에서 기쁨으로 이행한다고 말할 수 있다. …… 기쁨과 슬픔과의 관계, 태양과의 관계, 위험과의 관계, 완전성과의 관계가 주어지는 것은 바로 이러한 모티프와 대위법 속에서……다. …… 이 모티프와 대위법 속에서 태양, 기쁨, 슬픔 또는 위험은 소리가 되고, 리듬이 되고 선율이 되는 것이다. 「리토르넬로」, 605

## 코스모스 : 폐쇄된 영토와 다져지는 영토, 그리고…

우리는 우리가 만든 영토 바깥으로 다시 떠나기도 한다. 하지만 영토의 바깥은 영토가 '무화되는' 카오스 상태가 아니다. 영토는 영토적 배치물 위에서 만들어진다. 배치는 언제나 영토화의 운동뿐만 아니라 탈영토화의 운동도 포함하고 있다. (분할선이 있는 곳에는 도주선도 있는 법!) 즉, 영토는 탈영토화의 운동이 흘러 다니는 장場 위에 세워지는 것이다. 그런데 들뢰즈와 가타리는 배치에서 이 탈영토화의 운동을 가장 우선으로 삼는다. 영토는 "안으로부터 솟구쳐 오르거나 혹은 밖으로부터 밀려 들어오"는 영토 바깥의 "우주적 힘들" 없이는 만들어질 수 없다. 영토 안에서도 기계들이 접속할 때마다 새로운 탈영토화의 운동이 발생하게 된다. 영토를 해체했다가 재구성하기를 반복하는 거대한 리토르넬로. 이 우주적 힘을 코스모스라고 한다. 코스모스란 질서정연한 우주라는 뜻이다. 이때의 질서란 내부적으로 꽉 짜인 정지상태가 아니다. 그보다는 무수한 탈영토화의 운동들을 교차시키는 거대한 운동의 질서다. 때때로 이 힘은 중력도 거스를 만큼 강력하다. 바다에서 강으로 다시 거슬러 올라가는 연어들을 보라. 그들이 단지 바다가 갑갑하게 느껴져서 이 여행을 시작하는 건 아닐 것이다. 지구적 차원의 코스모스의 힘이 이 물고기들을 끌어당기고 있는 것이다.

카오스, 영토, 코스모스. 이 세 가지 힘은 리토르넬로의 세 가지 작동법이다. 이 힘들은 하나의 영토적 배치물에서 동시에 움직인다. 영토는 영토 바깥의 힘들로 채워진다. 영토 이전의 환경에서 탈코드화되는 흐름과, 영토의 외부에서 탈영토화하는 흐름으로. 고른판은 이 영토화와 탈영토화의 흐름들을 배치 속에서 일관되게 묶어 준다. "스케노포이에테스는 영토적 배치의 온갖 이질적 성분들을 '하나로 묶음' 혹은 '다짐'consolidate으로써 뛰어난 가수-새가 된다. …… 일관성의 구도에서 중요한 것은 이질적인 것들의 공존과 탈영토화하는 성분들이다." 채운 강의안, 「리토르넬로와 스타일 : 삶을 일이관지(一以貫之) 한다는 것」 우리는 영토로 되돌아왔다가 다시 영토 바깥으로 떠난다. 그 사이에서 약간의 차이를 만들면서! 고른판 위에서 더 많은 차이를 다지면 다질수록, 그 영토는 풍성해진다.

리토르넬로를 정리해 보자. 리토르넬로는 차이 나는 반복이다. 그리고 이 운동은 세 가지 방향에서 겹쳐지면서 하나의 복합상태를 이룬다. 이것이 시-공간이라는 결정체다. 리토르넬로는 우리에게 이 결정을 퍼뜨리는 후렴구다. 음악은 시간 속에서만 모습을 드러내는 비물체적 공간과 같다. 연주하기 전에는 존재하는지조차 모르지만, 일단 연주하기 시작하면 사람들은 그 노래의 배치 속으로 빠져든다. 그리고 그 노래를 흥얼거리게 된다. 우리의 삶에서 이 리토르넬로로 움직이지 않는 것이 없다. 사유, 감각, 정서, 운동, 기억, 신체…… 등등 모든 부문이 각자의 리듬을 타고 있다. 그리고 이 각기 다른 리듬들이 합쳐져서 배치가, 세계상이 만들어진다. 이렇게 보면 삶이든 세상이든 일종의 '노래'라고 볼 수 있다. 세상은 우리 피부에 리토르넬로로 파고든다. 하지만 내가 이 리토르넬로를 직접 연주할 때에만 세상은 그 모습을 드러낼 것이다. 세상은 고정되어 있는 연극무대가 아니라, 나와 함께 시간을 통과하는 거대한 리듬-들이다. 삶만 생생한 게 아니라 세상도 생생하다. 리토르넬로, '나'와 '세상' 사이의 간주곡!

그런데 문제는 이 리토르넬로가 차이가 아니라 동일성을 반복할 때 발생한다. 리듬이 아닌 박자를 생산하는 것. 이때 세상은 생생함을 잃고 납작하게 짓눌린다. 이곳에서는 고른판에 차이들이 풍성하게 다져지는 게 아니라 편집증적인 패턴만 반복된다. 자본주의는 이일을 해내고 있는 주역 중 하나다. 수많은 정보들이 네트워크를 타고 다니면서 동일한 유행가를 퍼뜨린다. 나에게는 정보들이 '쓰레기'처럼 불어나면서 시야를 가리는 것과 감정회로가 점점 더 단순해지는 것이 결코 무관해 보이지 않는다. 정보의 범람은 우리에게 더 많은 앎을 주지 않는다. 오히려 어떤 사건이 놓인 특수한 계열과 맥락을 물 타기로 흐려 버린다. 우리는 정보의 바다 속에서 갈 길을 잃어버린다. 사태를 정확하게 바라볼 수 없으니, 감정은 엉뚱한 곳에서 꽂힐 수밖에 없다. 정치권에 대한 분노와 성폭력 범죄자에 대한 분노, 스스로에 대한 분노가 질적으로 구별되지 않는 것이다. 이렇게 되면 우리는 살아가면서 더 많은 시간을 맹목적인 분노에 할애하게 된다. 더 이상 '차이'를 느끼지 못하는 신체가 된다. 이 리토르넬로는 참 가난하지 않은가. 자본주의는 겉으로는 혁신을 외치면서도, 진정한 차이가 등장하자마자 자기 박자로 흡수해 버리는 포식자다. 자본주의가 방출하는 수많은 기호들은 선택지가 아니라 리토르넬로에 가해지는 폭력이다.

물론 모든 걸 자본주의의 탓으로 돌릴 생각은 없다. 내가 일상적으로 처지고 무기력해지는 원인을 자본주의 때문이라고 말하는 건 좀 너무하다! 결국 리토르넬로를 연주하는 건 나이기 때문이다. 중요한 건 어떤 배치에서 살든 생생한 리토르넬로를 연주할 줄 아는 것이다. 그렇다면 어떻게 해야 하는가. 박자의 리토르넬로에 종속되지 않기 위해서는 리토르넬로를 직접 만들어 갈 수밖에 없다. 이때 중요한 건 어떤 운동을 나의 주된 벡터로 택할 것이냐다. 들뢰즈와 가타리는 코스모스의 리토르넬로를 만들라고 말한다. 집으로 다시 되돌아오기 위해 떠나는 상대적 탈영토화가 아니라, 오직 떠나기 위해서만 머무르는 절대적 탈영토화의 선을 그리라는 것이다. 이것이 바로 도주선이다. 도주는 스스로 능동적인 리토르넬로를 구성하는 사람만이 할 수 있는 삶의 노래다.

『천 개의 고원』의 매 챕터는 도주를 말하며 끝맺는다. (남자들이 여자들보다 뒤쳐졌다고? 몇 천 년 만에 생계의 의무에서 해방되었으니 기쁘지 아니한가! 더 멀리 달아나라!!) 도주해야겠다고 말로만 떠드는 게 제일 공허한 일이다. 「1832년 — 리토르넬로에 대해서」는 도주의 구체적인 실천법을 알려주는 고원이기도 하다. 일단 구체적인 표현의 질료를 찾아라. 글쓰기, 붓, 악기, 카메라, 기타 등등. 상상력을 더 넓혀도 좋다. 써먹을 수 있는 것들은 이미 다 나와 있으니 말이다. 마쓰모토 하지메처럼 역 앞에서 찌개 끓여 먹는 냄비(!)를 사용할 수도 있다.

그 다음, 영토 바깥에 있는 차이를 발견해야 한다. 여기서는 한층 신중해져야 한다. 내가 서 있는 지반을 무너뜨려야만 이 차이와 만날 수 있기 때문이다. 탈영토화는 말 그대로 내 영토에서 달아나는 문제다. 하지만 영토에서 달아나 차이를 발견하는 것만으로는 충분하지 않다. 이 차이가 나의 새 영토로 전환되도록 고른판 위에서 평평하게 다질 줄 알아야 한다. '새로운 리토르넬로'가 자연스럽게 체화될 때까지 내 신체를 단련하고 변화시켜야 한다. 그래야 그 다음 차이를 만나기 위해 또 다시 떠날 수 있다.

삶이 무료하고 무감각하다면 재빨리 살펴보자. 이 박자의 리토르넬로는 어디서 만들어지는 걸까? 만약 공간의 배치가 나에게 박자를 강요하고 있다면 빨리 그곳에서 떠나야 한다. 그러나 공간과 상관

없이 나 스스로가 박자의 리토르넬로를 만들고 있다면, 그때는 내 삶의 방식을 바꿔야 한다. 쓰고, 쓰고, 쓰기. 여기서 '쓰기'는 글쓰기를 의미하기도 하지만 넓게 보면 내 신체에 새겨진 코드와 영토의 선분을 신중하게 탈각시키는 작업을 뜻한다. 리토르넬로를 '새롭게 쓰는' 것이다. 반드시 글을 쓰지 않아도 좋다. 하지만 이 차이 나는 반복을 구체적인 일상의 차원과 결합시킬 어떤 활동은 꼭 필요하다. 잘하고 못하고는 문제가 아니다. 이 작업을 즐겁게, 또 멈추지 않고 하는 게 중요하다. 서투르게라도 한 발을 내딛었다면 자기 역량만큼 리토르넬로를 연주한 것이다.

## 쓰는 시간

혈관 속에서, 기진맥진한 피와 함께 아우슈비츠의 독이 흐르는 것을 느꼈다. 어디에서 우리가 다시 살아나가기 위한 힘을, 버림받은 집집마다 텅 빈 둥지마다 그 주위로 아무도 없는 동안 저절로 자라나는 울타리와 장벽들을 허물기 위한 힘을 끌어올린단 말인가? 조만간, 내일 당장, 우리 안에 그리고 우리 밖에 있는, 아직 우리가 알지 못하는 적들에 대항해서 싸움을 시작해야 할 텐데, 무슨 무기로, 무슨 기력으로, 무슨 의지로 한단 말인가? 1년간의 잔혹한 기억들에 짓눌려 우리는 공허해지고 무장해제되고 수백 년은 늙어 버린 것 같았다. 이제 막 지나간 달들은 문명의 언저리를 서성이던 힘겨운 시간이었지만, 지금 우리에게는 하나의 휴전으로, 무한한 자유로움의 막간으로, 하늘이 내려준 그러나 다시는 되풀이 될 수 없는 운명의 선물로 보였다. 레비, 『휴전』, 326쪽

레비에게도 다시 전쟁으로 되돌아가야 하는 밤이 찾아온다. 나는 위 구절을 읽을 때마다 이 글을 쓰고 있는 순간의 레비를 생각해 본다. 글읽기에 집중하다 보면 종종 '쓴다는 것' 자체를 잊어버리게 된다. 누군가가 펜을 들고 뭔가를 쓴다. 그것은 그 사람의 리토르넬로다. 혹은, 자신의 리토르넬로를 새로 쓰기 위해 펜을 든 것이기도 하다. 레비는 아우슈비츠의 끔찍한 시간을 겪은 후 글쓰기를 시작했다. 그는 그곳에서 돌이킬 수 없는 변화를 겪었다. 그러나 이 글쓰기의 힘은 '아우슈비츠'가 만들어 준 게 아니다. 오히려 레비의 시간이 아우슈비츠라는 검은 구멍을 삶의 노래로 다시 바꾸고 있다.

나에게는 연구실이 변화의 계기가 되어 준 공간이다. 학교를 자퇴한 후, 나는 연구실에 자리 잡으면서 많은 우여곡절을 겪었다. 학교뿐만 아니라 가족에서도 나왔고 연구실에서는 연구실 나름대로 관계를 헤쳐 가야 했다. 이 만만찮은 과정 속에서 내가 들었던 화두는 '독립'이었다. 물질적 조건뿐만 아니라 나의 존재 자체가 사람들과의 관계 속에서 독립되기를 바랐다. 그런데 연구실에서 어느 정도 자리 잡게 되자 그때는 완전히 다른 지평이 보이기 시작했다. 그건 무미건조한 일상이었다. 실제 세계에서 관계를 확장하고 나 자신을 변화시킨다는 건 얼마나 어려운 일인가! 이 한계를 뛰어넘어 정말로 '다른' 삶과 존재들에게 가까이 다가가 보는 것이 십대 이후 내가 천

착해 있는 문턱이다. 쉽진 않을 것이다. 하지만 가능하다고 믿고 있다. 이건 근거없는 믿음이 아니다. 일상이 탈출구 없이 뱅뱅 돈다고 느껴질 때, 아무것도 하지 않고 가만히 있어 보았다. 그러자 어떤 소리들이 왔다. 책에 대해 이야기하고, 함께 산책을 하고, 글을 봐주고, 건강을 챙겨주고, 남산이 떠나가라 웃었던 그 여러 소리들. 내 일상을 빛나게 해준 것도 바로 이들이다.

권태, 시시함, 별 볼 일 없는 자신과 빛나는 삶의 순간까지 모두 부정하지 않고 내 삶으로 긍정할 수 있을까? 내가 지금까지 연구실에서 배운 것은 이것 하나다. 바로 글쓰기다. 굴곡 없는 일상을 경험하면서, 나는 역으로 왜 '쓰기'가 '살기'일 수밖에 없는지를 알았다. 일상은 항상 반복된다. 이 반복 앞에서 아무것도 하지 않는다면, 시간은 당연히 점점 더 무뎌지고 무감각해질 수밖에 없다. 글쓰기는 이 일상의 반복 속에서 차이를 포착한다. 삶에서 재료를 끄집어 내고 그 것을 구체적으로 조형해서, 그 결과물을 삶에게 다시 선물로 돌려주는 과정이다. 이 사이에서 타자와 만날 수 있는 여백이 생기게 된다. 글은 '쓰기'다. 한땀 한땀 '차이'를 붙들어 매는 수공예작업이어야 하고, 또 그 결과물이 실제 관계 속에서 쓰임새가 있어야 한다. 쓰고 writing 또 쓸 것using! 그렇게 나는 연구실에서 정말 많은 선물들을 받았다. 언제나 글을 쓰고 있었다는 것 자체가 이미 큰 선물이다. 글을 쓰려고 노트북 앞에 앉으면, 일상에서 치러지고 있던 자질구레한 전쟁들은 잠시 휴전하게 된다. 하지만 이때야말로 가장 치열하고 가장 생생한 새 전투가 시작된다. 나와 나 아닌 것 사이의 행복한 전투가!

삶을 긍정하라, 삶을 창조하라, 삶을 사랑하라…… 이런 거창한 말들 앞에 서면 괜히 주눅이 든다. 도대체 어떤 슈퍼맨들이 이런 말을 하는가? 얼마나 운이 좋고 또 강심장이면 이런 태도를 취할 수 있는가? 그러나 앞서 길을 간 사람들이 우리들에게 펜과 붓으로 쏘아보내려했던 화살은 바로 리토르넬로였다. '삶'이라는 표상이 아니라 '살아감'이라는 간주곡 말이다. 행복한 삶과 불행한 삶이 따로 있는 게 아니다. 사건은 내 의지와 무관하게 닥쳐오고, 일상도 내가 예상한 대로 흘러가지 않는다. 이 앞에서 우리가 가장 능동적으로 할 수 있는 일은 하나다. 일상과 일상, 사건과 사건 사이에서 리토르넬로의 간주곡을 만들어 내는 것. 나는 리토르넬로를 '쓰기'라고 이해한다. 특정 결과물을 써내는 것이 아니다. 삶을 다시 쓰는 것이다. 그러니까 꼭 글쓰기가 아니어도 좋다. 음*-쓰기, 몸-쓰기, 밥-쓰기 등등, 이 세상에는 여러 가지의 '쓰기'가 존재할 것이다. 그러나 스무 년 동안 내가 직접 경험해 본 것은 이 글-쓰기였다. 내가 이야기할 수 있는 것도 여기까지다.

나는 공부가 즐겁다. 그렇다고 학자가 되고 싶은 건 아니다. 학자가 될지 또 다른 무엇이 될지 생각해 본 적은 없다. 단지, 나에게는 오직 하나의 자유가 있다. 이 노래를 내 힘으로 계속할 자유. 죽음과 맞닥뜨렸다면 도망쳐야 한다. 학교수업이 너무 끔찍해서, 시위하다가 전경에게 맞아 죽을 것 같아서, 혁명운동을 하다가 굶을 것 같아서 도주했다면 그것은 비겁한 일이 아니다. 하지만 만약 그 도주를 일시적인 탈선으로 끝낸다면 정말 비겁한 일이 되어 버린다! 새 영토를 그리는 운동을 멈추지 말고, 리좀 줄기를 뻗어 나가야 한다. 수많은 삶-쓰기들이 있을 것이다. 만나고 싶다. 만나서 리좀이 되고 싶다.

무엇이 될 것인가? 무엇을 할 것인가? 글쎄, 무엇이든 하게 될 것이다. 단지 어디서 무엇을 하든 이렇게 말할 수 있다면 그걸로 충분하다. 지지부진한 일상, 다사다난한 관계, '그럼에도 불구하고' 나는 '여기서' 쓰겠다고……!

이야기해야 할 그 필연성을 나는 더 이상 느끼지 않았다. 하지만 …… 쓴다는 체험, 무에서의 창조, 올바른 말을 찾고 발견하는 일, 균형 잡힌 표현력이 넘치는 어떤 문장을 만들어 내는 일은 너무나도 강렬하고 행복한 경험이었기 때문에 또다시 그런 시도를 하고 싶어졌다. 나는 아직도 해야 할 말을 한참 가지고 있었다. 레비, 『휴전』, 12쪽

# 참고한 책들

김현, 『한국문학의 위상』, 문학과지성사, 2009

나카자와 신이치, 『곰에서 왕으로 : 국가, 그리고 야만의 탄생』, 김옥희 옮김 , 동아시아, 2005

다케히코 이노우에, 『배가본드』 제35권, 서현아 옮김, 학산문화사, 2013

디디에 에리봉, 『미셸 푸코, 1926~1984』, 박정자 옮김, 그린비, 2012

디 브라운, 『나를 운디드니에 묻어주오 : 미국 인디언 멸망사』, 최준석 옮김, 한겨레, 2012

로베르트 발저, 『벤야멘타 하인학교』, 홍길표 옮김, 문학동네, 2009

루쉰, 『들풀·아침 꽃 저녁에 줍다·새로 쓴 옛날이야기』, 루쉰전집 제3권, 한병곤 옮김, 그린비, 2011

린 마굴리스·도리언 세이건, 『마이크로코스모스』, 홍욱희 옮김, 김영사, 2011

마쓰모토 하지메, 『가난뱅이의 역습 : 무일푼 하류인생의 통쾌한 반란』, 김경원 옮김, 이루, 2009

미겔 데 세르반테스, 『돈키호테』, 박철 옮김, 시공사, 2004

미셸 푸코, 『감시와 처벌』, 오생근 옮김, 나남, 2003

미셸 푸코, 『담론의 질서』, 이정우 옮김, 새길, 2011

미셸 푸코, 『성의 역사 : 쾌락의 활용』 제2권, 문경자 옮김, 나남, 2010

밀란 쿤데라, 『참을 수 없는 존재의 가벼움』, 이재룡 옮김, 민음사, 2013

밀양송전탑대책위 편, 『전기는 눈물을 타고 흐른다』, 나눔문화, 2013

버지니아 울프, 『댈러웨이 부인』, 정명희 옮김, 솔, 2006

브라이언 그린, 『우주의 구조』, 박병철 옮김, 승산, 2011

빌헬름 라이히, 『파시즘의 대중심리』, 황선길 옮김, 그린비, 2006

사마천, 『사기열전』 상·중·하, 정범진 옮김, 까치, 1995

사사키 아타루, 『잘라라, 기도하는 그 손을』, 송태욱 옮김, 자음과모음, 2012

아르노 빌라니·로베르 싸소, 『들뢰즈 개념어 사전』, 신지영 옮김, 갈무리, 2012

아리엘 수아미, 『스피노자의 동물우화』, 강희경 옮김, 열린책들, 2010

알베르 카뮈, 『이방인』, 김화영 옮김, 민음사, 2012

알폰소 링기스, 『아무것도 공유하지 않는 자들의 공동체』, 김성균 옮김, 바다출판사, 2013

에릭 호퍼, 『맹신자들 : 대중운동의 본질에 관한 125가지 단상』, 이민아 옮김, 궁리, 2012

엠마뉘엘 르루아 라뒤리, 『몽타이유 : 중세말 남프랑스 어느 마을사람들의 삶』, 유희수 옮김, 길, 2006

우미노 치카, 『허니와 클로버』 제10권, 최윤정 옮김, 학산문화사, 2007

이사야마 하지메, 『진격의 거인』 제2권, 학산문화사, 2013

이와사부로 코소, 『죽음의 도시, 생명의 거리 : 뉴욕, 거리, 지구에 관한 42편의 에세이』, 서울리다리티 옮김, 갈무리, 2013

자크 모노, 『우연과 필연』, 조현수 옮김, 궁리, 2010

장 살렘, 『고대원자론 : 쾌락의 윤리로서의 유물론』, 양창렬 옮김, 난장, 2009

장자, 『장자』, 오강남 옮김, 현암사, 1999

제임스 조이스, 『젊은 예술가의 초상』, 이상옥 옮김, 민음사, 2001

조정환, 『인지자본주의』, 갈무리, 2011

질 들뢰즈, 『철학이란 무엇인가』, 이정임 옮김, 현대미학사, 1995

질 들뢰즈·클레르 파르네, 『디알로그』, 허희정·전승화 옮김, 동문선, 2005

질 들뢰즈·펠릭스 가타리, 『앙띠 오이디푸스』, 최명관 옮김, 민음사, 2001

칼 마르크스·프리드리히 엥겔스, 『공산당선언』, 남상일 옮김, 백산서당, 1989

페르낭 브로델, 『물질문명과 자본주의 1-1』, 주경철 옮김, 까치, 2012

페르디낭 드 소쉬르, 『일반언어학 강의』, 최승언 옮김, 민음사, 2006

폴 벤느, 『푸코, 사유와 인간』, 이상길 옮김, 산책자, 2010

프랑코 베라르디, 『봉기』, 유충현 옮김, 갈무리, 2012

프리드리히 니체, 『바그너의 경우·우상의 황혼·안티크리스트·이 사람을 보라· 디오니소스 송가·니체 대 바그너』 니체전집 제15권, 백승영 옮김, 책세상, 2012

프리드리히 니체, 『차라투스트라는 이렇게 말했다』 니체전집 제13권, 정동호 옮김, 책세상, 2012

프리모 레비, 『이것이 인간인가』, 이현경 옮김, 돌베개, 2011

프리모 레비, 『휴전』, 이소영 옮김, 돌베개, 2010

플라톤, 『티마이오스』, 박종현 옮김, 서광사, 2000

허먼 멜빌, 『모비딕』, 김석희 옮김, 작가정신, 2012

Michel Foucault, *Foucault Live(interviews, 1966~84)*, Edit. by Sylvère Lotringer, Trans. by Lysa Hochroth and John Johnston, Semiotext(e), 1996